हिन्द पॉकेट बुक्स

उसके हिस्से की धूप

मृदुला गर्ग कोलकाता में जन्मी, हिंदी की सबसे लोकप्रिय लेखिकाओं में से एक हैं। उपन्यास, कहानी संग्रह, नाटक तथा निबंध संग्रह सब मिलाकर उन्होंने 20 से अधिक पुस्तकों की रचना की है। 1960 में अर्थशास्त्र में स्नातकोत्तर उपाधि लेने के बाद उन्होंने 3 साल तक दिल्ली विश्वविद्यालय में अध्यापन भी किया है।

उनके उपन्यासों को अपने कथानक की विविधता और नयेपन के कारण समालोचकों की बड़ी स्वीकृति और सराहना मिली। उनके उपन्यास और कहानियों का अनेक हिंदी भाषाओं तथा जर्मन, चेक, जापानी और अँग्रेजी में अनुवाद हुआ है। वे स्तंभकार रही हैं, पर्यावरण के प्रति सजगता प्रकट करती रही हैं तथा महिलाओं तथा बच्चों के हित में समाज सेवा के काम करती रही हैं। उनका उपन्यास *चितकोबरा* नारी-पुरुष के संबंधों में शरीर को मन के समांतर खड़ा करने और इस पर एक नारीवाद या पुरुष-प्रधानता विरोधी दृष्टिकोण रखने के लिए काफी चर्चित और विवादास्पद रहा था।

उसके हिस्से की धूप

मृदुला गर्ग

हिन्द पॉकेट बुक्स
पेंगुइन रैंडम हाउस इम्प्रिंट

हिन्द पॉकेट बुक्स

यूएसए | कनाडा | यूके | आयरलैंड | ऑस्ट्रेलिया | सिंगापुर
न्यू ज़ीलैंड | भारत | दक्षिण अफ्रीका | चीन

हिन्द पॉकेट बुक्स, पेंगुइन रैंडम हाउस ग्रुप ऑफ़ कम्पनीज़ का हिस्सा है,
जिसका पता global.penguinrandomhouse.com पर मिलेगा

पेंगुइन रैंडम हाउस इंडिया प्रा. लि.,
चौथी मंजिल, कैपिटल टावर -1, एम जी रोड,
गुड़गांव 122 002, हरियाणा, भारत

पेंगुइन
रैंडम हाउस
इंडिया

प्रथम हिन्दी संस्करण हिन्द पॉकेट बुक्स द्वारा 1978 में प्रकाशित
यह हिन्दी संस्करण हिन्द पॉकेट बुक्स में पेंगुइन रैंडम हाउस द्वारा 2022 में प्रकाशित

10 9 8 7 6 5 4 3 2

इस पुस्तक में व्यक्त विचार लेखक के अपने हैं, जिनका यथासंभव तथ्यात्मक
सत्यापन किया गया है, और इस संबंध में प्रकाशक एवं सहयोगी
प्रकाशक किसी भी रूप में उत्तरदायी नहीं हैं।

ISBN 9789353490454
मुद्रक : मणिपाल टेक्नॉलजीस् लिमिटेड, भारत

www.penguin.co.in

MIX
Paper | Supporting
responsible forestry
FSC www.fsc.org FSC® C043100

This is a legitimate digitally printed version of the book and therefore might not have certain extra finishing on the cover.

उसके हिस्से की धूप

•

जितेन

आज अचानक जितेन से फिर भेंट हो गई। चार साल बाद वह भी नैनीताल में। वह ह्वीलर की दुकान पर खड़ी किताबें देख रही थी कि सहसा एक परिचित स्वर ने उसे चौंका दिया। 'कोई हलकी-फुलकी किताब दीजिए, रास्ते में पढ़ने के लिए' वह कह रहा था। बिलकुल जितेन की तरह, उसने सोचा ही था कि 'अर्न स्टानले गार्डनर' की किताब हाथ में थामे जितेन उसके ठीक सामने था। चार वर्ष का अन्तराल इतना लम्बा नहीं होता कि लोगों में कोई खास बदलाव आए। जितेन में भी नहीं आया था। उसका सब कुछ वैसा का वैसा था; लम्बा-पतला शरीर, कुछ झुके-झुके से कन्धे, कनपटियों के पास सफेद पड़ रहे छोटे-छोटे बाल, और सांवला गम्भीर चेहरा, जो मुस्कराता बहुत कम था। इसका यह मतलब नहीं है कि वह हर वक्त गम्भीर ही बना रहता था, सिर्फ यह कि जब गम्भीर नहीं रहना चाहता था तो मुस्कराकर नहीं रह जाता था, खुलकर हंस देता था; और जब हंसना नहीं चाहता था, तो औपचारिक मुस्कराहट ओढ़ने की आवश्यकता नहीं समझता था, गम्भीर बना रहता था। अभी भी वह नहीं मुस्कराया। और हंसने का तो कोई कारण था ही नहीं, लिहाज़ा गम्भीर बना रहा। वह खुद मुस्करा रही थी, एक असमंजस-भरी मुस्कराहट, जो खुशी से नहीं, घबराहट और बेचैनी से, आप से आप, चेहरे पर फैल जाती है। जैसी उम्मीद थी, इसी घबराहट के मारे बोली भी वही पहले। यही उसका तरीका है, कुछ न कुछ बोलकर अपनी बेचैनी को कम करने की कोशिश करना और यूं उसे और बढ़ा बैठना। ऐसा

नहीं है कि वह इस खतरे से वाकिफ नहीं है, पर न जाने क्यों बेचैनी में उससे चुप नहीं रहा जाता।

"अरे तुम! नैनीताल में क्या कर रहे हो?" उसने ऐसे कहा, जैसे नैनीताल आने से जितेन को कोई कानूनी मनाही हो।

"एक कॉन्फ्रेन्स में आया हूं," जितेन ने उत्तर दिया और बदले में यह नहीं पूछा कि वह वहां कैसे आई है।

वह उसी असमंजस के साथ एक बार और मुस्कराई और बोली, "कब तक हो यहां?"

"कल शाम तक।"

"कहां ठहरे हो?"

"स्विस होटल में।"

उसे ठीक-ठीक नहीं सूझा कि आगे क्या कहे, इसलिए ज़रा देर के लिए चुप हो गई। जितेन ने कुछ नहीं कहा। एक नज़र उसे सिर से पैर तक देखकर प्रतीक्षा करता रहा कि वह और कुछ कहे। आग्रह के साथ उसकी निगाह उसके चेहरे पर टिकी रही; आग्रह के साथ; पर अधीरता से नहीं। इस नज़र ने उसकी बेचैनी और बढ़ा दी और वह बोल पड़ी, "मैं सामने वाले कैफे में एक कप कॉफी पीने की सोच रही थी, चलोगे?"

"अब तो खाने का समय हो रहा है," जितेन ने कलाई पर बंधी घड़ी पर नज़र डालकर कहा, "पास ही एक चाईनीज़ रेस्तरां है, वहां खाना ही खा लें?"

मनीषा को लगा, जितेन को शायद याद है कि उसे भी चाईनीज़ खाने का उतना ही शौक है, जितना खुद जितेन को। वह फौरन मान गई और दोनों 'कोपाकबाना' में जा बैठे।

बैठते ही, जितेन ने एक के बाद एक, ढेर सारी चीज़ों का ऑर्डर दे डाला—चाईनीज़ चा ओमीन, अमरीकन चापसूई, चिकन चिली, स्प्रिंगरोल्स और जॉसमिन-टी।

"इतना कौन खाएगा?"

"मैं," जितेन ने कहा, "और तुम। तुम्हें ठीक से खाना चाहिए। कितनी

दुबली हो रही हो! खाली जॉसमिन-टी पीने से कैसे चलेगा?"

सुनकर अनायास उसकी आंखों में आंसू आ गए, फिर अपनी कमज़ोरी पर गुस्सा, पर हलका-सा; बस इतना कि आंसू निकलने से थम गए और वह मुस्करा दी। जितेन को अभी तक याद है कि जॉसमिन-टी उसे इतनी भली लगती है कि चाईनीज़ रेस्तरां में बैठकर वह खाती कम है, चाय अधिक पीती है। चार साल पहले जितेन ने सिर्फ यह लक्ष्य ही नहीं किया था, उसे अब तक याद भी रखा हुआ है। उसने पलकें उठाकर जितेन को एक नज़र देखा और अब होंठों के साथ-साथ उसकी आंखें भी मुस्करा दीं और देर तक मुस्कराती रहीं। तभी बैरा आकर बहुत कुछ उसकी प्लेट में डालने लगा।

"न, न," वह व्यस्त हो उठी, "मेज़ पर रख दो, हम खुद ले लेंगे।"

"और पहले जॉसमिन-टी ले आओ," जितेन ने कहा और खिलखिलाकर हंस पड़ा। मनीषा भी हंस दी, हालांकि उसे इसमें हंसने का कोई कारण नज़र नहीं आया था। पर जितेन के साथ यही होता है। हंसने के बाद आदमी सोचता है, वह हंसा क्यों? कई बार उसे खीझ भी आती थी। हंसे क्यों, वह पूछती थी। ऐसे ही, मनाही है क्या, वह कहता था और फिर खिलखिलाकर हंस पड़ता था। तब, अपनी मनःस्थिति के अनुसार वह या तो हंस देती थी या और खीझकर कह उठती थी, 'अजीब आदमी हो तुम, बिला कारण हंसते हो और कारण होने पर हंसते नहीं।' आज वह हंस दी।

फिर चाय आ गई। वह केतली उठाकर मनोयोग से प्याले में चाय उंडेलने लगी। यह काम करने के लिए उसे अपना सिर कुछ झुका लेना पड़ा, पर वह साफ अनुभव कर रही थी कि जितेन की अपलक दृष्टि उसपर टिकी हुई है; और अब उसका चेहरा कुछ देर पहले की हंसी की याददाश्त तक ज़ाहिर नहीं कर रहा। वह ज़रूरत से ज़्यादा देर तक अपने प्याले में चम्मच घुमाती रही। कुछ इसलिए कि सिर उठाकर उससे नज़रें मिलाने में उसे परेशानी महसूस हो रही थी और कुछ इसलिए कि ऐसा करने से, हो सकता था, जितेन उसे देखना बन्द कर देता। वह नहीं चाहती थी कि ऐसा हो। पर फिर, वक्त खींचते-खींचते इतना खिच गया कि उसे बेचैनी महसूस होने लगी।

"कहां रह रहे हो आजकल?" अनायास वह चुप्पी तोड़ बैठी।

"वहीं, बंगलूर।"

"ओह, वहीं," उसने कहा और इन्तज़ार करने लगी कि अब वह भी उससे पूछेगा कि वह कहां पर है। पर उसने नहीं पूछा, बस प्लेटें उठाकर उसके सामने कर दी और कहा, "क्या लोगी?"

फिर वे दोनों चुपचाप खाना खाते रहे, चाय पीते रहे, बाहर का नज़ारा देखते रहे, और बीच-बीच में एक-दूसरे को। वह देखती और उसे देखता पा मुस्करा देती। वह अपने देखने को उसे देखता पा मुस्कराता नहीं, और न देखना ही बन्द करता, बस, उसका देखना और गहरा जाता। आंखों में जैसे दृष्टिमयता की स्पष्ट लहरें दौड़ जातीं। बाहर धूप छंटने लगी थी। क्षितिज तक उठती हरी घास से ढकी पहाड़ियां हवा में हलके-हलके कांपने लगी थीं। कोई खास बात नहीं थी; बस, शाम हो रही थी। और जो कांप रही थी, वह वास्तव में सामने ताल के तरंगित पानी में पड़ रही पहाड़ियों की प्रतिच्छाया थी।

"क्या बज गया?" मनीषा ने पूछा, हालांकि उसकी अपनी कलाई पर भी घड़ी बंधी थी।

"तीन," जितेन ने कहा।

वह आगे कुछ न कहकर चुपचाप बैठी रही। ज़ाहिर था कि यह प्रश्न उसने केवल जितेन की आवाज़ सुनने के लिए किया था। यूं तो उसकी चुप्पी भी उसे भली लग रही थी, पर बीच-बीच में दो-चार शब्द कह-सुन लेने से उस चुप्पी में उसका भी हिस्सा हो जाता था और चुप्पी के अस्तित्व में अन्तर भी नहीं पड़ता था।

हवा का ज़ोर बढ़ चला था। आसमान के नीचे धंध लहराने लगी थी। उसके पीछे हरी पहाड़ियां, रस्सियों की तरह झूलने लगी थीं। उसे लगा, अगर जितेन का हाथ पकड़ कर वह अभी बाहर दौड़ जाए तो एक-एक सीढ़ी पर एक-एक कदम रखती आसमान तक पहुंच सकती हैं। लगता था, दिन का उजाला तय नहीं कर पा रहा कि आगे बढ़ते अंधेरे के लिए रास्ता छोड़े या नहीं। इस कशमकश में वह धीरे-धीरे और ठहर-ठहरकर पीछे हट रहा था। अंधेरा भी फूंक-फूंककर कदम आगे बढ़ा रहा था। अभी तक सबसे ऊंपर

वाली सीढ़ी तक ही पहुंच पाया था। नीचे सिर्फ उसकी छाया थी, जो सीढ़ियों की आपसी दूरी को घटा रही थी। यूं भी पहाड़ों पर समय-असमय कभी भी झुटपुटा घिर आता है, कभी-कभी भरी दुपहरी में ही, और यह भ्रम पैदा कर देता है कि शाम हो रही है। फिर यहां तो पत्थर और पानी का ऐसा अद्भुत समन्वय है कि बोध ही नहीं रहता, क्या यथार्थ है और क्या प्रतिच्छाया।

एक महीने से वह नैनीताल में रह रही है। ढलते दिवस पर छा रही धुंध उसने पहले भी देखी है; पर पहाड़ियों का सामीप्य, यह आज पहली बार देखा है। और पहली बार ही देखी है उनकी हरियाली, उनकी ऊंचाई, उनका यह अलौकिक कम्पन। आज तक तो वह उन्हें महज़ एक के ऊंपर एक बने खेत और जंगल कहकर टालती आई है। आज ही उसने देखा है, धूप में वे चमकी हैं, हवा में वे कांपी हैं, और अंधेरे में वे मिल गई हैं। हो सकता है, यह जितेन की चुप्पी के कारण हो या महज़ उसके सामीप्य के कारण। आज जीवन में पहली बार उसने महसूस किया कि दो इन्सानों की चुप्पी उनके सामीप्य का कारण बन सकती है। और उनका सामीप्य उनके चारों ओर फैली निर्जीव वस्तुओं तक में संवेदना का वह रंग घोल सकता है, जो उन्हें स्मृति का विशदअंग बना डालता है। और जीवन है ही क्या? स्मृतियों का अम्बार ही तो। इतना सब मनीषा सोच रही थी, कह नहीं रही थी और न यह जानने का प्रयत्न कर रही थी कि जितेन भी ऐसा सोच रहा है या नहीं। वह पूरे विश्वास के साथ अनुभव कर रही थी कि जितेन जो भी सोच रहा है, उसमें मनीषा कहीं है ज़रूर।

हो सकता है, तार्किक दृष्टि से देखती तो मनीषा समझ जाती कि यह चुप्पी और यह सामीप्य उसने जीवन में पहली बार नहीं महसूस किया है; पर उसका कोई विशेष महत्त्व नहीं होता। जो सत्य था, सिर्फ यह कि आज, इस क्षण, वह फिर एक बार यह महसूस कर रही थी कि एक अन्य व्यक्ति के सामीप्य ने, जो चुप्पी के कारण हो या चुप्पी का कारण, आसपास का पूरा माहौल आत्मीयता से सराबोर कर दिया है। सहसा उसके लिए यह जानना अत्यन्त आवश्यक हो गया कि जितेन नैनीताल अकेला आया है या किसीके साथ।

"यहां अकेले आए हो?" उसने पूछा।

"हूं?" जितेन ने चौंककर कहा।

अपना प्रश्न स्वयं सुनकर वह समझ गई थी कि यह पूछना बेकार है। यहां कॉन्फ्रेन्स में वह अकेला आया भी हो तो इसका यह अर्थ नहीं लगाया जा सकता कि वह अकेला है; पर खोज की शुरुआत ऐसे ही करनी होगी।

"यहां क्या अकेले आए हो?" उसने अपना प्रश्न दुहरा दिया।

"हूं?" जितेन शायद समझा नहीं।

क्षण-भर के लिए वह झिझकी, फिर पूरा दम लगाकर प्रश्न फेंक गई।

"फिर शादी नहीं की?"

एकदम उत्तर न देकर, वह क्षण-भर उसके चेहरे की ओर देखता रहा, फिर बोला, "नहीं।"

उसने मानना चाहा कि जितेन ने जानबूझकर उत्तर देने में देर की है, जिससे वह समझ जाए कि वह हद से गुज़र गई है, उसे यह प्रश्न पूछने का कोई अधिकार नहीं है; पर उसके देखने के ढंग ने उसे यह मानने नहीं दिया। हां, यह ज़रूर मान गई कि यह प्रश्न पूछकर उसने जितेन की दुखती रग को बांध दिया है। पर क्या करती, पूछना आवश्यक हो गया था। सच कहा जाए तो उसका चोट खाना उसे भला ही लगा। उसको आहत दृष्टि ने उसे मौका दिया अपनी भावुकता को और बढ़ावा देने का। उसने कुछ देर प्रतीक्षा की कि शायद जितेन उससे पूछे, वह किसीके साथ आई है या अकेली; पर जब उसने नहीं पूछा तो खुद ही एक प्रश्न और पूछ बैठी, यद्यपि वह पहले भी पूछा जा चुका था।

"कब तक हो यहां?"

'कल शाम तक," जितेन ने कहा और इस बार पूछ ही लिया, "और तुम?"

"तीन-चार दिन और।"

जितेन कुछ देर चुपचाप सोचता रहा, फिर अपनी दृष्टि उसके चेहरे पर टिकाकर बोला, "फिर मिलोगी कल?"

"कहां?"

यहां या स्विस, कहीं भी, जहां तुम्हें सहूलियत हो।"

"यहीं ठीक रहेगा।"

"ठीक है। 'लंच आवर' में आ सकोगी डेढ़ बजे?"

"डेढ़ बजे'...?" वह सोचने लगी, संभव होगा या नहीं।

"क्यों, नहीं आ सकोगी? किसी और समय?"

"पर तुम्हारी कॉन्फ्रेन्स?"

"वह तो है; पर तुम आ सको तो समय इधर-उधर कर सकता हूं।"

"मैं सोच रही थी..."

"क्या?"

"अगर अब कह दूं और न आ सकूं, तो?"

"कोई बात नहीं। मैं इन्तज़ार ही करता रहूंगा और क्या?"

उसे लगा, जितेन कह रहा है, वह तब तक इन्तज़ार करता रहेगा, जब तक वह आ न जाए। जब वह इतना करने के लिए तैयार है तो उसके लिए 'न' कहना संभव ही नहीं है।

"ठीक है," उसने कहा, "आ जाऊंगी।"

सोचा, कुछ न कुछ इन्तज़ाम कर ही लेगी। फिर पूछा, "कॉन्फ्रेन्स खतम हो गई क्या?"

"नहीं तो," जितेन ने कहा, "तीन बजे फिर शुरू है।"

"तीन! तीन तो बज चुके!"

"हां, बस चलते हैं।"

"पहले क्यों नहीं कहा? तुम्हें इतनी देर करा दी।" वह एकदम उठकर खड़ी हो गई।

"कोई देर नहीं हुई। और अगर हुई है तो मैंने खुद की है, जानबूझकर, बैठो अभी।" जितेन ने कहा और हाथ बढ़ा दिया। उसका हाथ आपसे-आप आगे बढ़ा और उसके हाथ में थम गया है मन्त्रमुग्ध-सी वह बैठ गई।

"कल आओगी न ज़रूर?" उसने हलके-से उसके हाथ को दबाकर कहा। आश्चर्य के साथ, उसने महसूस किया कि आज, चार वर्ष बाद मिलने पर, जितेन के हाथ के हलके-से स्पर्श से उसका शरीर पैरों के तलुओं तक झनझना उठा है, पलकें बोझिल हो उठी हैं, आवाज़ गले में फंध गई है। भरे

गले को खंखारकर, किसी तरह 'हां' कहे, उससे पहले ही उसने उसका हाथ छोड़ दिया। बैरा बिल ले आया था और वह उसे अदा करने में मशगुल हो गया था। शायद, जल्दी से जल्दी, वहां से चल देने के इरादे से, उसने बिल और टिप की रकम, ठीक-ठीक गिनकर प्लेट में छोड़ दी। क्षण-भर बाद दोनों रेस्तरां के बाहर थे।

"अच्छा," जितेन ने सिर हिलाकर कहा, "कल मिलेंगे।" और उसकी प्रतिक्रिया की प्रतीक्षा किए बगैर, लम्बे-लम्बे डग भरता, दाईं ओर मुड़ गया। थोड़ी देर तक, वह वहां खड़ी उसे जाते हुए देखती रही, फिर अपने घर 'वाई० डब्ल्यू ० सी० ए० टूरिस्ट हॉस्टल' जाने के लिए मुड़ गई।

एक-डेढ़ मील का वह रास्ता उसने कई मनःस्थितियों से गुज़रते हुए पार किया। जब चलना शुरू किया तो वह अपने-आपपर हंस रही थी, अपनी उस बचकानी भावुकता पर, जिसने उसे जितेन के स्पर्श मात्र से यूं बेचैन कर दिया था। भला बत्तीस वर्ष की सूझ-बूझ वाली अनुभवी औरत भी कहीं ऐसा महसूस करती है! यह काम तो सोलह-सत्रह साल की कुंवारी लड़कियों का है। उसने अपने को एक डांट पिलाई और तेज़ चाल से आगे बढ़ने लगी। पर कुछ दूर जाने के बाद उसके कदम अपने-अप शिथिल पड़ गए। उसे अपने ऊंपर टिकी जितेन की दृष्टि की गहराती लहरें याद आ गई थीं, और पूरी तरह उनका स्वाद लेने के लिए ज़रूरी हो गया था कि वह धीमे-धीमे चले। फिर, यूं धीमे-धीमे चलते, उसे यह भी याद आ गया कि जितेन ने फिर विवाह नहीं किया है। सोचकर, उसके होंठ बरबस गुदगुदाकर सन्तुष्ट मुस्कराहट में फैल गए और काफी दूर तक वह मुस्कराती चली गई। पर एक झटके के साथ उसे अपनी मुस्कराहट बेहद बेमानी लगने लगी। जितेन ने विवाह किया या नहीं, इससे उसे क्या प्रयोजन, जो उसे लेकर, वह यूं आंखें अन्धी किए, सड़क पर बेमतलब मुस्कराती चली जा रही है; ठीक किसी मन्द-बुद्धि छोकरी के समान। होंठ भींचकर उसने अपने को दुत्कारा और घर की ओर जाते अपने कदम तेज़ कर लिए। कदम उसके फिर शिथिल नहीं हुए, पर कुछ देर बाद होंठों पर मुस्कराहट वापस लौट आई। उसे खयाल आ गया था कि यह

किस्सा यहीं खतम नहीं हुआ है। कल जितेन से फिर मुलाकात होगी, वहीं 'कोपाकबाना' में। यह खयाल 'जासमिन-टी' की तरह मोहक था। उसकी भीनी-भीनी गन्ध उसके नथुनों से फिसलकर होंठों पर आ टपकी थी और वह बरबस मुस्कराने पर मजबूर हो गई थी।

२

'टूरिस्ट हॉस्टल' की इमारत पीछे छूट गई। अपनी आदत के अनुसार मनीषा जब उससे आगे निकल गई तब जाकर खयाल आया कि मंज़िल तो पीछे ही रह गई। कहीं जाने के लिए निकलने पर उसके साथ यही होता है। जब तक राह परिचित लगती है, वह बिना उसकी ओर देखे अन्तःप्रज्ञा द्वारा आगे बढ़ती जाती है। फिर जब आसपास की अपरिचितता बरबस उसका ध्यान अपनी ओर खींच लेती है, तब वह चौंककर रुक जाती है और कदम लौटा लेती है। सड़कों के साथ यह करना जितना आसान है ज़िन्दगी के साथ उतना ही कठिन। आदमी जब तक लौटेलौटे, मंज़िल बदल जाती है। वाह, क्या दार्शनिक विचार है! वह ज़ोर से अपने ऊंपर हंस दी और 'टूरिस्ट हॉस्टल' के भीतर घुस गई।

अपने कमरे तक पहुंचते-पहुंचते उसकी हंसी ही नहीं, होंठों की मुस्कराहट तक गायब हो चुकी थी। उसका शरीर ढीला और सुस्त पड़ने लगा था। रोज़-दर-रोज़ की ऊंबाऊं अन्यमनस्कता उसपर यूं हावी होने लगी थी कि वहां पहुंचते ही वह एक लम्बी जम्हाई ले उठी। अखबार हाथ में लिए, आराम कुर्सी पर पीठ टिकाए, मधुकर अधलेटा-सा पड़ा था। उसके पैरों की आहट सुनकर, हाथ का कागज़ नीचे रखकर बोला:

"बहुत देर कर दी।"

"हां।"

"चार बज गए।"

"हां।"

"कहां गई थीं?"

"लाइब्रेरी।"

"इतनी देर तक?"

"हां।"

"मैं तो तीन बजे ही लौट आया था। प्रोफेसर ह्यू म से बात-चीत खत्म भी नहीं हुई थी, पर मैंने सोचा, तुम अकेली बोर हो रही होगी।" वह चुप रही।

"चाय तक नहीं पी।" मधुकर ने फिर कहा।

उसका मन हुआ, कह दे, पी लेते, मैंने तो पी ली; पर उसने कहा नहीं। बैरे को बुलाने के लिए घण्टी बजाकर बाथरूम में घुस गई। हाथ-मुंह धोकर लौटी तो बैरा चाय लेकर आ गया। उसने चुपचाप केतली उठाकर चाय प्यालों में डाल दी। फिर प्याला उठाकर मुंह से लगाया तो 'जॉसमिन-टी' के बाद उसका ज़ायका कड़ुवा-कड़ु वा-सा लगा।

"बहुत तेज़ है," उसने कहा।

"ठीक तो है।" मधुकर ने कहा, "तुम चाय पीती हो या पानी?" 'जॉसमिन-टी' उसने कहना चाहा; पर कहा नहीं, चुप रही।

"कौन-कौन-सी किताबें ले आईं?" मधुकर ने पूछा।

"कोई नहीं।"

"तो क्या दिन-भर लाइब्रेरी में घूमती रहीं?"

"नहीं, पढ़ती रही।"

"क्या बात है?" मधुकर ने अपना हाथ उसके हाथ पर रखते हुए पूछा, "तबियत ठीक नहीं है क्या?"

"क्यों, तबियत को क्या हुआ?"

"इतनी चुपचाप जो हो।"

वह एकदम खीझ उठी।

"आदमी की तबियत क्या तभी ठीक होती है, जब वह लगातार बकर-बकर करता रहे?" उसने कहा।

"कमाल है," मधुकर भी खीझ उठा, "तुमसे कोई अच्छी बात भी कही जाए तो जवाब ईंट-पत्थर से देने लगती हो।"

"इसमें ईंट-पत्थर कहां से टपक पड़े?"

"कैसे बोलती हो तुम?"

"ठीक तो बोल रही हूं।" उसने अपना स्वर एकदम धीमा करके कहा। वह इस वक्त झगड़ने के मूड में बिलकुल नहीं थी, "बस,थक गई हूं।"

"यहां से लाइब्रेरी तक जाने में ही?" मधुकर ने मुस्कराकर कहा। यानी उसने भी लड़ने का इरादा स्थगित कर दिया था।

उसने चैन की सांस ली और चाय के प्याले से चुस्कियां भरने लगी।

"प्रोफेसर ह्यू म से झक मारते-मारते थक तो मैं भी गया हैं," मधुकर ने बदन तोड़ते हुए कहा, "सोच रहा था, चाय पीकर घूम आऊं तो दिमाग हलका हो जाए। मौसम बढ़िया है, चलोगी?"

"मैं बहुत थकी हूं।"

"कुछ देर आराम कर लो, फिर चलेंगे।"

"इस वक्त मन नहीं है।"

"तब चलो, घूमने न सही, बोटिंग करने चलते हैं। नाव मैं चलाऊंगा, तुम आराम से बैठी रहना।"

"तुम हो आओ।"

"छोडो फिर, मैं ही जाकर क्या करूगा!" उसने नाराज होकर कहा।

"नहीं, सच, तुम हो आओ न!" मनीषा ने स्वर को मीठा बनाकर कहा।

"नहीं, मुझे उतना शौक नहीं है। रहने देते हैं।"

वह समझ रही थी कि मधुकर उसे जाने के लिए इसलिए मना रहा है, क्योंकि वह सोचता है कि उसे कमरे में अकेले छोड़ कर उसका घूमने जाना उसे अवश्य नागवार गुज़रेगा। यह वैवाहिक-जीवन भी अजीब चीज़ है, वह सोच रही थी। जो करो एकसाथ। साथ बैठो, साथ बोलो, चाहे बोलने को कुछ हो, चाहे नहीं; साथ घूमो, साथ दोस्त बनाओ, चाहे एक का दोस्त दूसरे को कितना ही नागवार क्यों न लगे; साथ खाओ और साथ सोओ, चाहे एक के खर्राटें दूसरे को सारी रात जगाए क्यों न रखें। वह थका है दिमाग से, और कसरत करना चाहता है; वह थकी है जज्बात से और

अकेले रहना चाहती है; पर चूंकि वे विवाहित हैं इसलिए ज़रूरी है कि जो भी वे करें, दोनों करें, चाहे उससे एक को कितनी ही कोफ्त क्यों न हो। अगर वे दोस्त होते तो एक अपना ठौर छोड़ सड़क पर घूमने निकल जाता, दूसरा सोने अपने ठौर चला जाता। पर अब उन दोनों का ठौर एक है।

वास्तव में, सुबह प्रोफेसर ह्यू म से मिलने जाते समय भी मधुकर ने तजवीज रखी थी कि वह भी साथ चले। मनीषा ने ही इनकार कर दिया था। प्रोफेसर ह्यू म अर्थशास्त्र के कितने विज्ञ और विश्वविख्यात प्रोफेसर हैं; अल्पविकसित अर्थ-व्यवस्था पर उन्होंने कितना प्रशंसनीय कार्य किया है। उनसे मिलकर इस विषय पर चर्चा कर पाना मधुकर के लिए कितने सौभाग्य की बात है; उनके नैनीताल रहते उनका भीमताल आना कितना महत् संयोग है; यह सब मधुकर जोशोखरोश के साथ कई बार उसे समझा चुका था; पर उनकी इस महत्त्वशाली परिचर्चा को सुनने के लिए पन्द्रह-सोलह मील भीमताल जाने के लिए मनीषा कतई तैयार नहीं थी। अर्थशास्त्र उसके लिए जिज्ञासा का विषय नहीं है। उसके कई बार समझाने पर भी कि उसके पीछे वह खूब मजे में रह पाएगी, मधुकर यही अहसास लेकर विदा हुआ था कि छुट्टियों में नैनीताल लाकर, अपने काम के लिए उसे अकेला होटल के कमरे में बोर होने के लिए छोड़ जाना शोभनीय बात नहीं है। उसके बगैर, वह बोर होगी ही, इसका उसे पूरा विश्वास था।

"चाहो तो लाइब्रेरी हो आना।" जाते-जाते उसने प्रस्ताव रखा था। मनीषा को प्रस्ताव बुरा नहीं लगा था।

अब, बार-बार उससे बाहर घुमा लाने का आग्रह करके वह अपनी सुबह की उपेक्षा का प्रतिकार कर रहा है। वह अश्वस्त था कि उसका बाहर जाने से मना करना रूठना-भर है। और मना करने के साथ-साथ न रूठने के दावे करना, रूठने के नाजो-अंदाज़। वह एक अच्छा प्रेमी था, जो अच्छा पति होने के साथ अच्छा प्रेमी होने का दम भरता था, अच्छा प्रेमी होने पर फखया करता था। रूठने पर प्रेमिका को मनाना वह अपना कर्तव्य मानता था, लिहाज़ा मनाए चला जा रहा था। वह सोच भी नहीं

सकता था कि मनीषा को इससे कोफ्त भी हो सकती है। हां, मनीषा की जगह वह खुद होता तो अवश्य कोफ्त महसूस करता। उसके हर इसरार पर मनीषा की कोफ्त बढ़ती जा रही थी। वह चिल्लाकर कहना चाहती थी, मेरा पीछा छोड़ो, नहीं जाना मुझे बाहर; पर वह भी मधुकर से प्यार का दम भरती थी, इसलिए कभी-कभी ही अपने को ऐसा प्रदर्शन करने की अनुमति देती थी। आखिर हुआ यह कि और बहस से बेजार होकर उसने कह दिया, “ठीक है, चलो, बोटिंग कर आते हैं।”

एक बार फिर वह उसी रास्ते चल दी, जिसे कुछ देर पहले अर्धसम्मोहन की स्थिति में उसने पार किया था। पर अब अनायास इधर-उधर के खयालों में खोकर वशीभूत होने की गुंजाइश नहीं थी। मधुकर साथ था और बराबर बोले जा रहा था, दिलचस्प बात, प्रोफेसर ह्यू म के बारे में। उसकी आवाज़ जितनी आकर्षक है उतनी ही ओजपूर्ण। जब वह उत्साह के साथ बोलता है तो श्रोता के लिए उसकी अवहेलना करना असंभव हो जाता है।

“प्रोफेसर ह्यू में भी कमाल का आदमी है,” वह कह रहा था, “इतना प्रख्यात प्रोफेसर और इकोनोमिस्ट है, मगर हरकतें बिलकुल बच्चों जैसी हैं। पता है, कितनी बार बात करते-करते. मैंने देखा, वह मज़े में बैठे ऊंघ रहे हैं।”

“अच्छा” मनीषा ने कुछ कहने के लिए पूछ लिया, “बहुत प्रसिद्ध हैं प्रोफेसर ह्यू म?’ उत्तर में उसे दिलचस्पी नहीं थी।

“प्रसिद्ध!” मधुकर जोश में आकर बोला, “अरे, वह अकेला आदमी है, जिसने भारत जैसे पिछड़े देशों की अर्थ-व्यवस्था को सचमुच समझा है, धनाढ्य अमरीका के नहीं, एक पिछड़े देश के नज़रिये से। और फिर वह अर्थशास्त्र की दलीलों को हमारे खूसट बुद्धिजीवियों की तरह हवाई पतंगों में बांधकर नहीं उड़ाता, ठोस बात करता है। समझता है कि इस देश की आर्थिक समस्याओं को सुलझाने के लिए सामाजिक बदलाव की कितनी और कहां आवश्यकता है। विलक्षण बात है कि एक अमरीकी भारत के मनोभावों को किसी भारतीय से अधिक नज़दीकी नज़र से देख-समझ रहा है। है न?”

"हूं, हां," मनीषा ने अपनी ओर प्रश्न फेंका गया जानकर कहा।

उसकी उदासीनता ने मधुकर के भावावेश में बाधा डाली। नाराज होकर वह बोला, "हूं-हां, बस यही है कहने को तुम्हारे पास?"

"तो क्या करूं? ताली बजाऊं?"

"नहीं, व्यंग्य कसो।"

"उफ..." एक लम्बी सांस खींचकर मनीषा कुछ और कहने को उद्धत हुई कि मधुकर बोल उठा, "अच्छा-अच्छा, छोड़ो, जानता हूं, तुम्हें अर्थशास्त्र में कोई दिलचस्पी नहीं है। खैर, मैं यह कह रहा था, प्रोफेसर ह्यू में बहुत सरल प्रकृति के आदमी हैं। बूढ़े भी हो चले हैं। पता है, आज क्या हुआ? हम लोग उनके होटल के बरामदे में आरामकुर्सियों पर बैठे जोशोखरोश के साथ बातें कर रहे थे। अच्छी धूप निकली हुई थी और माहौल खूब आरामदेह था। मैं उन्हें बतला रहा था कि अगर हमारे राजनीतिज्ञ भी उनकी तरह सोचने लगे तो हम कितनी जल्दी प्रगति कर सकते हैं। सहसा मुझे लगा, जैसे मैं अपने-आपसे बोल रहा हूं। मैं वाक्य को बीच में छोड़कर चुप हो गया। प्रोफ सर ह्यू म पर कोई प्रतिक्रिया नहीं हुई। मैंने झुककर देखा, वह आंखें बन्द किए मज़े से आरामकुर्सी पर पड़े हैं। मुझे भी क्या शैतानी सूझी। मेरी कुर्सी के पास ही गार्डनिया की बेल लटक रही थी, मैंने एक तिनका तोड़कर आहिस्ता से उनकी नाक पर छुआ दिया। बिना हड़बड़ाए उन्होंने आंखें खोल दीं और इतमीनान से बोले—'चाय, रख दो'—ज़रूर उनकी बीवी उन्हें रोज़ सुबह, यूं ही नाक में तिनका डालकर जगाती होगी। क्या खयाल है?" और मधुकर ठहाका मारकर हंस पड़ा। ठहाका मनीषा ने भी लगा दिया, पर उधार-सा, ज़बरदस्ती वह पूरे जेहन के साथ उस वक्त जितेन की चुप्पी याद कर रही थी।

नाव के दोनों चप्पू मधुकर के हाथों में थे। वे एकसाथ पानी में पड़ते, एकसाथ पानी से निकलते, एकसाथ ऊंपर उठते, और दुबारा पानी में गिर जाते, एकसाथ। मधुकर के नाव खेने में निपुण सामथ्र्य ही नहीं, कला भी थी। न केवल दोनों चप्पुओं की संगत में मधुर समरसता थी, बल्कि एक के बाद एक पड़ रहे उनके आघात में भी लयानुगति थी, जो पानी की कलकल से

मिलकर मृदुल तराने का रूप ले रही थी। ऊंपर से शीतल मधुर बयार। रोमान्स के लिए और क्या चाहिए? सामने की सीट पर उनींदी-सी पड़ी मनीषा दृश्य को भोग रही थी।

"क्या शानदार मौसम है, है न?" मधुकर ने चप्पुओं की लय को बनाए रखते हुए पूछा।

"हूं?" मनीषा चौंकी, फिर साड़ी का पल्लू अपने चारों ओर लपेटते हुए बोली, "ठण्ड है।"

"ठण्ड?' मधुकर ने सिर झटककर कहा, "ठण्ड कहां है? एकदम ठीक मौसम है। न गर्म न सर्द।"

"मुझे तो ठण्ड लग रही है।"

पहली बार संगीत में व्याघात हुआ। मधुकर ने एक हाथ रोककर स्वेटर के बटन खोल डाले और उसे निकाल दिया, बोला, "पसीना आ रहा है।"

"वह तो नाव चलाने के कारण है।"

"एक चप्पू तुम ले लो।"

"मुझे ठीक से चलाना नहीं आता।"

"सीखोगी तभी, न आएगा?"

"मैं थक रही हूं।"

"ठीक है," मधुकर भड़क उठा, "भाड़ में पड़ो। पर ठण्डठण्ड भी मत चिल्लाओ। ऐसा शीत नहीं पड़ रहा और ऐसा ही था तो घर से कोट पहनकर निकलतीं।"

"ज़रूरी है कि जब तुम्हें ठण्ड लगे तभी औरों को भी ठण्ड लगे और जब तुम्हें गरमी तभी उन्हें गरमी?"

"और तुम्हारे लिए ज़रूरी है कि जब भी कहीं बाहर निकलो, झगड़ने लगो?"

"पर मैंने तो कोई झगड़ा नहीं किया।"

"अच्छा बाबा, नहीं किया। अब बोलो, आगे चलना है। या वापस?" वह बहुत नाराज़ लग रहा था।

उसने चाहा, बात को आगे न बढ़ने दे, कह दे, अच्छा लग रहा है, आगे

चलो; पर पूरी बात सोचने-समझने से पहले ही आदतन कह उठी, "जैसा तुम चाहो।"

"तब चलो वापस!" मधुकर ने तेज़ी से कहा और उतनी ही तेज़ी से चप्पू मारने लगा। अब उसके नाव खेने में महज़ वेग था, कार्यदक्ष वेग। चप्पू अब भी एकसाथ पड़—निकल रहे। थे; पर इतनी तेज़ी से, जैसे मूसल बरस रहे हों। पानी की कल-कल, उनके प्रहारों के नीचे दबकर सिसक रही थी। कटता जल, उछल-उछलकर प्रतिवाद कर रहा था, चप्पू चीख-चीखकर। संगीत शोर में बदल गया था। तीर की तरह दौड़ रही नाव को खेते-खेते, एक बार बीच में हाथ रोककर उसने कमीज़ के बटन खोल डाले पर उस क्षणिक विराम से, उसकी चीत्कार करती द्रुतगति में कोई अन्तर नहीं आया। चप्पू से चोट खाकर, अंजुली-भर पानी मनीषा की गोद में आ गिरा। वह सिहर उठी, पर कहा कुछ नहीं। वह एकटक मधुकर को देख रही थी। कमीज के खुले बटनों के भीतर से झांकती उसकी मांसल गरदन और चौड़ी छाती पसीने से सराबोर थी। गोरा मुंह लाल पड़ा हुआ था, कुछ नाव खेने के श्रम से और कुछ उसपर आए क्रोध से, और छोदी पर तीक्ष्ण आंखें एकदम स्याह पड़ गई थीं। उसे याद आया, उसकी ये काली पुतलियां हमेशा से उसकी विभिन्न मनःस्थितियों का चित्रण इतनी ही सूक्ष्मता से करती आई हैं। वह हंसता है तो वे नीली झील में तैरती बत्तखों-सी दिखाई पड़ती हैं; प्यार करता है तो तूफानी नदी पर खेलती सफल नाविकों की नावों-सी प्रतीत होती हैं; क्रोध करता है तो ताज़े टूटे कोयलों-सी चमक उठती हैं, जैसे अब। लगता है, दियासलाई की लौ का स्पर्श पाए बगैर ही भभककर जल उठने को तैयार हैं।

देखते-देखते एक झटके के साथ उसे यह भी याद आ गया कि यही वह आदमी है, जिसे उसने इतना प्यार किया था कि सब कुछ छोड़-छाड़कर उसके साथ निकल पड़ी थी। प्यार किया था उसके इसी उदात्त उत्साह से, सरगर्मी से, जोश से और इस गरम-मिज़ाज से भी। याद आया कि उसने कहा था, जो क्रोध नहीं कर सकता, वह खुलकर हंस नहीं सकता; गहराई से प्यार नहीं कर सकता। कर्मरत, पसीने से तर-ब-तर, उसका जो सुगठित शरीर उसके

सामने था, उसे भी प्यार किया था, क्योंकि वह इसी गुस्से और हंसी से बना था। इस आदमी में भावसंवेग इतना विस्तृत और गहरा है कि उसके शरीर से फूटफूटकर बहती उसकी विद्युत् तरंगें न उसे चैन से रहने देती हैं, न किसी और को; ऊंर्जा का ऐसा भण्डार है कि वह सोच ही नहीं सकता, कोई थका भी हो सकता है; जीवन के प्रति इतनी जिज्ञासा है कि वह कल्पना भी नहीं कर सकता कि कोई स्वेच्छा से अकेला रहना चाह सकता है।

इसी जिज्ञासा, इसी ऊंज, इसी भाव-संवेग से उसने प्यार किया था, चार वर्ष पहले, इतना, कि लगा था, मंज़िल मिल गई। फिर क्या हुआ? क्या अपनी धुन में वह मंज़िल से आगे निकल गई और जब पलटी तो पाया, मंज़िल बदल गई? या मंज़िल नहीं बदली, वह स्वयं बदल गई? या कुछ नहीं हुआ; बस, वह ऊंब गई और ऊंब से चिढ़कर मंज़िल में ढहने के आसार ढूंढ़ने लगी? हो सकता है, ये तीनों सच हों या तीनों में से कोई सच न हो। सच सिर्फ यह हो कि आज वह तरह-तरह की कल्पनाएं कर रही है, क्योंकि उसका मन अशान्त है। अशान्त है, क्योंकि वह अभी जितेन से मिल चुकी है और कल फिर मिलने वाली है। कितनी बेवकूफ औरत है वह! जितेन क्या कोई अपरिचित है? यह क्या उससे प्रथम भेट है, जो वह इस तरह तरोताज़ा अनुभव कर रही है, जैसे सफर ने नया मोड़ ले लिया हो? यह तो वही जितेन है न?

नाव किनारे आ लगी। उसकी ओर बिना देखे, मधुकर डांड छोड़, बाहर कूद गया। डगमगाती नाव में संभल-संभलकर पांव रखती वह भी नीचे उतर आई। लम्बे-लम्बे कदम उठाता मधुकर तेज़ चाल से आगे बढ़ चला। भागकर मनीषा ने अपने और उसके बीच का रास्ता तय कर लिया और उसके पास पहुंचकर उसका हाथ थाम लिया। मधुकर ने मुड़कर उसकी ओर नहीं देखा, पर हाथ भी नहीं छुड़ाया। उसकी चाल की तेज़ी में भी कमी नहीं आई। उसका हाथ थामे रहने के लिए मनीषा के लिए ज़रूरी हो गया कि वह उसके पीछे भागती रहे। सहसा, उसे अपने पर,

मधुकर पर, और इस तमाम बचकाने लड़ाई-झगड़े पर हंसी आने लगी।

"जरा धीरे चलो न," उसने कहा, "वरना लोग समझेंगे, तुम मुझे मेरी मर्ज़ी के खिलाफ भगाए लिए जा रहे हो।"

मधुकर ने उसके स्वर का हास्य सुना, मुड़कर उसकी ओर देखा तो वह बोली, "अब छोड़ो भी यह गुस्सा।"

मधुकर के कदम शिथिल पड़ गए। दोनों साथ-साथ चलने लगे।

"तुम्हारा हाथ वाकई बहुत ठण्डा है।" मधुकर ने कहा।

"कहां?" उसने कहा, "भागते-भागते पसीना आ गया।"

"लो, अब गरमी लगने लगी?" उसने कहा और ठहाका मारकर हंस पड़ा।

मनीषा भी उसका साथ देती हुई हंस दी।

"लाओ, तुम्हारा हाथ गरम कर दूं।" मधुकर ने कहा और उसके कन्धे पर से बांह ले जाकर उसका हाथ थाम लिया।

यूं बंधे-बंधे चलते, मनीषा सहज होने लगी। मधुकर के शरीर की गरमाई उसके अपने शरीर को सहलाने लगी। धीरे-धीरे, शाम से तनाव के जो अष्टभुज उसे जकड़े हुए थे, एकएक करके अपने नाखून ढीले करने लगे। उसने कल को कल पर स्थगित कर दिया। आज के बचे क्षणों से न केवल समझौता कर लिया, बल्कि उनमें पूरी तरह लीन होने का इरादा भी। या यह कहना चाहिए कि बुद्धि लगाकर कुछ तय करने से पहले ही उनमें लीन हो गई।

कुछ दूर चुपचाप चलने के बाद, मधुकर ने कहा, "ठण्ड के मजे लेने के लिए बस यही दो-चार दिन तो और हैं। एक बार दिल्ली पहुंच गए तो फिर गरमी ही गरमी है।"

"इस मामले में बंगलूर बहुत अच्छी जगह है।" उसने कहा।

सहसा, उसके कन्धे पर मधुकर की बांह का दबाव सख्त हो गया। चौंककर उसने उसके चेहरे की ओर देखा। वहां चोट की वही स्याह लकीरें उभर आई थीं, जो कुछ देर पहले उसने जितेन के चेहरे पर देखी थीं। पर

जहां जितेन चोट खाने पर कछुवे के समान अपने भीतर जा घुसता है, मधुकर गरदन निकालकर आक्रमण पर उद्धत हो जाता है। बांह के एक कुपित झटके के साथ, उसने उसे अपने से सटा लिया। उसे याद है, उसकी इसी प्रचण्ड स्वत्वीय भावना के कारण उसने उसे प्यार किया था। अब भी करती है या करना चाहिए। उसने अपने बदन को ढीला छोड़ दिया और समर्पण की मुद्रा में सिर उसकी आवेशित बांह पर टिका दिया। मन के भीतर उठ रहे सशंक तर्कों को टालने का इससे बढ़िया उपाय और क्या हो सकता है?

"उठाकर ले चलूं तुम्हें?" मधुकर ने फुसफुसाकर कहा।

"दो कदम तो और हैं।" उसने कहा और उसी मुद्रा में टिकी रही।

३

"प्रोफेसर ह्यू म से कल बातचीत पूरी नहीं हुई थी," नाश्ते की मेज़ पर मधुकर ने कहा, "आज़ फिर जाना होगा। लौटते-लौटते चार बज जाएंगे।'

"कोई बात नहीं," मनीषा ने फौरन कहा, "मैं मज़े में हूं।"

जहां तक उसका सवाल था, वह सुबह से इंतज़ार ही कर रही थी कि कब मधुकर यह कहेगा। कल उसकी बातों से आभास तो हुआ था कि प्रोफेसर ह्यू में से बातचीत अभी बाकी है; पर पूरी तरह निश्चित नहीं हो पाई थी कि दूसरी वार्ता आज होगी या किसी और दिन। कई बार सोचा भी कि मधुकर से पूछ ले, पर यह सोचकर रह गई कि कहीं वह यह न समझ बैठे कि वह उससे न जाने का आग्रह कर रही है। वैसे आज सुबह से पूछने के लिए विशेष मौका भी नहीं मिला था। बिस्तर से उठने में ही इतनी देर हो गई थी। अब तक का समय छिटपुट दिनचर्या के कार्य निबटाते निकल गया था। हां, उन सबके बीच एक बेकली-सी अवश्य बनी रही थी। पहले-पहल जब आंख खुली तो आठ बजे थे। उसने चाय मंगवाकर मधुकर को जगा दिया था और सोचा था कि नौ-साढ़े नौ तक तैयार होकर यदि वह भीमताल के लिए निकल गया, तो वह आराम से अपने दुपहर वाले अपॉइंटमेंट के बारे में सोचेगी; पर ऐसा हो नहीं पाया

था। मधुकर ने उसके हाथ से चाय लेकर पी ली थी; खाली प्याला वापस तिपाई पर रखने के लिए उसे पकड़ा दिया था, पर बिस्तर छोड़ा नहीं था, बल्कि उसे भी वापस खींच लिया था। फिर जब दुबारा आंख खुली थी तो दस बज चुके थे। 'टूरिस्ट हॉस्टल' में दस बजे के बाद नाश्ता देने का नियम नहीं है, वे जानते थे, इसलिए जल्दी-जल्दी नहा-धोकर खाने के कमरे की ओर चल दिए थे। फिर भी पौने ग्यारह बज ही गए थे।

खाने का कमरा खाली पड़ा था। बस, एक बूढ़े बैरे की देखभाल में दो छोकरे मेज़ों की सफाई में जुटे हुए थे। कोने में खड़ा जमादार टीन के कनस्तर में फिनाइल का पानी घोल रहा था। मेज़ों से मेज़पोशों के हटते ही फर्श की धुलाई करने का उसका इरादा साफ ज़ाहिर था।

"लगता है, आज इनके धोबी के आने का दिन है।" मधुकर ने हंसकर कहा।

कमरे से उठ रही फिनाइल और बासी खाने की मिली-जुली गन्ध से मनीषा को उबकाई आने लगी। नाक पर साड़ी का पल्ला रखकर उसने कहा, "बड़ी बू है यहां।"

"बू कहां, यह तो फिनाइल की गन्ध है," मधुकर ने ऐसे कहा, जैसे फिनाइल कोई राजसी इत्र हो। फिर वह बूढ़े बैरे के पास जाकर नाश्ते की फर्माइश करने लगा। सुनकर, उसने पासवाले छोकरे के हाथ से लेकर एक दाग लगा मेज़पोश वापस मेज़ पर डाल दिया और रुखाई के साथ बोला:

"बैठिए!"

"अपनी सामन्तवादी नाक से पल्ला हटा दो।" बैठकर मधुकर ने कहा। "जमादार ने हमारे उठने तक अपना फर्श धोने का इरादा स्थगित कर दिया है।"

मनीषा चुपचाप सामने वाली कुर्सी पर बैठ गई। थोड़ी देर में बैरा आकर कुछ जले टोस्ट और ठण्डे कटलेट्स उनके सामने रख गया।

"बस, अब गरमागरम कॉफी और ला दो तो काम बन जाए।" मधुकर ने इतनी खुशमिज़ाजी से कहा कि बैरे के खीझ-भरे मुंह पर भी मुस्कराहट आ गई। और कॉफी जब आई तो थी भी गरम।

"बुरा नहीं है," टोस्ट और कटलेट का टुकड़ा मुंह में डालते हुए मधुकर

ने कहा, "तुम नहीं खा रहीं?"

"नहीं, मैं बस कॉफी लूंगी।" मनीषा ने कहा।

"तुम्हें तो किसी 'फाइव स्टार होटल' में ठहरना चाहिए।" मधुकर ने झल्लाकर कहा।

"प्लीज!" मनीषा ने इतनी दयनीयता से कहा कि वह आगे और कुछ न कहकर चुप रह गया।

वह चुपचाप कॉफी पीने लगी। इस वक्त वह मधुकर से बहस करने के लिए बिलकुल तैयार नहीं थी। वैसे बात उसकी गलत थी। इतने दिनों वह यहां आराम से रहती आई थी। सिर्फ आज ही उसे यह माहौल भद्दा लगा था और उसकी वजह थी, चारों तरफ फैली बासीपन की गन्ध।

अब लगा, इतनी तत्परता से कहा गया उसका, 'मैं मज़े में हैं।' मधुकर को पसन्द नहीं आया है।

"बात यह है," उसने आगे जोड़ा, "आज कहानी लिखने के मूड में हूं, तुम्हारे पीछे वही करूंगी।"

"लाइब्रेरी में?"

"नहीं," मनीषा ने सहज स्वर में कहा, "यहीं बैठकर। तुम लौट आओगे तो घूमने चलेंगे।"

'हूं..." मधुकर ने कहा, "यह आज एकाएक कहानी लिखने का मूड के से बन गया? कल क्या कोई खास बात हुई थी?"

"कल? कल क्या होना था?" उसने कहा।

कहकर उसे लगा, उसने 'कल' को कुछ ज़्यादा लम्बा खींच दिया है, उदासीनता का नाटक करनेवाले किसी रद्दी अभिनेता की तरह। क्षण-भर के लिए मधुकर की पैनी दष्टि उसपर टिकी रही। लगा, उसने उसके असफल अभिनय को पकड़ लिया है; पर उसने उसपर कोई टिप्पणी नहीं की, कहा:

"सुना है, पहाड़ों पर कहानियां अच्छी लिखी जाती हैं।"

"शायद," उसने हंसकर जल्दी-जल्दी कहा, "पर मैंने तो अभी तक एक भी नहीं लिखी। इसीलिए सोचती हूं, एक लिख ही डालूं। हां, अगर

बनी नहीं तो दूसरी बात है। तब गमगलत करने के लिए बाज़ार चली जाऊंगी, पर घबराओ नहीं, ज़्यादा कुछ खरीदूंगी नहीं; बस, यही देखना-दिखाना।"

"तो मैं चलूं," अधुकर अपनी कुर्सी खिसकाकर उठ खड़ा हुआ, "तुम्हारी कॉफी खतम नहीं हुई?"

"हो गई।" मनीषा ने कहा और बची कॉफी एक घूंट में पीकर उठ गई।

मधुकर के जाने के बाद मनीषा पूरी तरह दुबारा तैयार हुई। कल जब जितेन से मिली थी तो चूड़ीदार पायजामा-कुरता पहने हुए थी। आज सोचा. सिल्क की साड़ी पहन चले। वह जानती है, जितेन को साड़ी का पहनावा अधिक भाता है। बहुत सोच-विचारकर उसने बंगलूर सिल्क की उन्नाबी रंग की साड़ी निकाली। साड़ी बंगलूर से ही खरीदी गई थी, हो सकता है, जितेन को याद भी हो। अपने खयाल पर वह स्वयं ही हंस पड़ी। जितेन कभी किसी साड़ी को आंख-भर देखता भी है? खैर, सवाल साड़ी का है भी नहीं। आखिर उसने उसे तो देखा है, पहचाना है, और इतने आग्रह के साथ दुबारा मिलने को बुलाया है। यही क्या कम है?

बन-संवरकर तैयार होने में साढ़े बारह बज गए। 'कोपाकबाना' पहुंचने में अभी एक घण्टा बाकी था और रास्ता आधे घण्टे से अधिक का था नहीं। पर कमरे में बैठकर एक-एक मिनट गिनने से कहीं बेहतर था, इंतज़ार के इस वक्त को रास्ते में काट देना, लिहाज़ा, कमरा और फाटक फार कर वह सड़क पर निकल आई। बाहर आकर देखा, अच्छी धूप निखरी हुई है। चिलचिलाती धूप की गरमी नैनीताल की दुपहरी में भले ही न हो, रोशनी तो होती ही है। सूर्य के प्रखर प्रकाश से टकराकर मनीषा, सहसा, रूमानियत की धूमिल गुफा से खींचकर बाहर आ गई। उसने देखा उसकी साड़ी का रंग वक्त के खयाल से बहुत चटकीला है और मेकअप बहुत शोख। सहसा उसे लगा कि महज़ जितेन के साथ खाना खाने के लिए न तो इतना सजनेसंवरने की ज़रूरत थी और न

इतना जल्दी घर से निकलने की। यह सब सोचते-सोचते वह कुछ दूर चलती ज़रूर गई, पर हर पल उसका यह अहसास उग्र होता गया कि वह ज़रूरत से ज़्यादा लिपी-पुती गुड़िया के समान भद्दी लग रही है। आखिर उसने अपना चेहरा परखने के लिए पर्स में हाथ डालकर छोटा शीशा निकालना चाहा तो वह हॉस्टल के उसके कमरे की ताली से जा टकराया। उफ, जल्दी में ताली रिसेप्शन पर देना ही भूल गई। ऊंह, ऐसी भी क्या जल्दी? यह बचपना नहीं तो और क्या है? उसे अपने पर बेहद गुस्सा आया और वह टूरिस्ट हॉस्टल की तरफ वापस पलट गई। कमरे में लौटकर उसने चेहरे का मेकअप धो डाला, फिर सिर्फ हलकी-सी क्रीम और लिपस्टिक लगाकर बाहर निकली, सहूलियत से दरवाज़ा बन्द किया, सहूलियत के साथ नीचे जाकर ताली रिसेप्शन पर दी और उतनी ही सहूलियत के साथ चलकर सड़क पर आ गई। घड़ी पर नज़र गई तो देखा, एक बज रहा है। उसके कदम आपसे-आप तेज़ हो गए। कहीं ऐसा न हो कि जितेन 'कोपाकबाना' पहुंचे और उसे वहां न देखकर यह समझ बैठे कि वह नहीं आ सकी और लौट ही जाए। चलते-चलते, उसने अपने को समझा लिया कि वह तेज़ इसलिए नहीं चल रही कि उसे जितेन से मिलने की कोई खास जल्दी है, बल्कि इसलिए कि समय पर न पहुंचना अशिष्टता की निशानी है।

पन्द्रह मिनट के भीतर वह 'कोपाकबाना' पहुंच गई। अन्दर घुसते ही जितेन दिखाई नहीं दिया। स्वाभाविक ही था, क्योंकि भीतर वह कृत्रिम अंधकार फैला हुआ था, जो आम रेस्तरां की खास निशानी है। पर शीघ्र ही वह इस अंधेरे की अभ्यस्त हो गई। इधर-उधर नज़र डाली, जितेन फिर भी नहीं दिखा। वह कोने में पड़ी खाली मेज़ पर जा बैठी और अपने को झिड़कने लगी। क्या ज़रूरत थी इस तरह भरी दुपहरी में पसीना-पसीना होते. भागते आने की? वहां जितेन उसके आने न आने के बारे में भूलकर, कॉन्फ्रेन्स में मग्न बैठा होगा। कौन जाने कॉन्फ्रेन्स कब समाप्त होगी! बीच में उठकर तो वह आने से रहा। और क्या पता, कॉन्फ्रेन्स खतम भी हो चुकी हो और वह उसके बारे में भूल-भालकर अपने होटल या कहीं और चला गया हो। दिमाग खराब

है उसका भी! पता नहीं, हर बात को इतनी गम्भीरता से क्यों ले बैठती है, चाहे किसीसे मिलना हो या वक्त की पाबन्दी? खैर, वह भी बैठी-बैठी उसकी राह नहीं जोह रही। एक कप कॉफी पिएगी और वापस घर चली जाएगी; जो मधुकर से कहा था, वही करेगी; कहानी लिखेगी, बस।

तभी जितेन भीतर घुसा। एक ही नज़र में उसने उसका भूरा सूट, सफेद कमीज़ और भूरी-नीली टाई तो देखी ही, साथ ही अंधेरे में इधर-उधर खोजती उसकी आंखें भी देखीं। उस वि कल दृष्टि की दिपदिपाती लौ से वह बासी कमरा यू जगमगा उठा, जैसे वहां, सहसा, एकसाथ सैकड़ों न्योन ट्यूबलाइटें जल उठी हों। वह निर्वाक्-निस्पन्द बैठी रही। उसका ध्यान आकर्षित करने के लिए कोई हरकत नहीं की। वह जितनी देर हो सके, उसकी आकुल भटकती दृष्टि को देखते रहना चाहती थी। उसे लग रहा था, वर्षों से उसे किसीने खोजा नहीं; खोजकर न पाने पर किसीकी आंखों में बादल नहीं उमड़े; खोज लेने पर किसीकी आंखों में बिजली नहीं कौंधी। जितेन ने कुछ देर भीड़ में भटककर आखिर उसे देख लिया और तब उसकी आंखें यू चमक उठीं, जैसे...जैसे रेगिस्तान में जल पाने पर खोए पथिक की। उसने सोचा और फिर, वाह, ‘वया घिसी-पिटी उपमा है, कहकर अपने को झिड़क दिया, पर सख्ती से नहीं। वह जितेन की निगाह अपने चेहरे पर पा, मुस्कराने में व्यस्त थी। उसके चेहरे पर न मुस्कराहट आई न अधैर्य की रेखा; बस, आंखों में चमक बनी रही और उसके मुख पर उन्हें जमाए, वह सधे, नपे-तुले कदमों से चलकर उसकी मेज़ पर जा पहुंचा।

“माफ करना,” उसने कहा, “देर हो गई। तुम्हें इन्तज़ार तो नहीं करना पड़ा?”

“नहीं, नहीं,” उसने उत्तर दिया, “मैं भी अभी-अभी आई हूं

देर से बैरा पास मंडरा रहा था। जितेन के पास की कुर्सी पर बैठते ही उसने मीनू-कार्ड आगे बढ़ा दिया। मनीषा कार्ड देखने लगी। कार्ड थाम जितेन ने भी लिया, पर वह शायद उसके बजाय मनीषा को देखता रहा, क्योंकि

सहसा उसने कहा, "उन्नावी रंग तुमपर बहुत फबता है। सुन्दर लग रही हो।"

"धन्यवाद!" उसने चौंककर कहा।

"वैसे इस साड़ी में तो हमेशा से लगती आई हो।" उसने फिर कहा। तो उसे याद है। साड़ी तक याद है। वह इतनी चंचल हो उठी कि न धन्यवाद जैसे औपचारिक शब्द का सहारा ले सकी और न मीनू-कार्ड का। मोहग्रस्त-सी वह तब तक जितेन की आंखों में देखती रही, जब तक उसने स्वयं ही उन्हें हटाकर मीनू-कार्ड पर न झुका लिया।

"क्या लोगी?" उसने पूछा।

"कुछ भी।" उसने कहा।

जितेन ने इशारे से बैरे को बुलाया और बुदबुद कर दो-चार चीजों के नाम गिना दिए। बैरा ऑर्डर लेकर चला गया। सामान लेकर उसके लौटने तक दोनों में से कोई कुछ नहीं बोला। आज कुछ न कह पाना मनीषा को उलझन में नहीं डाल रहा था। बैरा खाने का सामान ले आया तो वह वैसे ही चुपचाप अपनी और जितेन की प्लेटों में परोसने लगी।

"और तुम्हारी साहित्य-साधना का क्या हाल है?" जितेन ने चम्मच उठाकर कहा।

मनीषा चौंकी। क्षण-भर को लगा वह व्यंग्य कर रहा है; फिर देखा, उसका चेहरा एकदम गम्भीर है।

"ठीक ही है।" फिर भी जवाब उसने सतर्कता से दिया।

"तुम्हारी किताब निकली थी न? कहानियों की—'क्षण-भंगुर'—देखी थी मैंने। अच्छी लगी थी, बहुत अच्छी।"

"सच?" उसने आश्चर्य के साथ कहा, "तुम हिन्दी कब से पढ़ने लगे?"

"क्यों?" जितेन हंस पड़ा, "इतना बुरा तो नहीं। कोशिश करके थोड़ी-बहुत पढ़ ही लेता था। और तुम्हारी किताब तो यूं भी पढ़ने में कोई दिक्कत नहीं हुई मुझे।"

"मैंने कभी नहीं सोचा था, तुम मेरी किताब पढ़ोगे।' उसके मुंह से निकला।

"तुमने क्या मेरे बारे में सोचा था?" जितेन हंस दिया, पर उससे हंसा नहीं गया। जितेन को हिन्दी पढ़ने में कितनी दिक्कत होती है, क्या वह जानती

नहीं? और हिन्दी ही क्या, और किसी भाषा की किताब पढ़ने के लिए ही समय कहां मिल पाता है उसे? यह वही जितेन है न, जो उसके बहुत कहने पर किताब उससे लेकर पास रख ज़रूर लेता था, पर फिर बिना पढ़े ही कुछ दिन बाद लौटा देता था। कभी पढ़ता भी था तो हलकी-फुलकी किताबें, सफर में, जैसी कल खरीदते हुए उसे मिला था। उसकी कहानियों की किताब का उसने पता लगाया, खरीदी, पढ़ी—क्या सचमुच पढ़ी?

"सबसे अच्छी कहानी मुझे वह लगी थी...विभा...याद है?"

"हां।"

"विभा का चरित्र रह-रहकर याद हो आता है मुझे।" उसने फिर कहा।

याद करके मनीषा खुश हो मुस्करा दी। जितेन ने अपना हाथ उसके हाथ पर रख दिया। अत्यन्त सहज भाव से उसने कहा, "मनीषा, मैं अब भी तुम्हें चाहता हूं।"

फक से उसकी मुस्कराहट बुझ गई।

"कहना बेकार है, जानता हूं," उसने कहा, "तुम अपना निर्णय पहले ही ले चुकी हो।"

उसकी आंखों में आंसू छलछला आए।

"तुम्हें बुरा लगे, इसलिए नहीं कह रहा," उसने फिर कहा, "चुनाव का अधिकार हर इंसान को है।"

मनीषा ने चुप रहकर सुना, लगा, जीवन में केवल जितेन ही ऐसा एक आदमी मिला है, जिसने उसे स्वतन्त्र इन्सान माना है। तटस्थ होकर आज सुना, परखा और समझा कि यह जितेन की उदासीनता नहीं, परिपक्वता है, वरना आधुनिक से आधुनिक विचारोंवाले पुरुष भी इन्सान को रिश्तों से आंकते हैं, विशेषकर स्त्रियों को। वह बेटी है, वह बहन है, वह पत्नी है, वह प्रेयसी है। मेरी-तेरी-उसकी। बेटी-बहन-पत्नी-प्रेयसी होने का अर्थ ही। है किसीका होना। पर क्या यही स्त्री का पूरा परिचय है? स्वयं अपने में वह कुछ भी नहीं है? जितेन ऐसा नहीं समझता। वह रिश्तों को अपने या दूसरों पर हावी नहीं होने देता। उसके लिए वह गौण वस्तु है। तभी न चुनाव के अधिकार का प्रश्न उठता है। पर क्या सभी इस अधिकार का ठीक उपयोग करना जानते हैं?

भावनाओं की रौ में बहकर, अगर कोई दुरुपयोग कर बैठे तो उसे क्या रोक नहीं लेना चाहिए! प्यार से समझा-बुझाकर? जितेन कहेगा नहीं, यह उसका निजी मामला है। दूसरों को उसमें हस्तक्षेप करने का अधिकार नहीं है। जितेन कह सकता है, क्योंकि जितेन कभी भावनाओं का शिकार नहीं बना। वह नहीं जानता, उनका बहाव कितना भयंकर होता है। पर वह तो जानती है। बुद्धि, विचार-शक्ति, परिपक्वता कुछ नहीं टिक पाता उसके सामने। रेतीले कगारों के समान टूटकर मिट्टी में मिल जाते हैं सबके सब। बस, एक चीज़ है, जो उसे रोक सकती है, बांध सकती है, पीछे धकेल सकती है और वह है, उससे भी उत्कट भावना की लहर! आज जिसे इतनी स्पष्टता के साथ वह जितेन की परिपक्वता अनुभव कर रही है, चार वर्ष पहले उसीको उदासीनता कहकर अलग नहीं छिटक दिया था उसने? इसीलिए न कि उस समय हाथ में भावना की नंगी तलवार थी, वह क्या खून चखे बगैर म्यान में वापस लौट सकती थी?

उसने प्रयत्न किया इन विचारों को शब्द देने का। कहा, "चुनाव क्या है?—कुछ चीज़ें हो जाती हैं—आदमी ठीक से सोचता भी नहीं—जो होता है सामने—जो गुज़र रहा होता है—हम क्या कितना समझ पाते हैं उसे—"।

कहते-कहते वह बीच में ही रुक गई। लगा, अपनी बात बिलकुल नहीं कह पा रही।

"आजकल हो कहां?" उसके चुप रह जाने पर जितेन ने पूछा।

"दिल्ली।"

"जाता रहता हूं। कभी आऊं तो मिलोगी?"

"हां, शायद, कोशिश करूंगी।

"फोन है?"

"हां, ४५८७६२।"

जितेन डायरी निकालकर फोन नम्बर लिखने लगा तो उसके हाथ पर से हाथ हटा लेना पड़ा। दुबारा उसने नहीं रखा। मनीषा कुछ सहज हो चली।

"किस वक्त करने से ठीक रहेगा?" जितेन ने पूछा, "कॉलेज से कब

तक लौटती हो?"

"सुबह कभी भी कर लेना। कॉलेज नहीं जाती।"

"अच्छा," जितेन ने इतना ही कहा; पर उसे लगा; यह सुनकर उसे आश्चर्य हुआ है। शायद सोच रहा हो, कॉलेज नहीं जाती तो मधुकर की आय में गुज़ारा कैसे होता है या शायद यह कि नौकरों-चाकरों के अभाव में बेचारी को कॉलेज जाने का अवकाश ही कहां मिलता होगा।

"लिखने में ही समय निकल जाता है," उसने सफाई देते हुए कहा। कहकर ही वह सोचने लगी कि चार वर्ष पहले भी तो वह लिखती थी और तब आर्थिक मजबूरी भी कोई नहीं थी, फिर वह कॉलेज क्यों जाती थी? क्या महज़ अपनी स्वतन्त्रता की घोषणा करने के लिए? नहीं, वह जाती थी, क्योंकि उसके पास ढेर सारा खाली उबाऊं वक्त था—खोखले पहाड़ के समान ऊंचा, सख्त और सूना। लिखने बैठती थी तो उसका सूनापन और सन्नाटा उसकी कहानियों में उतर आता था, वे नीरस हो उठती थीं। तब उसने अपने उन ऊंब-भरे क्षणों को बंगलूर के एक कॉलेज के हाथों बेच दिया था। उससे मिली व्यस्तता को पाकर संतोष करने का प्रयत्न किया था, पर वाकई संतोष नहीं मिला था। कुछ और करने की चाह बनी रही थी। तभी जीवन में मधुकर आ गया था और लगा था, समय में वह खालीपन नहीं रहा, जिसे भरने के लिए घर से बाहर जाना ज़रूरी हो जाता था। उसकी कहानियों में भी मांसलता आ गई और रूमानियत। वे बिकने लगीं। उसके रस-भरे क्षणों की कीमत लगने लगी। अब उसने पाया कि उनके बदले में मिला रुपया, उसके कॉलेज वाले वेतन से काफी कम होते हुए भी उसके लिए नगण्य नहीं रह गया है। मधुकर की आय कभी भी अधिक नहीं रही थी, पर पिछले महीनों में कीमतें इतनी तेज़ी से बढ़ी थीं कि उसे अपना कमाना आवश्यक लगने लगा था। कई दिनों से वह सोच रही थी कि उसे कोई न कोई नियमित नौकरी खोज लेनी चाहिए। उसने यह मानने से इनकार कर रखा था कि अवमूल्यन सिर्फ रुपये का नहीं, उसके समय का भी हुआ है। कहानी लिखने से पहले और बाद का समय फिर ऊंब से भर चला है। यही नहीं, उसे अपनी कहानियां भी बचकानी और पुनरावृत्तिपूर्ण लगने लगी थीं। रुमानी और भावुक कहानियां,

जो वह पिछले दिनों लिखती रही है, बाज़ार में भले ही बिक जाती हों, उसे सन्तुष्ट नहीं कर पातीं। अब जितेन को सफाई देते-देते, पूरी स्थिति ठीक-ठीक अनुपात में उसके सामने साफ हो गई। अब तभी लिखूंगी, उसने सोचा, जब कुछ ऐसा लिख सकें जो मुझे तुष्टि दे सके, जो मेरे भीतर खदबदाते लावे को व्यक्त कर सकूं, वर्ना नहीं। बाकी समय के लिए, इस बार दिल्ली जाकर किसी नियमित नौकरी की तलाश करूंगी।

"मिलना ज़रूर," उसने जितेन की आवाज सुनी तो चौंककर देखा, वह बिल और टिप अदा करके बैरे को विदा कर चुका है।

"समय हो तो स्विस चलो," खड़े होते-होते उसने कहा।

उसने अपनी कलाई पर बंधी घड़ी पर नज़र डाली और घबड़ाकर खड़ी हो गई। "तीन! मुझे फौरन घर जाना है," उसने कहा।

"चलो," जितेन ने तत्परता से कहा।

उसे लगा उसकी घबराहट पर वह सिर्फ इसलिए नहीं मुस्करा रहा क्योंकि वह जितेन है; वर्ना कोई भी उसे देख व्यंग्य से मुस्कराए बगैर नहीं रह पाता। जहां तक जितेन का ताल्लुक है, उसके न मुस्कराने का यह मतलब कतई नहीं लगाया जा सकता कि उसके कान में व्यंग्य उपजा ही नहीं।

"ठहरो," उसने अपनी जल्दबाज़ी को नकारते हुए कहा और कहकर सोच में पड़ गई कि आगे क्या कहे।

"हां," उसे विषय सूझ गया, "मेरा पता भी लिख लो, फोन का कोई भरोसा नहीं रहता।"

"नहीं, ठीक है, मिल जाएगा," जितेन ने कहा। वह सदा से आशावादी रहा है।

"पता लेकर करूगा भी क्या? पत्र लिखूं तो शायद ठीक नहीं रहेगा।"

"क्यों, ठीक क्यों नहीं रहेगा? मन हो तो ज़रूर लिखना।" उसने कन्धे झटककर, अवज्ञा के साथ कहा। जितेन क्या यह समझता है कि मधुकर इतना शक्की-मिज़ाज है कि चाहने पर वह किसी से पत्र-व्यवहार भी नहीं

कर सकती? और अगर है तो हो, वह किसी के शकों का प्रतिपालन नहीं कर सकती।

"अच्छा लिखे लेता हूं," जितेन ने फिर पैन संभाल लिया।

"वैसे मेरा प्रोग्राम इतनी जल्दबाजी में बनता है कि पहले से सूचना शायद ही दे सके।"

जानती है वह। कोई नई बात नहीं है।

"क्वार्टर नम्बर सोलह, जहांगीर रोड, दिल्ली, फिर भी उसने अपना पता सुना ही दिया।

"मेरा पता तुम्हारे पास है ही," लिखकर उसने कहा, कोई ज़रूरत हो तो लिखना।"

चार वर्ष पहले जितेन ने यह कहा होता तो वह कौरन जड़ देती, "ज़रूरत? मुझे ज़रूरत क्यों होने लगी?"

पर आज नहीं। कौन जाने कब किसे किसकी ज़रूरत हो जाए।

४

नैनीताल से लौटे छ: महीने गुज़र चुके। दिल्ली में अब गरमी नहीं कड़ाके की सरदी पड़ रही है। ग्यारह बजे के करीब, मोटे गरम शॉल को बदन के चारों तरफ लपेटकर मनीषा कहानी लिखने बैठी ही थी कि फोन की घण्टी बजी। उफ, जब भी कोई काम हाथ में लेती है, फोन ज़रूर चीखना शुरू कर देता है। कम-से-कम लगता ऐसा ही है। सारी सुबह वह रसोईघर में व्यस्त रहती है। नाश्ता बनाकर फौरन ही दुपहर का खाना बनाने में जुट जाती है। समय रहता है तो रात के लिए भी एकाध सब्ज़ी बनाकर रख लेती है, बाकी काम में से काफी कुछ घर का छोटा इकलौता नौकर बहादुर निबटा लेता है। शाम का समय कुछ फुर्सत का होता है, तब फोन शायद ही कभी बजता हो। अधिकतर बजता है सुबह साढ़े दस के बाद, जब मधुकर कॉलेज चला जाता है तथा वह घर के काम से फ़ारिग होकर लिखने बैठती है। लगता है, उसके दैनिक जीवन में फोन अनधिकार प्रवेश कर गया है। सारी दुनिया को जैसे उसे फोन करने के लिए बस यही समय

मिलता है। उसे नहीं तो मधुकर को, यह जानते हुए कि इस वक्त वह कभी घर पर नहीं मिलता। और कुछ नहीं तो गलत-पर-गलत नम्बर ही आते चले जाते हैं। मधुकर ठीक कहता है, इस देश का यन्त्रीकरण इस कदर फिसड्डी तरीके से हुआ है कि न होता तो बेहतर रहता। न फोन होता, न उसमें गलत नम्बर मिलते।

ज़िद करके वह उठी नहीं। कलम थामे बैठी रही। फोन की घण्टी बजती रही। मनीषा बैठी तो रही पर लिख आगे एक शब्द भी नहीं पाई। फोन की घण्टी धैर्य के साथ ऐसे बजती रही जैसे करनेवाला जन्मजात बेकार हो। आखिर असहिष्णु हुई तो मनीषा हीं, फोन करनेवाला नहीं। कापी को ज़ोर से मेज़ पर पटककर उसने कुर्सी पीछे खिसकाई और लेखन के दायरे से बाहर निकल आई। कसम से, गलत नम्बर हुआ तो वह सुनाएगी कमबख्त को कि हमेशा याद रखेगा।

"हलो।" उसने सख्त तेज़ आवाज में कहा।

"हलो, मनीषा से बात करनी है।" उधर से आवाज़ आई।

"बोल रही हूं।" उसने उसी कर्कश स्वर में कहा।

"लगता है काम के बीच में तंग किया है।"

"जी। पर आप हैं कौन साहब?"

"जितेन।"

"जी कौन?"

"जितेनराय।"

"ओह तुम! मैं...मैंने सोचा...कब आए?"

"आज। अभी।"

"कब तक हो?"

"परसों चला जाऊंगा।"

"ओह!"

"मिलोगी? आज?"

"आज? कब? कहां?"

"अभी कुछ काम है। चार बजे तक निबट जाएगा। तब आओ।"

"हां, पर इण्टर-कौन्टिनैंटल होटल के हाउस-बोट बार में।" जानती हो न?

"चार बजे तो असम्भव है।"

"चार बजे तक तो मधुकर कॉलेज से घर लौट आता है।

"ओह," उधर कुछ देर चुप्पी रही, फिर आवाज़ आई, "कब आना ठीक रहेगा?"

"ग्यारह तक..." कहते-कहते उसने घड़ी में देखा, सवा ग्यारह बज रहे हैं, "मेरा मतलब बारह," उसने कहा।

"ठीक हैं। मैं इन्तज़ार करूंगा।"

"तुम्हें असुविधा तो न होगी, अपॉइंटमेंट खिसकाने में?"

"होगी तो," जितेन खिलखिलाकर हंस पड़ा, "झेल लूंगा," और फोन कट गया।

मनीषा देर तक चोंगा हाथ में लिए हतबुद्धि-सी बैठी रही। जितेन! एक बार फिर जितेन! अब तक वह केवल एक बार में एक प्रश्न सुनकर उसके अनुकूल उत्तर देती रही थी। पूरी स्थिति पर समझ-बूझकर विचार करने के लिए वह बहुत हकबका गई थी। अब फोन का खिर-खिर करता चोंगा धीरे-धीरे वापस रखकर वह गहरे सोच में पड़ गई।

नैनीताल से लौटने पर काफी दिन तक वह जितेन के विषय में सोचती रही थी। उसका सचमुच पत्र आएगा, यह उम्मीद न होते हुए भी वह दिन में तीन-चार बार स्वयं जाकर पत्र-पेटी। देखना न भूलती थी। और हर बार पत्र न पाने पर नाउम्मीदी की कचोट भी महसूस कर जाया करती थी। यह सिलसिला चला होगा, कोई दो महीने, इद-से-हद तीन। फिर सब सामान्य हो गया था। पहले की तरह नौकर डाक लाकर मेज़ पर डाल जाने लगा। यही हाल फोन के साथ भी रहा। नैनीताल से लौटने पर उसने नौकर को सख्त ताकीद कर दी थी कि उसके घर पर रहते हुए वह फोन कदापि न उठाए। घण्टी बजने पर वह जहां भी होती थीं, हाथ का काम छोड़कर भागी आती थी। यह स्थिति भी दो महीने से अधिक नहीं टिकी। फोन की घण्टी बजने पर उसने दुबारा खीझ महसूस करना आरम्भ

कर दिया था। पहले से भी अधिक। पिछले दिनों की अपनी निरर्थक भाग-दौड़ पर जो खीझ थी, वह भी उससे जा मिली थी।

और अब जब उसने जितेन से नैनीताल में मुलाकात को महज़ एक मुलाकात करार देकर, दिमाग के एक कोने में संजो दिया था, वह फिर उस तक आ पहुंचा था, और इतनी सहज आत्मीयता के साथ कि बीच का अन्तराल महत्वहीन हो उठा था। उसी सहज आत्मीयता से उसने भी उसके बुलावे का उत्तर दे डाला था। पर अब, उसकी समझ में नहीं आ रहा था कि उसके इस पुनरागमन को ठीक किस भाव में ले। अपने-आपको बह जाने दे? बिना सोचे-विचारे वह करतीं जाए जो एक क्षण के बाद दूसरे की मांग हो? यानी अब उठे, मुंह-हाथ धोए, कपड़े बदले, बालों पर जब तक ब्रश फेरे जब तक वह चमक न उठें, पर साथ ही यह खयाल रखे कि यह सब करने में बारह से ऊंपर न हो जाए: फिर घर में ताला लगाकर टैक्सी बुलाए और इंटर-कौन्टिनैंटल-होटल पहुंच जाए। जितेन से मिले और फिर जो हों, होने दे, बस इतना खयाल रखते हुए कि वापस घर लौटने में चार से ऊंपर न हो? या बैठकर थोड़ा सोचे-विचारे, बुद्धि से काम ले, समझने की कोशिश करे कि यूं जितेन से यदाकदा मिलने में आखिर लाभ क्या है और हानि कितनी है? सोच-समझकर उसे फोन करके कह दे कि आना संभव नहीं होगा और दुबारा कहानी लिखने बैठ जाए? मस्तिष्क पर ज़ोर देकर उसने याद करने की कोशिश की कि वह लिख क्या रही थी। बहुत सोचने पर यह तो याद आ गया कि अन्तिम वाक्य क्या लिखा था पर यह नहीं कि आगे क्या लिखनेवाली थी। याद आया तो जितेन का कहा अंतिम वाक्य—झेल लूंगा—और उसके साथ ही उसकी उन्मुक्त हंसी। कहानी अब नहीं लिखी जा सकेगी, उसने सोचा, और मन के भीतर उसी हंसी की प्रतिध्वनि झनझन कर बजती चली गई। वह उठी और गुस्लखाने में जाकर हाथ-मुंह धोने लगी।

ठीक बारह बजे वह इंटर-कौंटिनैंटल-होटल के हाउसबोट बार में थी और जितेन कह रहा था, "बिल्कुल वक्त पर और बिल्कुल खूबसूरत, जैसा मैंने सोचा था। चलो कमरे में चलकर बैठें। तुम्हारी किताब साथ लाया हूं ओटोग्राफ कराने।"

कमरे के बीच में पहुंचकर मनीषा ठिठककर खड़ी हो गई। जितेन आगे बढ़ गया और कोने में रखी मेज़ पर से उसकी किताब और पैन उठाकर उसके सामने आ खड़ा हुआ। मनीषा ने उसके हाथ से दोनों चीज़ें थाम लीं और अकम्पित लिखाई में अपना नाम मुखपृष्ठ पर लिख दिया। मनीषा। यह उसका अपना नाम है। इसका ताल्लुक न जितेनराय से है, न मधुकर नागपाल से। मनीषा के 'म' के मुखपृष्ठ पर फैलते-फलते, उसके होंठों पर भी सन्तुष्ट मुस्कराहट फैल गई। जिस आत्म-गौरव का अनुभव उसने इन कहानियों को लिखते समय और फिर उन्हें संकलनरूप में देखकर किया था, आज जितेन के सामने उन्हें अपना घोषित करते हुए फिर उसके अन्तर को गहरे से छू गया। हस्ताक्षर कर देने के बाद भी कुछ देर तक, वह किताब को कसकर थामे रही, और नज़र मुखपृष्ठ पर जमाए रही। लगा, जीवन की तमाम विचलता के बीच एक ऐसा बिन्दु भी है जो सदा अपनी जगह स्थिर रहेगा।

फिर जितेन ने दोनों चीज़ें उसके हाथ से लेकर पास पड़ी मेज़ पर रख दीं। यह करने के लिए उसे अपनी जगह से हिलने की आवश्यकता नहीं हुई। रख देने के बाद भी वह वहीं खड़ा रहा, ठीक कितनी देर, दोनों में से किसी को पता नहीं चला, बस, इतनी कि मनीषा कामना कर उठी: इससे पहले कि वह स्वयं हाथ बढ़ाकर अपने बीच के छोटे-से फासले को मिटा दे, जितेन उसे अपनी बाहों में ले ले। यही हुआ। वह जितेन की बांहों में पहुंच गई। बिना प्रस्तावना के उसने अपने होंठ उसके होंठों पर रख दिए। वह उसे बहला-फुसलाकर धीरे-धीरे मिलन के लिए तैयार नहीं कर रहा था। उसके लिए वह कोई नासमझ गुड़िया नहीं थी, जिसमें प्रेम का वास्ता दे-देकर जान भरने की ज़रूरत महसूस की जाए। मनीषा अच्छी तरह समझ रही थी कि जितेन का चुम्बन सीधे और स्पष्ट तरीके से अपनी ज़रूरत कह रहा है और उसकी ज़रूरत पूछ रहा है। मनीषा न चाहती हो तो हट जाए, जितेन मनुहार नहीं करेगा: मनीषा चाहती है तो उत्तर दे, उसीकी तरह स्पष्ट भाषा में, जितेन आजीवन-निर्वाह की मांग नहीं करेगा। वह दोनों एक-दूसरे के सामने

दो सर्वथा स्वतन्त्र व्यक्तियों की तरह खड़े हैं, जो अपने-अपने औचित्य का निर्णय स्वयं कर सकते हैं। न कोई बन्धन है, न कर्तव्य, न लोभ। बिना झिझक उसने प्रत्युत्तर दे डाला। सच, वासना को कर्तव्य बना देना, शरीर को बन्धक रख देना, इससे बड़ी विडम्बना इन्सान के साथ और क्या हो सकती है?

आज इतने दिन बाद, जितेन के कठोर आलिंगन में आकर, उसने समझा कि प्यार करना कला नहीं, ज़रूरत है। यूं तो इंसान की न जाने कितनी ज़रूरतें होती हैं, पर सिर्फ यही ज़रूरत ऐसी है जिसमें एक अन्य व्यक्ति भी सम्मिलित रहता है। बिना शोषण इसकी पूर्ति तभी हो सकती है जब दोनों की ज़रूरत एक हो। हां, जब ज़रूरत एक हो तो शरीर का मिलन अद्भुत अनुभव की वस्तु बन जाता है। बुद्धि और मन से परे, आडम्बर और प्रतिबन्धता के घेरों से मुक्त। देह क्या इतनी तुच्छ वस्तु है कि कर्म करने के लिए उसे हरदम किसी-न-किसी मुखौटे की आवश्यकता है? प्यार-प्यार-प्यार! क्या शरीर के पोरों की हर पुलक, हर जुम्बिश प्यार के पास गिरवी रखी है? क्या चरमोत्कर्ष के दहलाते क्षण, शरीर के अपने नहीं, प्यार से उधार पर मिले हुए हैं? मनीषा को लगा, जब से वह प्यार के चक्कर में पड़ी है, वासना उससे छूट गई है। प्यार के रहते बासना न होने पर वह घबड़ा उठती है, ज़बरदस्ती वासना का आडम्बर करने लगती है। वासना हो तो भी घबड़ा जाती है, उससे हटकर, प्यार का इकरार करने लगती है। पर आज, जितेन से प्यार के इकरार की आवश्यकता नहीं है, जितेन से वासना के आडम्बर का तो खैर प्रश्न ही नहीं उठता। आज, पहली बार मनीषा ने समझा और स्वीकारा कि शरीर का अपना एक वैभव और औचित्य है। अब तक जब भी वह उससे टकराई थी, छिटककर दूर जा खड़ी हुई थी और अपने आसवास प्यार की छोटी खुशनुमा सीढ़ियां खोजने लगी थी, इतनी सतर्कता के साथ कि उस उनींदेपन से ही बाहर तैर आई थी जो उसे पाने के लिए ज़रूरी है।

जितेन को प्यार करते हुए, एक बार भी उसे मधुकर का खयाल नहीं आया, और न जितेन का ही। खयाल शायद अपना भी नहीं आया। खयाल

का ताल्लुक बुद्धि से होता है। मनीषा उस समय बुद्धि की गिरफ्त में नहीं थी। वह बस थी और अपने को होने दे रही थी। जितेन भी था क्योंकि होना चाहता था। न चाहता तो हट सकता था। मनीषा को दुःख नहीं होता, क्रोध भी नहीं आता और न उसका अपमान ही होता। हां, निराशा अवश्य होती। एक अनुभव उससे छूट जाता। अपने को समझने का एक क्षण, अपने को पाने का एक क्षण।

यह सब विश्लेषण मनीषा ने बाद में किया। बिस्तर पर वह अलसाई-सी लेटी रही थी और जितेन ने चाय का व्याला उसे पकड़ा दिया था। इससे पहले सोचने-परखने का न समय रहा था, न इच्छा। अधिकतर, जितेन को देखकर लगता है, वह तटस्थ, उनींदी आंखों से सामने से गुज़र रही ज़िन्दगी की रेलपेल देख रहा है। बस, कभी-कभी ऐसे क्षण आते हैं, जब वह अलसाया शरीर, सहसा, बिजली के तार के समान खिचकर तन जाता है, भीतर कहीं खदबदाता लावा खौलकर फूट पड़ता है और लगता है, विध्वंस के बाद सृष्टि का यही रूप रहा होगा। ऐसा एक क्षण अभी गुज़र कर चुका है। आज मनीषा को अपने पोरों से भी वैसा ही लावा फुटता प्रतीत हुआ है, जिससे जितेन के विकट और आकस्मिक प्रेम से वह विचलित नहीं, केवल परितुष्ट हुई है।

चाय की छोटी-छोटी चुस्कियां लेते-लेते मनीषा मुस्करा उठी।

"चाय ठीक थी?" जितेन ने बाथरूम से बाहर निकलते हुए पूछा।

"बिल्कुल," उसने कहा, फिर सहसा खयाल आने पर पूछ बैठी, "पर चाय यहां बनी कैसे, होटल के कमरे में?"

"क्यों, मंगाई थी," जितेन को उसके प्रश्न पर आश्चर्य हुआ।

"किससे?"

"बैरे से और किससे?"

"पर..."

"जब वह आया तुम सो रही थीं।" जितेन ने बात साफ करते हुए कहा।

"पर..."

"मैंने सोचा, तुम उठते ही चाय पीना पसन्द करोगी, नहीं?"

वह ज़ोर से हंस पड़ी। बैरे ने क्या सोचा होगा, यह सोचने का जितेन को खयाल ही नहीं आया होगा। चाय चाहिए थी, चाय मंगा ली, बस। उसके वहां होने, न होने से बैरे को क्या लेना-देना?

"बैरे को तुम्हारे कमरे में लड़कियां देखने की आदत है क्या?" वैसे ही हंसते-हंसते उसने पूछा।

"बैरा मुझे नहीं जानता," जितेन ने संजीदगी से उत्तर दिया।

"जानता होता तो न मंगाते?" वह और ज़ोर से हंस दी।

"क्यों नहीं मंगाता?"

"मुझे देखकर क्या सोचता?"

"जो भी सोचता।"

"ओह, जितेन, तुम अद्भुत हो, एकदम अद्भुत," वह हंसती गई।

"लगता है तुम्हें नशा हो गया है," जितेन भी हंस पड़ा, "पर अब उठो। तुमने कहा था न, चार बजे घर पहुंचना है। पौने चार बज रहे हैं।"

एक झटके के साथ उसकी हंसी गायब हो गई। नज़र घड़ी पर गई, सचमुच पौने चार। समय बहुत कम है। चार बजे तक घर पहुंचना है, मधुकर के आने से पहले।

वह उठ खड़ी हुई। देखा, जितेन सिगरेट जलाकर सामने सोफे पर बैठ गया है। बैठकर उसने पूछा, "कल आओगी?"

"कल? अभी तो सोचा नहीं।"

"अच्छा चलो, नीचे उतरते-उतरते बात कर लेंगे।"

"कल ग्यारह बजे आ सकोगी?" लिफ्ट में उतरने लगे, तो उसने फिर पूछा।

"पता नहीं, अभी कुछ सोचा नहीं, आ भी सकूंगी या नहीं।"

"कोई खास वजह हो न आने की तो दूसरी बात है, वरना आना," जितेन ने कहा, "आना चाहती तो हो न?"

"तुम क्या सोचते हो?"

"मैं तो चाहता हूं, तुम आओ, ज़रूर आओ।"

"नहीं, तुम्हारे खयाल से मैं क्या चाहती हूं?"

"मैं कैसे कह सकता हूं? आज लगा, तुम मेरे साथ खुश थीं। पर कल? कल आना चाहती हो या नहीं, यह तो तुम ही जान सकती हो।"

"सुबह फोन करना तब बतलाऊंगी।"

"कितने बजे?" जितेन बिल्कुल सहज था।

"अच्छा, मेरे आने-न-आने से तुम्हें फर्क पड़ता है?" मनीषा ने पूछा।

"बिल्कुल, बहुत। मैं चाहता हूं तुम आओ। नहीं आओगी तो मैं निराश हूंगा।"

"और निराश होने पर तुम क्या करते हो?"

"कुछ नहीं, निराश रहता हूं।"

"ओह जितेन," एक बार फिर, मान-मनोवल का खेल छोड़, मनीषा अनायास हंस पड़ी, "तुम अद्भुत हो, एकदम अद्भुत," उसने कहा, "इन चार वर्षों में मैं ऐसे उत्तर सुनने को तरस गई हूं। जानते हो और कोई होता तो क्या कहता?"

"क्या?"

"कहता, 'तुम नहीं आओगी तो मेरी दुनिया सूनी हो जाएगी, किसी काम में मेरा मन नहीं लगेगा, तुम्हीं से मिलने तो मैं इतनी दूर से दिल्ली चला आ रहा हूं, तुम नहीं मिलोगी तो मैं बेमौत मारा जाऊंगा।' हो सकता है, खुदकुशी की धमकी ही दे बैठता।"

"पर करता नहीं," जितेन ने कहा, "और बाकी सब भी झूठ होता?"

"हां, पर एक प्यारा झूठ।"

लिफ्ट रुक गई। दोनों बाहर आ गए। सहसा, जितेन गंभीर स्वर में बोला, "सचमुच मुझमें यह बहुत कमी है। मुझे अच्छे-अच्छे प्यारे झूठ बोलने नहीं आते। कोशिश करूं तो भी गड़बड़ा जाता हूं; पर सच तो यह है कि मैं कोशिश करता ही नहीं।"

मनीषा को जितेन का यह अपने को दोषी ठहराता मायूस रूप बहुत भला लगा। और उससे भी भला वह, जिसके लिए वह अपने को दोषी ठहरा

रहा था, सच्चाई से अपने झूठ न बोल पाने की त्रुटि को ज़ाहिर कर देना।

"इतने मायूस क्यों होते हो?" उसने हंसकर मधुर स्वर में कहा, "अब जा रही हूं, पर कल ग्यारह बजे फिर आऊंगी। तब सब कुछ खोलकर बतलाना।"

५

तमाम रास्ता मुस्कराते-मुस्कराते जब मनीषा घर पहुंची तो चार बज चुके थे। स्कूटर का भाड़ा चुकाते हुए घड़ी देखकर क्षण-भर के लिए वह आशंकित अवश्य हुई पर शीघ्र ही आश्वस्त हो गई। फाटक के भीतर घुसते ही उसने महसूस कर लिया कि मधुकर घर पर नहीं है। वह घर पर रहता है तो जैसे एक अशांत अव्यस्था का विद्युत्-प्रवाह बाहर फाटक तक आ-आकर टकराता रहता है। आज माहौल शान्त था। एक बार उसने यह मधुकर से भी कहा था। वह हंस पड़ा था, बोला था, यूं तो सभी लेखकों को बहम पालने की आदत होती है, पर लगता है लेखिकाएं इसमें और भी सिद्धहस्त होती हैं। और फिर उनकी बहस आरम्भ हो गई थी कि लेखकों-लेखिकाओं में ऐसा फर्क ही क्या होता है। हो सकता है, यह उसका बहम हो पर उसके कारण उसे सुविधा बहुत रहती है। बैठक में पहुंचकर वह और अच्छी तरह आश्वस्त हो गई कि उसका अनुमान ठीक है। बैठक ठीक उसी स्थिति में थी जिसमें वह उसे छोड़कर गई थी, मधुकर का कोई नामोनिशान वहां नहीं था, न सिगरेट के अधजले टुकड़े, न जल्दी में उतार फेंके गए जूते-मोज़े और न इधर-उधर बिखरे कागज़। राहत की एक लम्बी सांस छोड़, वह पीठ पीछे टिकाकर, सोफे पर बैठ गई और अपने को मुस्कराते रहने दिया।

न जाने कितनी देर वह यूं ही बैठी रही, ध्यान टूटा जव नौकर ने आकर पूछा, "खाने के लिए कुछ करना है क्या?"

बहादुर उनके यहां साल-भर से काम कर रहा है, पर अभी तक विश्वास नहीं कर पाया है कि आमलोगों की तरह वह भी रोज़ खाना खाते हैं।

"नहीं," उसने भी कह दिया, फिर बोली, "आज जो तुम चाहो, बना लो।"

इतने गम्भीर निर्णय के बोझ से परेशान-सा बहादुर जाने लगा तो उसने आवाज़ लगाकर रोक लिया।

"ऐसा करो," उसने कहा, "मसाला पीसकर रख लो, मैं मटन कवाब बना लूंगी, सुबह साहब मटन लाए थे।"

मधुकर के आने पर शुरू करेगी, उसने सोचा, इस तरह उसके रहते हुए भी कुछ समय एकान्त व्यस्तता में कट सकेगा।

"चाय लाऊं?" बहादुर ने पूछा।

"नहीं," उसने कहा, "साहब को आने दो।"

जितेन ने जो चाय पिलाई थी, उसका स्वाद अभी तक वह अपनी ज़ुबान पर महसूस कर रही थी। चाय के मामले में वह रुचि-पारखी है। बढ़िया होटलों में एक बात है, चाय बढ़िया मिलती है: बारीक सुनहला रंग, मासूम दुलराती गन्ध, आधा चम्मच चीनी और दूध के चन्द कतरे। हर बार ऐसी चाय मिले तो दिन-भर में वह न जाने कितने प्याले पी सकती है। पर उतनी महंगी चाय घर पर उपलब्ध नहीं हो सकती। पचास रुपये का एक डिब्बा, पांच सौ ग्राम का। असम्भव! हां, उतने ही पैसे की ह्विस्की की बोतल खरीदने में लगाए जाएं तो अटपटा नहीं लगता। सस्ती-से-सस्ती ह्विस्की भी इतनी कीमती होती है। पर सस्ती-से-सस्ती चाय? छी:, इस वक्त नही। चाय के साथ-साथ जितेन की याद ताज़ा हो गई। पीठ को पीछे जमाकर, उसने पैर ऊंपर कर लिए और धीमे-धीमे मुस्कराने लगी। कुछ ही देर में उसकी आंखें आप-से-आप बन्द हो गई और वह वहीं लेटे-लेटे सो गई।

"क्या बात है? तबियत ठीक नहीं है क्या?" मधुकर की आवाज़ कान में पड़ी तो वह चौंककर उठ बैठी।

"क्या हुआ?" उससे कोई जवाब न पाकर उसने पूछा।

"कुछ नहीं," खिसियानी-सी हंसी-हंसकर उसने कहा।

"लेटी कैसे हो? तबियत खराब है क्या?"

"ठीक है। यूं ही लेट गई थी।"

"कहानी खतम कर चुकी हो?" मधुकर ने पूछा।

"नहीं तो," उसने कहा, साथ ही लगा, मधुकर की दृष्टि है तेज़! ऐसा अक्सर वह कहानी पूरी लिखकर उठने पर ही महसूस करती है: थकी-थकी पर भारी नहीं हल्की हो आई पुलकित देह, परितुष्ट मन, क्लान्त अर्धसुप्त मस्तिष्क, झपकते नेत्रों के साथ होंठों पर बरबस आती मुस्कराहट, कुछ-कहीं इधर-उधर से याद करके। वैसा ही, जैसा अब लग रहा है, ठीक ऐसा ही लगता है कोई मन-पसन्द कहानी लिख लेने के बाद।

"कहानी लिखे बगैर तो तुम्हें कभी ऐसे नहीं देखा, "मधुकर ने कहा और जूते खोलने लगा। मनीषा का मुंह सुर्ख हो उठा। भाग्य से मधुकर का मुंह नीचे झुका हुआ था। उसने नहीं देखा होगा, सोचकर वह सहज होने का प्रयत्न करने लगी, कहा, "शुरू तो की है, काफी लिखी भी गई।"

"और पूरी किए बगैर ही सो गई, आश्चर्य है," उसने कहा और जूते खोलकर सामने दरी पर उछाल दिए।

"तुम क्या हर वक्त मेरा विश्लेषण करते रहते हो?" मनीषा ने हंसने का प्रयत्न करते हुए कहा।

"साथ रहते-रहते कुछ अन्दाज़ हो ही जाता है, "मधुकर ने शुष्क स्वर में उत्तर दिया। साथ ही टाई खोलकर सोफे पर डाल दी, हाथ में थामे कागज़ पास की कुर्सी पर रखे अपने ब्रीफकेस पर पटक दिए, जिससे दो-चार उडकर नीचे जा गिरे और उसके करीब बैठता हुआ बोला, "पहले चाय पिलाओ, ज़बरदस्त ठण्ड है। फिर कहानी सुनाओ, देखें क्या लिख मारा इस बार?"

"ये सब यहीं रहेगा?" उसने अपने को कहते सुना।

"क्या सब?"

"यही सब," उसने जूतों, कागजों और टाई को हाथ के इशारे में समेटते हुए कहा।

"तो क्या करू इनका?" मधुकर ने अचरज के साथ पूछा। "कुछ नहीं," उसने तुनककर कहा, और बिखरी चीज़ें समेटने लगी।

"उठ जाएंगी," मधुकर ने कहा, "इतनी जल्दी क्या है?" उसने उत्तर नहीं दिया, चुपचाप सामान उठाती रही।

"कमाल है, ज़रा देर पड़ी रहेंगी तो क्या मुसीबत आ जाएगी? यह घर है या होटल?"

वह वैसे ही चुपचाप सामान हाथ में लिए अन्दर जाने को मुड़ गई।

"ठीक है," मधुकर ने कहा, "अन्दर जा रही हो तो मेरी चप्पल लेती आना।"

बेडरूम में जाकर, उसने सब चीज़ें अपनी-अपनी जगह पर टिका दीं। खोज-खोजकर चप्पलें निकालीं और उन्हें हाथ में उठाए देर तक वहीं खड़ी रही। सचमुच, उसे मधुकर को यूं चिढाना नहीं चाहिए। पर न जाने कैसे, आप-से-आप, यह हो जाता है। घर में दो तो कुल कमरे हैं, वे भी छोटे-छोटे, सामान तरतीब से जगह पर रखा न जाए, तो घर पूरा भड़भुजे की दुकान लगने लगता है। फिर भी आते ही चिकचिक करना भी ठीक नहीं है।

"बहादुर," उसने सुना, मधुकर चिल्ला रहा था, "चाय लाओ।" उसने झटपट बैठक में जाकर, चप्पलें उसके सामने डाल दीं और रसोईघर की ओर दौड़ गई। निकली तो चाय की ट्रे हाथ में लेकर।

"क्यों बहादुर कहां मर गया?" मधुकर ने पूछा।

"है," मनीषा ने अपने स्वर को धीमा रखा, "मसाला पीस रहा है।" वह ट्रे मेज़ पर रखकर प्यालों में चाय उंडेलने लगी।

"सारी-की-सारी औरतों की खोपड़ी उलटी क्यों होती है?" मधुकर ने कहा।

"क्या मतलब?"

"अब मैं अच्छा-भला प्यार से बात कर रहा हूं और तुम हो कि किसी-न-किसी बात को लेकर तुनके जा रही हो।"

"तो सब औरतों को बीच में क्यों घसीटते हो, कहो, मेरी खोपड़ी उलटी है।"

"सो तो है ही। बहुत सोच-सोचकर मैं तो इस निष्कर्ष पर पहुंचा हूं कि आदमी औरत से सब-कुछ करे, बस प्यार न करे। जान-बूझकर दिमाग खराब

करना है।"

"नहीं," उसके मुंह से एकदम निकला, "सब-कुछ करे, ब्याह न करे।" मधुकर चाय का प्याला बीच हवा में उठाए देर तक उसे देखता रहा।

"क्या बात है?" उसने कहा, "किस चक्कर में हो आज-कल?"

"क्या मतलब?"

वह प्याला नीचे रख, उसके पास चला आया। उसके दोनों कन्धे ज़ोर से दबाकर मुंह जबरदस्ती ऊंपर उठा दिया, बोला, "देखो मनीषा, मैं जितेन नहीं हूं।"

"यानी?" उसने तड़पकर कहा।

"मैं न तो 'वीमन लिब' में विश्वास करता हूं और न 'फ्री-लव' में।"

"जानती हूं," मनीषा ने कड़वाहट के साथ कहा।

"तुम लेखिका हो, लिहाजा, दुनिया को रिझाने के लिए कुछ भी लिख सकतीं हो, और लिखते-लिखते विश्वास भी करने लग सकती हो। वह तुम्हारा निजी मामला है..."

"धन्यवाद!" मनीषा ने बीच में ही कहा, "मेरा निजी भी कुछ है।"

"व्यंग्य तुम अपनी कहानी के लिए रखो," मधुकर बोला, "मैं तुम्हें सिर्फ यह बतला देना चाहता हूं कि मैं जितेन नहीं हूं।"

"बार-बार दुहराने की क्या ज़रूरत है? मैं क्या जानती नहीं तुम जितेन नहीं हो।"

"इसलिए मैं बिला हिल-हुज्जत अपनी चीज़ दूसरे को उठाकर नहीं दे सकता।"

"अपनी चीज़—मतलब?"

"मतलब, तुम।"

"मैं क्या तुम्हारी चीज़ हूं?" उसने तिलमिलाकर पूछा।

"बिल्कुल। सिर्फ मैंने तुमसे प्यार नहीं किया। तुमने भी मुझसे प्यार किया है। इसलिए तुम मेरी चीज़ हो और मैं तुम्हारी।"

"धन्यवाद। पर मैं तो तुम्हें अपनी चीज़ नहीं समझती।"

"न समझो। मैंने कहा न, वह तुम्हारे समझने की बात है। पर मैं ऐसा समझता हूं और विश्वासघात बर्दाश्त नहीं करूंगा।"

"विश्वासघात!" मनीषा तिरस्कार से हंस पड़ी, "इतना नाटकीय होने की क्या ज़रूरत है, किसी..."

"तीसरे दर्जे के उपन्यासकार के समान। जानता हूं यह तुम्हारा तकियाकलाम है, पर हम तुम्हारी कहानी के पात्र नहीं, जीते-जागते इंसान हैं, जो एक-दूसरे को प्यार करते हैं।"

"अच्छा, विश्वासघात होने पर तुम क्या करोगे? 'औथेलो' की तरह हत्या?"

"नहीं, फांसी पर चढने का मुझे शौक नहीं है। प्रेमियों को भगाने के लिए हत्या की आवश्यकता नहीं होती। हन्टर लेकर भी उनके पीछे घूमने की ज़रूरत नहीं होती। और बहुत आसान तरीके हैं उसके लिए।"

"मसलन?"

"मसलन, सब प्रेमी बदनामी से बेहद डरते हैं, खुल्लम-खुल्ला बदनामी करने से दुम दबाकर भाग खड़े होते हैं।"

"ओह," मनीषा ने कहा, "यानी यह डर तुम्हें दिखाया जाता तो तुम भी भाग खड़े होते?"

"नहीं! मेरा इरादा तुमसे विवाह करने का था, दो-चार दिन रोमांस लड़ाने का नहीं। और जितेन मुझे क्या डर दिखाते, वह आदमी प्यार करता ही कब था, करना जानता ही कहां था?"

"बार-बार जितेन को बीच में घसीटने की क्या ज़रूरत है?"

"बहुत दर्द हो रहा है उसके लिए?"

"हां, तुमसे कहीं बेहतर आदमी था।"

"होगा," मधुकर ने उसी मुंह चिढाती लापरवाही के साथ कहा।

"बेहतर तो तुमसे भी था। उससे मतलब? सवाल इस वक्त मेरा और तुम्हारा है। मैं तुमसे कह रहा हूं कि अपने प्रयोग तुम अपनी कहानियों तक सीमित रखो। मैं तुम्हें प्यार करता हूं, समझीं?"

मधुकर का स्वर जितना उग्र था, उसके चेहरे पर उसके अनुकूल

परेशानी नहीं थी। मनीषा को लगा, इतना सब कहने के बावजूद मधुकर काफी हद तक आश्वस्त है कि वह उसी को प्यार करती है। उसे छोड़ किसी और के पीछे भागना, अधिक-से-अधिक बचपना हो सकता है, और कुछ नहीं। लगा, वह अपने लिखे किसी नाटक में भूमिका-भर निभा रहा है। इस दृश्य को मंचित करके उसे जिस संतोष का अनुभव हो रहा है, वही उसे आगे के संवाद सुझाता जा रहा है। मनीषा के दिए तिक्त उत्तर उसकी अदाकारी में चार-चांद लगा रहे हैं। मधुकर के मुंह से ऐसे संवाद सुनकर कभी मनीषा भी इसी प्रकार के संतोष का अनुभव करती थी। उसने अपने को टटोलकर देखा, क्या अब भी वह वैसा कुछ महसूस कर रही है? नहीं, इस समय, यदि वह उसके आरोपों पर क्रुद्ध न होकर शान्त रहे तो उसे मधुकर उस बच्चे के समान लगेगा, जो साथी द्वारा अपना लट्टू उठा लिए जाने पर उसे कुछ न कहकर, मां का पल्लू पकड़कर, रो-रोकर तमाम घर सिर पर उठा लेता है। आश्चर्य है, उसने सोचा, कभी मैं इसी बचकाने स्वामित्व-भरे प्रेम के लिए तरसती थी। जो भी हो, अब और मधुकर के निर्देशन में यह खेल नहीं खेलूंगी।

वह ज़ोर से हंस दी, बोली, "तुम तो ऐसे नाटक कर रहे हो जैसे मेरा प्रेमी बह-ह-ह सामनेवाली कुर्सी पर बैठा हो। देखो देखो, कुर्सी बिलकुल खाली है। वैसे भी अब तक मेरे कन्धे टूट चुके हैं और मैं प्रेम करने की हालत में नहीं बची हूं।"

मधुकर ने तुरन्त उसके कन्धे छोड़ दिए और उसकी कृत्रिम बेचारगी की मुद्रा पर ठठाकर हंस पड़ा।

क्षण-भर बाद वह, एकाएक, अत्यन्त गम्भीर हो उठा, बोला, "आजकल वैसे भी इस सब खुराफात के लिए मेरे पास वक्त नहीं है। मेरा दिमाग इनसे कहीं अहम मसलों में उलझा हुआ है। "उसके स्वर की अत्यधिक और आकस्मिक गम्भीरता ने पल-भर के लिए मनीषा को झकझोर दिया। पर उसने उसे अपनी अति-भावुकता कहकर अधिक प्रश्रय नहीं दिया, बल्कि, हंसी-मज़ाक का वातावरण बनाए रखते हुए बोली, "क्यों, क्या कर रहे हो

आजकल? नई दुनिया की स्थापना?"

"दुनिया की मुझे चिन्ता नहीं है। वह अपना खयाल बखूबी रख रही है। मैं अपने इस अभागे देश के लिए कुछ कर सकूं तो बहुत होगा।"

"प्रधानमंत्री बनने जा रहे हो?"

"नहीं, मंत्री बनने का शौक फरमाने के लिए अवसरवादियों की कतार पहले ही कुछ कम लम्बी नहीं है। उनका शौक उन्हें मुबारक।"

यानी अब एक नए नाटक का अभिनय हो रहा है, मनीसा मन-ही-मन हंसी। खैर, वह उसमें भाग लेने नहीं जा रही। उसने पहले की तरह हल्के व्यंग्य के साथ कहा, "तब क्या बम बनाने में व्यस्त हो? डिक्टेटर बनने का इरादा है?"

मधुकर चुप रहा।

"अवश्य क्रान्ति करवा रहे होगे। है न? कब तक हो रही है?"

मनीषा की अपेक्षा के विरुद्ध, क्रान्ति का मखौल सुनकर न तो मधुकर भड़का, न हंसा; बल्कि और गम्भीर हो चुप बना रहा। मनीषा चकित-सी रह गई। सहसा, मधुकर ने अपने रोज़मर्रा के चपल स्वर में कहा, "फिलहाल ताज़ी चाय पिलवाओ, यह बिलकुल ठण्डी हो चुकी है।" सुनकर मनीषा को अजीब-सी अनुभूति हुई। लगा, जैसे किसी गम्भीर और गोपनीय विषय पर वह उससे कुछ कहने ही वाला था कि विषय बदल दिया, इसी डर से कि कहीं जो नहीं कहना चाहिए, वह कह न जाए। पर उसने इसे अपनी निजी मनःस्थिति से उत्पन्न भ्रम कहकर टाल दिया। चाय के ठोस धरातल को पकड़कर बोली, "अच्छा।"

"मुझे फिर यूनिवर्सिटी जाना है, छः बजे तक," मधुकर ने कहा।

मनीषा ने नहीं पूछा किसलिए, वह खुद ही बतलाने लगा, "कोई विशेष बात नहीं है। कोर्स-कमेटी की मीटिंग है, वह जो अर्थशास्त्र का कोर्स बदला जा रहा है न, उसी के लिए, मैंने बतलाया था न?"

"पर वह तो बहुत पहले की बात है," उसने कहा, "छः महीने पहले की।"

उसे याद आ गया था कि कोई छः महीने हुए, मधुकर ने खूब

जोशोखरोश के साथ उसे एम० ए० और बी० ए० में कोर्स बदलने की सूचना दी थी। यही नहीं, जिन दिनों उस विषय पर विश्वविद्यालय में वाद-विवाद चल रहा था, करीब-करीब रोज़ कॉलेज से लौटकर वह उन प्रोफेसरों की जी खोलकर भर्त्सना करता रहा था, जो उसकी समझ में बदलाव की राह में रोड़े अटका रहे थे।

"सब गैरपागल इन्सान जानते हैं कि कोर्स बदला जाना चाहिए। प्रथम वर्ष के छात्र तक को इसमें शक-शिकायत नहीं है। इसलिए ज़रूरी है कि हमारे प्रौढ़ बुद्धिजीवी प्रोफेसर इसका प्रतिवाद करें, सो कर रहे हैं। रोज़ मीटिंगें होती हैं, रोज़ बहस होती है और रोज़ इन साले खटरागियों के मारे निर्णय कल पर टाल दिया जाता है। मन होता है, एक-एक को मुर्गा बनाकर कोने में खड़ा कर दूं..." कितनी बार उसे दुहराते हुए सुन चुकी है वह। और फिर एक दिन उसने आकर कहा था, "चलो, ज्ञान पर बिवेक की विजय हुई। कोर्स बदला गया। अब बहुत से खूसट, जो अब तक बीस बरस पहले के नोट्स रटाकर छात्रों का बकरा बना रहे थे, त्याग-पत्र दे देंगे, कम-से-कम उम्मीद तो यही है।

"तब क्या कोर्स बदला नहीं गया था?" उसने अब पूछा।

"हां-हां," मधुकर अप्रतिभ होकर बोला, "पर वह..."

"फिर कोई गड़बड़ हो गई थी क्या?"

"हां, वही तो। तुम तो जानती ही हो, यह साले बूढ़े किसी को कुछ करने ही नहीं देते।"

मनीषा सन्तुष्ट नहीं हुई। साफ ज़ाहिर था कि मधुकर कुछ छिपाने की कोशिश कर रहा है। उसके लिए यह इतनी अनहोनी बात थी कि वह किसी अज्ञात, पर निकटवर्ती दुर्घटना की सम्भावना से आशंकित हो उठी। और कोई दिन होता तो वह इस मसले को यहीं समाप्त न होने देती। अपनी ओर से और पूछताछ करती। उसे विश्वास था कि दो-चार बार सवाल करते ही मधुकर सब-कुछ कह जाएगा। पर आज वह एकान्त चाह रही थी, एकान्त शान्ति और मौन। आज उसका मन मधुकर की क्रान्तिकारी खामखयालियों में उलझकर भटकने से इन्कार कर रहा था। यह मेरा मानसिक तनाव है जो

मुझसे तरह-तरह की बेबुनियाद कल्पनाएं करवा रहा है, उसने अपने को समझा लिया। कोई खास बात होगी तो मधुकर स्वयं बतला देगा, अभी नहीं तो कॉलेज से लौटकर। आखिर यह मधुकर है, जितेन नहीं, जो बड़ी-से-बड़ी दुर्घटना को चुपचाप पी लेगा।

"खाना तो घर पर ही खाओगे न?" उसने विषय परिवर्तन करते हुए कहा।

"हां, क्या बन रहा है?" मधुकर ने अतिरिक्त उल्लास के साथ पूछा।

"मटन कबाब।"

"वाह," उसने उसी स्वर में कहा, "किसका जन्मदिन है, मेरा या तुम्हारा?"

"किसी का नहीं," मनीषा ने कहा और तभी उसे याद आ गया कि आज अठारह दिसम्बर है यानी जितेन का जन्मदिन। वह चुपके से मुस्करा दी।

"तुम्हारा है क्या?" उसे मुस्कराते देख मधुकर ने पूछा।

"नहीं-नहीं, मैं तो इसलिए हंस रही थी कि तुम सोचते हो बगैर जन्मदिन हम कबाब खा ही नहीं सकते।"

"यूं कहो, जिस दिन कबाब खाने को मिलें उसे ही अपना जन्मदिन समझ लेते हैं।"

"कब तक आओगे?" मनीषा ने रसोईघर की तरफ जाते हुए पूछा।

"कह नहीं सकता।"

"जब आ जाओगे तभी भून लूंगी?"

"हां...नहीं, सुनो आज रहने ही दो। हो सकता है देर हो जाए। कल कर लेना।"

"अच्छा," कहकर मनीषा चाय का पानी चढ़ाने लगी।

मधुकर शायद हाथ-मुंह धोने चला गया होगा, क्योंकि और बात करने वह उसके पीछे रसोईघर में नहीं आया।

उस रात मधुकर काफी देर से घर लौटा होगा, क्योंकि मनीषा को उसके आने का पता नहीं चला। बाहर के दरवाज़े की एक ताली उसके पास रहती ही है, इसलिए किसी वक्त भी आने में कोई असुविधा नहीं होती। जब साढ़े दस

बजे तक वह नहीं लौटा, तो उसने बहादुर को छुट्टी देकर खाना मेज़ पर लगा दिया था। खुद बिस्तर पर लेटकर उसका इन्तजार करते-करते सो गई थी।

सुबह सात बजे जब आंख खुली तो देखा मधुकर बिस्तर पर नहीं है। वह उठने और न उठने के निर्णय के बीच मंडरा रही थी कि नहा-धोकर तैयार मधुकर ने आकर कहा, "कुछ खानेवाने को दे देना है तो दे दो, अभी जाना है।"

उसके स्वर में उत्तेज़ना का ऐसा उद्‌घोष था कि मनीषा रज़ाई फेंके हड़बड़ाकर उठ बैठी। पर जानबूझकर उसने उससे कोई पूछताछ नहीं की। मधुकर उन व्यक्तियों में से है जो छोटी-बड़ी बातों पर, अपनी और पराई अनुभूतियों पर समान रूप से उत्तेज़ित हो जाया करते हैं। उनकी उत्तेज़ना पर अपनी प्रतिक्रिया स्थगित रखी जा सकती है, विशेष हानि की सम्भावना नहीं होती।

उसने रसोईघर में जाकर, झटपट नाश्ते की तैयारी कर दी और मधुकर भी उतनी ही तत्परता से दो-चार कौर मुंह में डालकर घर से निकल गया। उसका जल्दी चले जाना, मनीषा को लगा, एक प्रकार का सुखद संयोग था। अब वह आराम से जितेन से अपनी आज की होनेवाली भेंट के बारे में सोच सकती थी।...

६

दुपहर का एक बजा है। सिर के नीचे बांह रखे लेटी मनीषा देर से एक ही बात सोचे जा रही है। जब जितेन उससे कहेगा, मेरे पास लौट आओ तो वह ठीक क्या उत्तर देगी। बराबर में लेटा जितेन अभी प्रगाढ़ निद्रा में लीन है, कमरे में अविचल नीरवता है। उसके बीच जितेन का अवश्यम्भावी मूक प्रश्न वर्षा के नए बादल के समान तैर रहा है, जो रह-रहकर गड़गड़ा उठता है पर जिसकी गड़गड़ाहट में गर्जन की उग्रता नहीं होती; होती है केवल आनेवाली मधुर-वृष्टि की सूचना। अभी जितेन प्रगाढ़ निद्रा में लीन है पर देर तक नहीं। जितेन की नींद ऐसी ही होती है, गहरी पर लम्बी नहीं। वह जब भी सोता है तो गहरी नींद और जगता है तो तरोताज़ा। बिस्तर से उछलकर उठता

है और अपने काम में लग जाता है। एक झटके के साथ अतीत को अलग फेंक देता है और वर्तमान से जूझने लगता है। जो लोग वर्तमान में उसका साथ नहीं दे सकते, वे पिछड़ जाते हैं, अतीत में सिमट जाते हैं, जितेन उनकी ओर वापस नहीं मुड़ता।

पर मनीषा को उसने यूं नहीं बिसराया। चार वर्ष का लम्बा अन्तराल हो चला। उसने विवाह नहीं किया। क्यों? अवश्य मनीषा के कारण ही। उसे याद आया नैनीताल में उससे मुलाकात का दूसरा दिन! सहज स्नेहिल स्वर में उसने कहा था, 'मनीषा, मैं अभी भी तुम्हें चाहता हूं-मैं चाहता हूं तुम आओ,' बस। और आज—मनीषा होंठों-ही-होंठों में मुस्करा दी। जितेन ने कहा था, मन कर रहा है यहीं ठहरा रहूं और यू ही जीता जाऊं। कहकर वह सो गया था, जितेन जो ठहरा। पर कितना झकझोर देनेवाला कथ्य कह गया था वह। अपने में कथ्य इतना विशेष नहीं है, मनीषा जानती है; पर जितेन की ज़ुबान से फूटकर उसका एक-एक अक्षर दहकते लाल जवाकुसुम-सा खिल उठा था। देखते-देखते मनीषा की आंखों के सामने अनन्त छोर तक दावानल की असंख्य ज्वलन्त लपटें उठने लगी थीं। पर आश्चर्य! क्षितिज को छूकर वह झरी थीं अंगार बनकर नहीं, पंखुड़ी-पंखुड़ी कनेर बनकर। उनमें गन्ध थी, रूप था, रंग था, मदमाता आकर्षण था। अंजुली भर-भर उसने उन्हें अपनी देह पर बिखरा लिया। उनमें सामीप्य था, साहचर्य था, उद्वेग था और थी परितुष्टि, ऐसी परितुष्टि जो किसी बन्धन में नहीं डालती, पूर्ण रूप से मुक्त कर देती है।

मन-ही-मन उसने बांहें फैलाकर एक बार फिर जितेन को अपने पास खींच लिया; उसे बांधना चाहा कि खुद उसके कठोर आलिंगन में जकड़ गई। टूट-टूट जा रहे बदन का रोम-रोम पारुल बन हवा में लहरा गया और एक बार फिर उसने जितेन को कहते सुना-मन करता है यहीं ठहरा रहूं और यू ही जीता जाऊं...। बस, अब कुछ ही देर बाद वह उठेगा, आंखे खोलेगा और एकदम बिस्तर से कूद जाएगा। मनीषा सोने का बहाना किए रहेगी। जितेन फोन करके चाय का ऑर्डर दे देगा। चाय आने पर प्याले में डालकर आवाज़ देगा—मनीषा! मनीषा अलसाई आंखें खोलेगी, तकिये पर सिर

ऊंचा करके हाथ आगे बढ़ाएगी और उसके हाथ से प्याला थामते-थामते मुस्करा देगी, अपनी सबसे प्यारी मुस्कराहट। बिस्तर पर अधलेटी मुद्रा में उसकी प्रतीक्षा–मग्न, अर्धसमर्पित देह कितनी अदभुत मनोहारिता लिए रहती है, वह जानती है।

फिर चाय पीते-पीते या चाय का प्याला साथ-साथ खाली करके नीचे रख लेने पर जितेन उससे कहेगा—मनीषा मेरे पास लौट आओ, मैं तुम्हें चाहता हूं, चाहता रहा हूं...जितेन तब कहां। बैठा रहेगा—सामने कुर्सी पर या उसके और करीब, उसके बिस्तर पर? ज़रूर बिस्तर पर ही। तब वह क्या कहेगी? शायद हां। हां, जितेन, चलो एक बार फिर हम दोनों साथ हो जाएं। मैं भी तुम्हें चाहती हूं। तुम्हारी परिपक्वता को, तुम्हारी चुप्पी को, तुम्हारे उदार व्यक्तित्व को और तुम्हारे इस भीषण ज़रूरतमंद सहवास को। उसने आंखें खोलीं, जितेन की ओर ताका और फिर मूंद लीं। कमरे का प्रकाश उसके स्वप्न में खलल डाल रहा था। मुंदी आंखों से जो वह देख रही थी, वह यथार्थ की विशदता लिए एक स्वप्न ही तो था।

उसने देखा, जितेन उसके बिस्तर से उठा और उसे बांहों में ले, चल दिया। उसने अपने बदन को ढीला छोड़ दिया, पर भार जितेन की बांहों पर न होकर जैसे आसपास बहती हवा के प्रवाह पर था। उसकी बांहों का कसाव ढीला पड़ गया, वह मुक्त हो गई फिर भी हवा उसे उठाए रही। वह जितेन की छाती पर कपोल टिकाए बहती रही—बहती रही—बहती रही...और फिर स्वप्न में भी उसे लगने लगा कि अब एक गन्तव्य ज़रूरी हो गया है, जहां बहते-बहते वह पहुंच सके। सहसा, उसकी आंखों के सामने जितेन का बंगलूरवाला घर साकार हो उठा। बगीचा-आंगन-बरामदा। घास-क्यारियां-गाड़ी-गमले-मेज़-कुर्सियां। ड्राइवर-नौकर-मेहमान-दफ्तर। नाश्ता-खाना-चाय-प्रतीक्षा। प्रतीक्षा और प्रतीक्षा। समय-समय-समय। खोखले खण्डों में विभक्त। हर भाग में फिट होता दैनिक-व्यवहार। जितेन और उसके बीच खाने की मेज़। जितेन और उसके बीच मेहमानों की कतार। जितेन और उसके बीच बासी मुख और

क्लान्त शरीर की दूरियां। जितेन और उसके बीच असंख्य मूक शून्य क्षण। किस शिला से जा टकरा दिया उसने अपने स्वप्न को। सिहरकर उसने आंखें खोल लीं, झकझोरकर जितेन को जगा देना चाहा। उसने हाथ बढ़ाया ही था कि पास मेज़ पर रखा टेलीफोन उत्कट स्वर में चीत्कारकर उठा। मनीषा का बढ़ा हाथ उसकी ओर मुड़ गया। पल-भर को वह झिझकी, उठाए या नहीं। निर्णय तक पहुंचने की आवश्यकता नहीं पड़ी। उससे पहले ही जितेन बिस्तर से कूदकर उसके पास पहुंच गया और रिसीवर उठा लिया।

"हलो," जितेन की आवाज़ इतनी करारी और सुस्पष्ट थी कि विश्वास करना कठिन था कि यह आदमी अभी-अभी प्रगाढ़ निद्रा से उठा है।

"हलो—मिस्टर राय?" दूसरी ओर से आ रही ऊंची आवाज़ उसे भी सुनाई पड़ी।

"बोल रहा हूं।"

"ट्रंक कॉल फ्रॉम बंगलूर। स्पीक प्लीज़।"

"हलो, हां-हां।"

उधर से आ रही आवाज़ धीमी पड़ गई। वह बहुत कुछ कहती गई जो मनीषा ठीक से सुन-समझ नहीं पाई।

उसका ध्यान फोन से हटकर सामने खड़े जितेन पर जा केन्द्रित हुआ। वह उसकी ओर पीठ किए खड़ा था। लम्बी-पतली टांगों पर प्राचीर के समान तना खड़ा उसका सांवला शरीर उसे मुग्ध किए दे रहा था। अजीब बात यह थी कि हल्की गोलाई लिए हुए उसके कन्धे दिखाई देने पर भी, चित्र खण्डित नहीं होता था। उनके झुकाव में विचलता नहीं थी, केवल थी समझौता करने की ताकत। लगता था, उसने जो बोझ उठा रखा है उसके भार से उसके कन्धे झुक अवश्य आए हैं पर केवल इसलिए कि वह उसे और सुगमता से उठा सके, अपनी सीधी तनी पीठ पर आसानी से ढो सके। वह बोझ उसके कन्धों को ही झुका सका था, बाकी के व्यक्तित्व को नहीं। उसका सिर वैसे ही संतुलन से टिका था, पांव उसी धैर्य के साथ धरती पर जमे थे। मनीषा जसे उस देह को पहली बार देख-परख रही थी। मन्त्र मुग्ध-सी वह बैठी रही और मन-ही-मन, उसका स्पर्श पा, उसी स्वप्न में लौट आई जो जितेन के बंगलूर

वाले बंगले से टकराकर छिन्न-भिन्न हो गया था।

खट्! फोन कट गया। जितेन तेज़ी से पीछे मुड़ा। अब मनीषा के सामने उसका चेहरा था। वह होंठों पर मोहित मुस्कान बिछाए उसके करीब आने की प्रतीक्षा करने लगी। बिना उसकी ओर एक नज़र देखे, वह सामने से निकलकर कमरे से सटे बाथरूम में घुस गया। आठ-दस मिनट बाद बाहर निकला तो पूरी तरह तैयार, सूट और टाई में। भौचक मनीषा ने देखा और देखती रह गई। कमरे में आकर उसने पलंग के पास पड़े अपने जूते उठाए और सोफे पर बैठकर फीते कसने लगा। मुंह झुकाए-झुकाए ही वह बोला, "बंगलूर से ट्रक कॉल थी। फैक्टरी में हड़ताल हो गई है। मुझे फौरन जाना है।

"क्या?"

हां, छ: बजे फ्लाइट है, उससे निकल जाऊंगा। एक-दो लोगों से भी मिलना है, तुरन्त चलना होगा।"

मनीषा के मुंह से एक शब्द भी नहीं निकला।

"तुम तैयार हो जाओ," अब उसने सीधे उसकी ओर देखकर कहा। "इतने मैं सामान बांध लूं। साथ लेता जाऊंगा, और इधर लौटुंगा नहीं।"

मनीषा ने अपने को प्रकृतिस्थ कर एक यान्त्रिक-सा 'अच्छा कह डाला, पर वह भी शायद उसने सुना नहीं। वह फोन पर रिसेप्शन को बिल तैयार रखने की ताकीद कर रहा था। देते ही वह सामान बांधने अन्दर कमरे में चला गया। उसके हाथ कितनी फुर्ती से चल रहे होंगे, सामान इधर-उधर से उठकर किस तीव्र गति और तरतीब से सूटकेस के अन्दर जमता चला जाएगा, वह अच्छी तरह जानती है। उतनी ही अच्छी तरह यह भी समझ रही है कि उसी फुर्ती के साथ उसे भी उसके कमरे में लौटने से पहले पूरी तरह तैयार हो जाना चाहिए, बालों की एक-एक लट के संवर चुकने तक, होंठों पर लिप्सटिक की सानुपात लकीरें ओढ़ लेने तक। उस बने-संवरे व्यस्त जितेन के सामने बीते चन्द-घण्टों की तनिक भी छाप लिए आना उसके लिए असहनीय है। और उसकी देह है कि शिथिल-निढाल, उसके मस्तिष्क के आदेशों का पालन करने से इन्कार किए दे रही है। कुछ क्षणों पहले की सारी चुस्ती न जाने कहां गायब हो गई है। अपने सिर पर जो दुर्दमनीय बोझ वह

महसूस कर रही है, वह शायद उस उपहास का है, जो अपने स्वप्न पर वह स्वयं अनुभव कर रही है। फिर भी किसी तरह इच्छा-शक्ति से उसने अपनी देह को आगे धकेला और सारे काम करा लिए। जितेन जब दुबारा कमरे में आया तो वह एकदम प्रकृतिस्थ दिखती हुई, सजी-संबरी, हाथ में बैग लटकाए सोफे पर बैठी थी। उसने उसकी ओर नहीं देखा, सीधा फोन पर जाकर रिसेप्शन से जल्दी-से-जल्दी कुली भेजने की मांग करने लगा। जैसे ही उसने फोन काटा, वह उठ खड़ी हुई।

"मैं चलती हैं," उसने कहा।

"ठहरो," उसने मेज़ के दराज़ों का मुआइना करते हुए कहा, "रास्ते में छोड़ता जाऊंगा।"

"नहीं," उसने दृढ़ स्वर में कहा, "मैं खुद जाऊंगी।"

"अच्छा," उसने प्रतिवाद नहीं किया, अनिश्चित स्वर में बोला, "नीचे तक छोड़ आऊं?"

"नहीं," मनीषा ने उसी दृढ़ स्वर में दुहराया, "बेहतर है कि हमें होटल में साथ कोई न देखे। मैं पहले जाना चाहती हूं।"

सहसा, जितेन मेज़ छोड़ उसके पास आखड़ा हुआ, जैसे उसे याद आ गया हो कि वह कौन थी और उसके कमरे में क्यों थी।

"मुझे अफसोस है," उसने कहा, "एकदम से यह हो गया। तुम तो जानती ही हो, ऐसे मौकों पर तनिक-सी देरी या छोटा-सा गलत कदम भी कितना नुकसानदेह साबित हो सकता है।"

"बिल्कुल," उसने कहा और दरवाज़े की तरफ बढ़ गई।

"बहुत जल्दबाजी करनी पड़ी," उसने फिर कहा।

"नहीं तो," मनीषा तब तक दरवाज़ा खोल चुकी थी, वहीं से उसने कहा, "वैसे भी मुझे दो बजे तक घर पहुंचना था।"

"अगली बार आऊं तो..." जितेन ने कहा तो स्वर से आग्र हान्वित लालसा झलक उठी।

मनीषा मुस्करा दी, "भविष्य को अभी से मत बांधो,' उसने कहा और दरवाज़े के बाहर निकल गई।

रक्ति जवाकुसुम जब खिलता है तो एक मादक उच्छ खलता लेकर, पर

दिन के अवसान के साथ-साथ उसकी पंखुड़ियां सिमटती जाती हैं, सूखती नहीं; बस किसी बन्दीगृह के अवसादपूर्ण वातावरण के समान कस जाती हैं, फिर न खुलने के लिए। देखकर क्षण-भर के लिए भ्रम हो सकता है कि वह कलिका है, जो खिलने के लिए आनेवाले कल की प्रतीक्षा कर रही है; पर शीघ्र ही वह टूट जाता है। पता चल जाता है कि उसका संबंध आनेवाले कल से नहीं, बीते हुए कल से है, अतीत का नीरस चिह्न-मात्र है वह।

अब मनीषा सोच रही थी कि क्या सचमुच वह जितेन के सुई से वह प्रस्ताव सुनना चाहती थी? क्या वह उस खामखयाली में खोकर केवल अपने अहम को सन्तुष्ट नहीं कर रही थी? यदि कहीं वह उससे निर्णय की मांग कर बैठता तो वह का उत्तर देती? आखिर वह चाहती क्या है—गेंद की तरह जितेन और मधुकर के बीच लुढ़कते रहना? जितेन जो चार वर्ष पहले था, वही अब भी है और वही सदा रहेगा। तब चार वर्ष पहले ऐसा क्या हुआ था कि वह जितेन को छोड़, मधुकर के साथ चली आई थी? क्या कहा था तब उसने? 'मेरा नूतन जन्म हुआ है, जितेन। तुमसे विवाहित इन दो वर्षों में भी मैंने अपने को तुम्हारे इतने निकट महसूस नहीं किया जितना इन चार महीनों में मधुकर के किया है, चार महीने क्या, चार दिन में ही कर लिया था। जितेन, मैंने जीवन में पहली बार प्यार किया और पाया है। उसके आग्रह को मैं नहीं ठुकरा सकती। उसको मिटाना खुद को मिटाना होगा। मैं जा रही हूं, मधुकर के साथ, मुझे जाना ही है। मुझे अफसोस सिर्फ इस बात का है। कि मैं मधुकर से दो साल पहले क्यों नहीं मिली। मिलती तो तुम और मैं, दोनों इस व्यबस्थित-विवाह के हादसे बच जाते। तुम कह सकते हो, मैंने तुमसे विवाह अपनी इच्छा से किया था। अब उससे अलग होकर मैं अपने कर्तव्य से च्युत हो रही हूं। तुम कहोगे तो सत्य होगा। मैं इन्कार नहीं करूंगी। प्रेम होता ही स्वार्थी है। इससे तुम्हें दुःख हो तो तुमसे क्षमा मांग सकती हूं, पर अपना निश्चय नहीं बदल सकती। पर मैं नहीं सोचती तुम्हें सचमुच दुःख होगा। कुछ दिन सूना-अटपटा अवश्य लगेगा, फिर सब सामान्य हो जाएगा। तुम्हारे लिए मेरी यही प्रार्थना है कि तुम भी ऐसा प्रेम पा सको।

कितनी निर्ममता के साथ उसने जितेन को अलग झटक दिया था, जैसे वह उसके और मधुकर के बीच खड़ी गारे की पतली-कच्ची दीवार हो, और कुछ नहीं। ये बातें भी, जो वह अभी-अभी सोच गई है, सब-की-सब कहां उससे कह पाई थी? उसने बिना शोर मचाए उसका निर्णय स्वीकार कर लिया था और उसने निष्कृति की श्वास छोड़, घर त्याग दिया था। चली गई थी सधुकर के पास। सहसा, उसकी आंखों के सामने मधुकर से मिलन के दह प्रथम क्षण कौंध गए। उनकी चमक के आगे जवाकुसुम के अम्बार फीके पड़ गए। वह तो अलौकिक वस्तु थी न? प्रथम प्रेम! यही कहा था न उसने? यही सुना-पढ़ा था न? प्रेम एकनिष्ठ होता है, प्रेम अटूट होता है, प्रेम अनश्वर होता है...पर क्या निरन्तर भी?

मधुकर

"आज हमारे कॉलेज का सालाना जलसा है, तुम आओगे?" नाश्ते की मेज़ पर मनीषा ने जितेन से पूछा।

"कब?' जितेन ने चाय का एक घूंट भर कर, घड़ी पर नज़र डालते हुए पूछा।

सुबह नाश्ते पर वह जल्दी में होता है और बहुत कम बात करता है। यूं तो सुबह दोनों को एक साथ घर से बाहर निकलना होता है पर लगता ऐसा है जैसे केवल जितेन को ही जाना है। यह शायद इसलिए है कि उसका जाना शौक है और जितेन का जाना जीवन अपूर्ति।

"छ: बजे शुरू होगा," उसने कहा।

"हूं..." वह सोचता रह गया।

वह टोस्ट पर मक्खन लगाने लगी। उसके कितने ही प्रश्नों का उत्तर वह केवल 'हूं' में देकर रह जाता है। पहले वह सोचा करती थी, वह उसीके प्रश्न पर गम्भीरता से विचार कर रहा है और उसके उत्तर की प्रतीक्षा करती रहती थी। अब समझ गई है कि उसके पास गहराई से सोचने के लिए अनेक महत्त्वपूर्ण विषय रहते हैं। मनीषा के रोज़मर्रा के छोटे-मोटे प्रश्न अपने व्यस्त मस्तिष्क के किसी कोने में फेंक, वह उन्हींमें लीन रहता है। अब अधिकतर वह उसके उत्तर

की प्रतीक्षा नहीं करती। जब तक अत्यन्त आवश्यक न हो जाए, अपने प्रश्न दुहराती भी नहीं। उसने टोस्ट पर मक्खन लगाकर चुपचाप खाना आरम्भ कर दिया। तब देखा, वह नाश्ता समाप्त करके कुर्सी पीछे खिसका रहा है।

"बसप्पा, साहब का ब्रीफकेस गाड़ी में रख दो," नियमित आदेश पुकारकर वह जल्दी-जल्दी अपना टोस्ट निबटाने में लग गई, जिससे उसे दफ्तर जाने में देर न हो जाए। घड़ी में नौ बजने में दो मिनट थे। ठीक नौ बजे जितेन घर से रवाना हो जाता है। मनीषा को रास्ते में उसके कॉलेज 'सेन्टजोसेफ' उतारता हुआ अपने दफ्तर चला जाता है। ठीक है, मनीषा ने सोचा, जलसे के बारे में बाकी बात गाड़ी में हो जाएगी।

"तो," गाड़ी चलने के कुछ देर बाद मनीषा ने कहा, "तुम जलसे में नहीं आओगे?"

जितेन खाने की मेज़ पर से आज का अखबार साथ लेता आया था, उसे ही पढ़ने में मग्न था। उसने शायद उसका प्रश्न सुना नहीं, अखबार पढ़ता रहा। मनीषा को गुस्सा आने लगा। इस उदासीन व्यक्ति के साथ रहते-रहते दो वर्ष से ऊंपर हो गए, पर अब तक वह उसकी उदासीनता के प्रति पूरी तरह उदासीन नहीं हो पाई है।

"तुम कॉलेज आओगे या नहीं, बतला नहीं सकते?" उसने ऊंची आवाज़ में कहा।

"क्या बात है?" जितेन ने अखबार पर से नज़रें उठाकर अचरज से उसकी ओर देखा।

"कितनी बार तो पूछ चुकी हूं, कॉलेज में जलसा है, तुम आओगे या नहीं?"

"क्या हो रहा है जलसे में?" वह अब अपना ध्यान उसे दे रहा था पर अब तक जलसे के लिए उसका उत्साह काफूर हो चुका था। हमेशा यही होता है। वह प्रश्न पूछती है, जितेन उत्तर इसलिए नहीं देता क्योंकि उसने सुना ही नहीं होता। वह खीझ उठती है और चिल्लाकर प्रश्न दुहराने लगती है। जितेन आश्चर्यचकित-अपमानित उसके अकारण क्रोध को देखता रह

जाता है। मनीषा को अपने पर ग्लानि होने लगती है और उसपर पहले से भी अधिक खीझ।

"नाटक," उसने बेमन से कहा।

"कौन-सा?"

"थ्री पैनी ओपेरा।"

"थ्री पैनी ओपेरा...किसने लिखा है?"

"मैंने नहीं लिखा।"

जितेन औपचारिक-सा हंसकर चुप हो गया। साफ था कि उसे इस मज़ाक में मज़ाक कम और चिढ़ अधिक नज़र आई थी।

"ब्रेख्त ने लिखा है। नाटक साढ़े छः आरम्भ होगा। भाषण-वाषण भी हैं। साढ़े नौ बज जाएंगे समाप्त होते-होते। ड्राइवर आ सकेगा मुझे लेने?" उसने एक सांस में पूरा विवरण उगल दिया।

"हां क्यों नहीं, आ ही जाएगा।"

"और तुम?"

"कह नहीं सकता।"

"खैर देख लेना। वैसे तो तुम बोर ही होगे।"

"अच्छा...आज काम है तो काफी। ड्राइवर भेज दूंगा। ठीक रहेगा?" उसे लगा अगर वह आग्रह करके कहे तो वह अवश्य आ जाए। पर उसने कहा कुछ नहीं। इस उदासीन जीव को मनुहार करके मनाने का मन कभी नहीं होता। वह चुपचाप बैठी कार की खिड़की से बाहर देखती रही। जितेन दुबारा अखबार में लीन हो गया।

सहसा, उसे जितेन से बेहद ईर्ष्या होने लगी। क्यों वह उसके समान व्यस्त नहीं हो पाती? काम वह भी करती है, कॉलेज में पढ़ाती है, घर-बार देखती है, कभी-कभार कहानी भी लिख लेती है, फिर भी समय उसकी मुट्ठी में नहीं आ समाता, वैसे-जैसे जितेन की मुट्ठी में समाया रहता है। जितेन समय को पके फल की तरह दोनों हाथों में थामता है और निचोड़-निचोड़कर उसका इस्तेमाल करता है। इतना कि एक चुसी गुठली के अलावा कुछ नहीं बचता, जो वह मनीषा को अर्पण कर देता है और वह है कि समय के

लम्बे वृक्ष को पत्ता-पत्ता, टहनी-टहनी कर तोड़ती है, सजाती है, संवारती है और भी उसकी ऊंचाई कम होने में नहीं आती। वैसी की वैसी सामने खड़ी डरावनी-डरावनी मुद्राएं बनाकर उसे डराती रहती है। बस कभी-कभी, जब जितेन अपनी निचुड़ी हुई गुठली लेकर उसके पास पहुंचता है तो उसमें बचे इने-गिने रसबिन्दू यूं झरने लगते हैं कि उनकी फुहार से उत्पन्न धुंध वृक्ष के अन्तिम छोर तक पहुंच, उसे अपने वक्ष में छिपा लेती है। पर वह धुंध होती है। सुबह तक छंट जाती है। फिर वही वृक्ष का लम्बा-का-लम्बा ठूंठ निकलकर उसे मुंह चिढ़ाने लगता है।।

उसका मन हुआ, चिल्लाकर उससे पूछे—क्यों हम कभी इकट्ठे कहीं बैठकर इधर-उधर की मामूली बातें नहीं कर सकते? क्यों हम एक-दूसरे से यूं कटे-कटे इस आलीशान कोठी की चारदीवारी में पड़े सड़ रहे हैं? क्यों तुम समझ नहीं सकते कि समय मुझे पल-पल करके खाता जा रहा है? पर गाड़ी रुक गई थी। उसके कॉलेज का फाटक सामने था। ड्राइवर उतरकर उसका दरवाज़ा खोलने का उपक्रम कर रहा था। पता नहीं क्यों आज ड्राइवर के इस यान्त्रिक शिष्टाचार को वह बर्दाश्त नहीं कर पाई। दरवाज़े तक उसका हाथ पहुंचने से पहले ही उसने भीतर से स्वयं धक्का मारकर दरवाज़ा खोल डाला और फिर वैसे ही धडाक से उसे बन्द करके आगे बढ़ गई। उतर कर उसने सोचा, अच्छा ही हुआ जो उन बेकार प्रश्नों को पूछने से पहले कॉलेज आ गया, वर्ना आज वह उन्हें पूछ ही बैठती। सुनकर जितेन को उनके बचकाने झूठ पर कितना आश्चर्य होता, इसका अनुमान वह अच्छी तरह लगा सकती है, क्योंकि वह स्वयं जानती है कि वह सारे इल्ज़ाम झूठे हैं। अनेक शामें हैं, जो वह साथ गुज़ारते हैं। अनेकों बार वह घण्टों इकट्ठे बैठे रहते हैं। और जहां तक उस आलीशान कोठी का सवाल है, उसकी चारदीवारी के अन्दर पड़े-पड़े सड़ने का प्रश्न ही नहीं उठता। वह जानती है, वहां हर प्रकार के आराम और सकून का इन्तज़ाम है। उन इलज़ामों को सुनकर उसकी जो प्रतिक्रिया होती, उसका अनुमान भी वह अच्छी तरह लगा सकती है। वह इन जुमलों में से कोई एक बोलता और पूरी ईमानदारी के साथ बोलता: नाराज़ क्यों होती

हो, मैं कॉलेज आ जाऊंगा, कहीं चलना चाहती हो, कल के लिए पिक्चर के टिकट ले आऊं? लाल बाग चलोगी इतवार को? तुम्हारे पास इतना टैलेन्ट है, उसका इस्तेमाल क्यों नहीं करती? उपन्यास लिख डालो, या पी-एच० डी० कर लो, समय का इस्तेमाल करना चाहिए वर्ना बह सचमुच इंसान को खाने लगता है: मैं तुम्हें कुछ भी करने से नहीं रोकता, कोई और नौकरी करना चाहती हो तो कर लो।

वह जानती है यह सभी बातें सही और निर्विवाद हैं। इनसे उसकी बेचैनी घटने के बजाए बढ़ जाती। बात यह है कि वे साथ बैठे हों या अलग, रहते अलग-अलग ही हैं, और कष्ट की बात यह है कि इस अलगाव को सिर्फ मनीषा महसूसती है।

रोष और आत्म-दैन्य की मिली-जुली भावनाएं लिए वह भीतर घुसी कि सुधा सिदप्पा सामने पड़ गई।

"क्या मुखमुद्रा बना रखी है। आज क्लास में क्या पढ़ा रही हो—करुण रस या रौद्र-रस?" उसने कहा।

"तेरा सिर रस," मनीषा ने चिढ़कर कहा।

"ओह, एबसर्ड रस," सुधा बोली।

न चाहकर भी उसे हंसी आ गई।

"पता नहीं, तू हरदम हंसती कैसे रहती है," उसने कहा।

"बात यह है कि मेरा पतित्व करनेवाला कोई नहीं है।"

"पतित्व करनेवाला?"

"हां, हसबैंड करनेवाला।"

"तो?"

"तो, जब मैं बेकार की बात करती हूं, तो कोई मुझे धकेलकर काम की बात की ओर नहीं ले जाता। और जब मैं हंसना चाहती हूं तो यह सोचकर गम्भीर नहीं बनी रहती कि उससे मेरा पति यह अनुमान न लगा बैठे कि मैं आवश्यकता से अधिक प्रसन्न हूं।"

"क्या मतलब? तेरा खयाल है, मैं इसलिए दुखी होती हूं। क्योंकि जान-

बूझकर अपने पति को परेशान करना चाहती हूं?"

"तू नहीं। कुछ लोग ऐसा करते हैं। बात यह है कि पति लोग वैसे भी पत्नियों के दुखो का न हुए के बराबर लेते हैं। यदि पत्नी सदा प्रसन्न ही दिखती रहे तब तो उसकी ओर से उनकी चिन्ता पूर्ण रूप से समाप्त हो जाती है।"

मनीषा का चेहरा फीका पड़ गया। सुधा उसका विश्लेषण कर रही है और उसीके सामने।

"छोड़," सुधा ने ही कहा, "यह बतला, संध्या को नाटक के लिए रुक रही है न?"

"हां।"

"और पतिदेव? आएंगे?"

"नहीं।"

"अच्छा है। तुझे एक रुचिकर व्यक्ति से मिलाना है, पतिदेव होते तो सम्भव है ईर्ष्या कर बैठते।"

"जितेन और ईर्ष्या," मनीषा व्यंग्य से हंसी, "जिस दिन वह ईर्ष्या करेंगे, मिठाई बांटूंगी मैं।"

कहते ही मनीषा ने समझा कि हंसी-हंसी में उसने स्वयं अपने रोग का निरूपण कर डाला है। यही तो उसका अभाव है। वह जितेन के लिए ईर्ष्या का विषय नहीं है। न जाने कितने अमूल्य क्षण, जो अब तक दिवस, सप्ताह और माह में पिरोए जा चुके हैं, मनीषा ने जितेन की प्रतीक्षा करते विता दिए हैं। पर जितेन ने उसकी प्रतीक्षा में कभी एक क्षण भी नहीं खोया। वह जब भी घर आया है, मनीषा वहां पहले से मौजूद रही है। उसने जब भी मनीषा को चाहा है, वह उसे अविलम्ब मिल गई है। मन के जिन सूक्ष्म असन्तुष्ट कोनों से वह उसे प्राप्त नहीं होती, वहां झांककर जितेन नहीं देखता, और बहुत काम है उसे, और बहुत महत्त्वशाली विषय है उसके पास सोचने, विचारने और विश्लेषण करने के लिए।

पर आज? आज जितेन को उसकी प्रतीक्षा करनी होगी। जब वह रात देर से घर पहुंचेगी तो वह पहले से वहां मौजूद रहेगा, शायद बेकरारी से उसका इन्तज़ार कर रहा हो। गहराती रात के एकान्त क्षणों में वह व्यस्त नहीं रहता और तब उसका मनीषा के लिए बेकरार हो उठना सहज सम्भव

है।

सोचते-सोचते, उसने महसूस किया कि सुधा की नज़रे उसके चेहरे के उतरते-चढ़ते भावों का मनोयोग से अध्ययन कर रही हैं। अनजाने में उसने सत्य को मजाक का रूप दे डाला था पर इतनी फूहड़ता के साथ कि सुधा ने सहज ही सत्य को जा पकड़ा था। एक खिसियानी हंसी हंसकर उसने कहा—

"क्या सोच रही है?"

"यही," सुधा भी हंस दी, "कौन-सी मिठाई मुझे अधिक रुचिकर लगती है, मैसूरपाक या गुलाब-जामुन।"

बात टल गई।

"अच्छा यह बता, नाटक कैसा चल रहा है?" मनीषा ने पूछा।

"बहुत अच्छा। जो नाटक करवा रहे हैं, न वे जानते हैं कि वे क्या करवा रहे हैं और जो कर रहे हैं, न वे जानते हैं कि वे क्या कर रहे हैं। ब्रेख्त ने कुछ भी लिखा हो, हमसे क्या? जो नाटक हम कर रहे हैं, वह हमारा अपना है और हमारी तरह एबसर्ड।"

"बस हो गया लैक्चर शुरू।"

"तू स्वयं ही देख लेना। मेरी कमैन्ट्री एक बार चल पड़ी तो फिर बन्द नहीं होगी।" सुधा ने कहा और दोनों स्टाफरूम में घुस गईं।

बंगलूर के 'सेन्ट जोसेफ' कॉलेज में सुधा सिदा अंग्रेज़ी-साहित्य पढ़ाती है और मनीषा राय हिन्दी-साहित्य। दोनों को कहानियां लिखने का शौक है, मनीषा को हिन्दी में और सुधा को कन्नड़ में। एक-दूसरे की कहानियां वह पढ़ नहीं पातीं। एक-दूसरे की भाषा वह जानती अवश्य हैं पर बोलने-भर तक। और उनकी कहानियों का अंग्रेज़ी अनुवाद अभी हुआ नहीं। कुछ अपने इस एक जैसे शौक के कारण, कुछ एक-दूसरे के विपरीत स्वभाव के कारण दोनों मित्र बन गई हैं। मनीषा अपने गम्भीर क्षण अकेले काट सकती है पर हंसने के लिए उसे साथी चाहिए, सुधा वह साथी है। सुधा को हंसने के लिए साथी चाहिए अवश्य पर वह कोई भी हो सकता है, फाटक पर खड़ा चपरासी, बस

में पास बैठा सहयात्री, सड़क पर खेलता नन्हा बच्चा, स्टाफरूम की सबसे प्रौढ़ और गुरु-गम्भीर प्रोफेसर। सुधा जब हंसती है तो विषय-भर चाहती है, अधिक से अधिक दर्शक, इतना साथ उसके लिए काफी होता है। अपनी हंसी में दूसरे का शरीक होना वह आवश्यक नहीं समझती पर यदि कोई हो, जैसे मनीषा, तो एतराज़ भी नहीं करती, बल्कि पसन्द ही करती है। फिर मनीषा की तबियत में वह रूमानियत है जो व्यंग्य का विषय होते हुए भी उसे आकर्षक लगती है। मनीषा जानती है, उसकी रूमानियत पर सुधा मन-ही-मन हंस लेती है पर साथ ही यह भी जानती है कि उस हंसी में स्नेह है, दुर्भावना नहीं। वैसे ही जैसे उसकी रूमानियत सुधा को आकर्षित करती है, प्रभावित नहीं; सुधा की हंसी उसकी रूमानियत की लगाम लगाती है, कोड़ा नहीं।

शाम का कार्यक्रम आरम्भ हुआ तो हमेशा की तरह मनीषा और सुधा साथ-साथ बैठीं।

"वह गोरे-गोरे हज़रत कौन हैं, जानती है?" एक नए चेहरे पर नज़र जाने पर मनीषा ने पूछा।

"वह...नया आया है...अर्थशास्त्र विभाग में दिल्ली से...उधार।"

"उधार? प्रोफेसर भी नकद और उधार होते हैं?"

"हां, दिल्ली विश्वविद्यालय से 'लोन' पर है।"

"ओह," मनीषा हंस पड़ी, "अच्छा, तू क्या सदा अंग्रेज़ी में सोचकर फिर उसका अनुवाद हिन्दी में बोलती है?"

"नहीं," सुधा ने उत्तर दिया, "कन्नड़ में सोचकर पहले अंग्रेज़ी में अनुवाद करती हूं, फिर हिन्दी में।"

"क्लास में ऐसे ही अनुवाद कर-करके पढ़ाती है?"

"और क्या? बीसवीं शताब्दी के मैसूर के कन्नड़-भाषियों को उन्नीसवीं शताब्दी का विलायत का अंग्रेज़ी-साहित्य पढ़ाना एक अनुदित प्रहसन ही तो है। ज़रा सोच तो सही, यदि आक्सफोर्ड के कुछ गोरे मुंछदार प्रोफेसर वहां, राजस्थानी लोकगीत पढ़ाने लगे तो कैसा लगे...रैम लैक्शमैन डोनो बाइया... आदि।

सुधा के गाए लोकगीत के अंग्रेज़ी उच्चारण पर मनीषा हंसते-हंसते दुहरी हो गई।

"देखा," सुधा ने बीच में कहा, "जब मेरे मुख से इतना हास्यास्पद लग रहा है तो सूट-बूट से लैस शुद्ध अंग्रेज़ के मुख से कैसा लगेगा?"

"तब अंग्रेज़ी-साहित्य तू पढ़ाती क्यों है?" मनीषा ने हंसी रुकने पर पूछा।

"पैसे मिलते हैं?"

"कुछ और पढ़ाएगी तब भी मिलेंगे।"

"एक और एम० ए० जो करना पड़ेगा।"

"अंग्रेज़ी में किया क्यों?"

"पिताजी ने पढ़ाया आरम्भ से लेकर अन्त तक 'सेन्ट जोसेफ' स्कूल कॉलेज में। पढ़कर निकली तो अंग्रेज़ी के सिवा प्रत्येक विषय में ज़ीरो थी। इसलिए वही पढ़ानी पड़ी।"

"अच्छा छोड़। तुझसे बहस करना तो बिजली के बल्ब को फूंक मारकर बुझाने के प्रयत्न के समान बेकार है।"

सुधा ने बुरा नहीं माना, खुलकर हंस दी, फिर बोली, "बहस करनी है तो उस अर्थशास्त्र के प्रोफेसर से कर। काफी रुचिकर मनुष्य है।"

"अर्थशास्त्र का प्रोफेसर और रुचिकर!"

"बिलकुल।"

"हो ही नहीं सकता। बोरियत में अर्थशास्त्रीय लोग व्यवसायिक लोगों से भी दो डिग्री आगे होते हैं।"

"यह नहीं हैं। मुख से नहीं लगता?"

"मुख तो सुन्दर है।"

"बस फिर। सिस्टर नागपाल!" सुधा ने आवाज़ देकर उसे बुला लिया। "अपनी सखी का परिचय कराना चाहती हूं, मनीषा राय, मधुकर नागपाल।"

"नमस्ते," उसने अपनी काली पुतलियां ठीक उसके चेहरे पर जमाकर कहा।

"नमस्ते," मनीषा ने हाथ जोड़ दिए।

"कुर्सी खाली हो तो बैठ जाऊं?' उसने पास की कुर्सी की ओर इशारा करके कहा और मनीषा के उत्तर देने से पहले ही उस पर बैठ गया।

"मनीषा कह रही थी, अर्थशास्त्र का प्रोफेसर रुचिकर हो ही नहीं सकता," सुधा ने कहा, "मैंने आपको इस बात का खंडन करने के लिए ही बुलाया है।"

"आपको अर्थशास्त्र में अरुचि है या सिर्फ अर्थशास्त्र के प्रोफेसरों में?" मधुकर ने संजीदगी के साथ पूछा।

"किसी में भी नहीं," मनीषा ने कुछ खिसियाने ढंग से कहा, "मैं तो सिर्फ यह कह रही थी कि अर्थशास्त्र इतना भारी विषय है कि उसके प्रोफेसर भी..."

"भारी भरकम होते हैं," मधुकर बीच में बोला, "सो तो है। मुझे ही देखिए। अब ज़रूरकल से डाइटिंग शुरू कर दूंगा।"

मनीषा हंस पड़ी और मधुकर भी। उसने देखा, हंसते हुए उसका गोरा मुख रक्तिम हो उठता है और आंखों की काली पुतलियां गहरी नीली झील में तैरती-सी प्रतीत होने लगती हैं। आकर्षक चेहरा है; शरीर भी भारी-भरकम नहीं, सुडौल और बलिष्ठ हैं।

तब तक मंच पर कार्यक्रम आरम्भ हो गया था। काफी देर से भाषण दिया जा रहा था, जिसे दर्शकों में से चाहे कोई सुन रहा हो या नहीं, माइक के सामने खड़ा वह नाटा-पतला आदमी अवश्य सुन रहा था और तन्मयता से सुन रहा था। अपनी आवाज़ से उसका लगाव गहरा और पुराना मालूम पड़ता था और उसके इस्तेमाल में उसकी ताकत बेहिसाब।

"वह कौन है?" मधुकर ने उसके कान के पास मुंह लाकर फुस-फुसाकर पूछा।

"कौन?" चौंककर उसने कहा।

"वह चूहे की शक्लवाला।"

"वह...वाइस-चान्सलर," मनीषा ने जैसे एकदम ठीक पहचानकर कहा।।

"ओह," मधुकर का स्वर बिलकुल संजीदा बना रहा, पर मनीषा के लिए माइक के सामने खड़े वाइस-चान्सलर का चेहरा, कल रात रसोईघर के कोने में देखे, खतरे के खयाल से चौकन्ने कान खड़े, चूहे के चेहरे में बदल

गया। अन्तर केवल यह था कि यह साहब सुनने के साथ-साथ बोल भी रहे थे। उसे बेतरह हंसी आने लगी। उसने मुड़कर मधुकर को देखा। वह चेहरे को संजीदा बनाए सीधी-सादी मुद्रा में बैठा था, पर उसकी काली पुतलियां हंसी के दबाव के कारण उथल-पुथल गहरी झील में गोते लगा रही थीं। उसे अपनी ओर देखता पा, उसने एक बार अपनी भंवें ऊंपर की और यथावत संजीदा बना रहा। वह और अपनी हंसी रोक न पाई, ज़ोर से ठहाका लगा गई। मधुकर उसी मुद्रा में सामने ताकता रहा। आगे के कहकहों को मनीषा किसी तरह मुंह पर रूमाल रखकर खासीं में परिवर्तित करने का प्रयत्न करने लगी। रह-रहकर उसकी नज़रे मधुकर से जा मिलती और वह फिर कहकहा लगाने को मज़बूर हो जाती।

उसे लग रहा था, मधुकर से वह आज पहली बार नहीं मिली, बस बहुत अर्से बाद मिली है। जैसे वर्षों तक वह आत्मीय रहे हों, फिर बिछड़ गए हों और आज अचानक दुबारा मिल गए हों।

"आपमें से किसी को घर पहुंचाना है?" प्रोग्राम समाप्त होने पर मधुकर ने पूछा।

"धन्यवाद, नहीं," मनीषा ने कहा, "मेरी गाड़ी आनेवाली है।"

"और वही मुझे रास्ते में छोड़ती चली जाएगी," सुधा ने जोड़ा।

"इस मौसम में गाड़ी भी कोई चढ़ने लायक सवारी हुई," मधुकर बोला।

"तो आप किसमें चढ़ रहे हैं, हॉलिकोप्टर में?" सुधा ने छेड़ा।

"वह अभी नहीं खरीदा। आज तो स्कूटर पर जा रहा हूं।"

"हॉलिकोप्टर खरीदने का विचार है कब तक?"

"अब तक ज़रूरत महसूस नहीं की, इसलिए फिलहाल कोई इरादा नहीं है।"

मनीषा हंस पड़ी, बोली, "सच, मौसम तो गाड़ी पर बैठने का नहीं है। आपकी बात सुनकर मन कर आया है, तेज़, खूब तेज़ हवा के घोड़े पर सवार हो दूर तक दौड़ जाऊं।"

"तो आइए," मधुकर ने फौरन कहा, "घोड़े का आधुनिक रूप स्कूटर हाज़िर है।"

"पर...मेरी गाड़ी...वह रही!" मनीषा ने कहा।

"गाड़ी पर मैं चली जाती हैं, तू स्कूटर पर आ जा," सुधा ने प्रस्ताव रखा।

मनीषा कुछ देर असमंजस में खड़ी रही। पता नहीं जितेन को कैसा लगेगा? गाड़ी छोड़ मधुकर के पीछे बैठकर घर पहुंचना? सोचकर स्वयं ही अजीब-सा लगा।

"आज नहीं," उसने कहा।

"तो कल?" मधुकर फौरन बोला, "कल किस वक्त आऊं आपको लेने? कॉलेज किस वक्त खतम होता है आपका?"

"चार बजे," मनीषा ने कहा, "पर आप लेने मत आ जाइएगा मेरा मतलब मेरी गाड़ी आती है मुझे लेने।"

"ज़रूर आती होगी" मधुकर ने दृद स्वर में कहा, "सवाल गाड़ी छोड़कर बढ़िया सवारी पर चढ़ने का है। खैर, मेरा फोन नम्बर लिख लीजिए। जब चाहें बुलवा लीजिएगा। यहां वाइ० एम० सी० ए० में रह रहा हूं।" मनीषा ने फोन नम्बर लिख लिया। पर उसे फोन करके बुलाने का उसका इरादा कतई नहीं था। उसे लगने लगा था कि एक ही मुलाकात में वह मधुकर से ज़रूरत से ज़्यादा आत्मीय हो चली है।

सुधा को घर छोड़ते-छोड़ते दस बज गए। बहुत देर हो गई, मनीषा को लगा, जितेन खाने के लिए प्रतीक्षा कर रहा होगा। पर वह कर ही क्या सकती थी, प्रोग्राम ही देर से खतन हुआ। वास्तव में नाटक चला तो निर्धारित समय तक ही, आरम्भ होने में ही देरी हो गई, कारण चूहे साहब खुब बोले! सहसा, उसे मधुकर के संजीदा चेहरे पर हंसी से मचलती उसकी काली आंखें याद हो आई और वह एक बार फिर कहकर लग गई। फिर शायद इसलिए क्योंकि इस हल्की-सी स्मृति से ही गाड़ी के एकान्त अंधकार में उसने मधुकर को अपने अत्यन्त समीप पहसूस कर डाला था, वह अनायास जितेन के विषय में सोचने लगी। जितेन बेचारा कब से उसकी प्रतीक्षा कर रहा होगा। जितेन के लिए 'बेचारा' शब्द का प्रयोग कितना असंगत है, यह प्रयोग के दौरान ही उसने अनुभव कर लिया, फिर

भी ज़िद करके मन-ही-मन, उसने उसे दुहरा दिया। आज मनीषा के बजाय जितेन का प्रतीक्षा करता रूप उसे बहुत भला लगा। आज वह समझ पा रहा होगा कि रोज़-रोज़ उसकी राह देखते बैठे रहना मनीषा को कितना अप्रिय लगता होगा। उसका हृदय उसके लिए असाधारण रूप से द्रवित हो उठा। रोज़, जब लम्बी प्रतीक्षा के बाद वह घर लौटता है तो उसकी इच्छा होती है, अपने व्यवहार के माधुर्य से उसे शराबोर कर दे, पर जाने क्यों, हो नहीं पाता। आज हो पाएगा; आज वह प्रतीक्षा करके नहीं, करवाकर उससे मिलेगी।

गाड़ी रुक गई। उसकी विचारधारा टूट गई। ड्राइवर ने उतरकर उसका दरवाज़ा खोल दिया। उतरने से पहले वह अपना बैग आदि संभालने लगी।

तभी ड्राइवर ने कहा, ''साहब बोला था गाड़ी फैक्टरी लाने को।...''

"फैक्टरी?" वह कुछ समझ नहीं पाई।

"जी। बोला था, मेमसाहब को घर छोड़ो तब गाड़ी फैक्टरी लाओ।..."।

"क्यों?" बेवकूफ की तरह उसने पूछा।

"साहब गाड़ी मांगता है।"

"साहब मैसूर फैक्टरी में है?" उसने अपने दिमाग पर काबू करते हुए पूछा।

"जी।"

"घर आए ही नहीं?"

"आया था। खाना खाकर उधर गया है।"

"तुम छोड़कर आए हो?"

"नहीं जी। फैक्टरी से दूसरा गाड़ी आया था। उधर गड़-बड़ है। हमको बोला बाद में गाड़ी लेकर आओ।"

तो जितेन अभी तक फैक्टरी में है। मनीषा कितनी भी देर करके कहीं से भी क्यों न लौटे, इन्तज़ार उसे ही करना है, जितेन को नहीं।

उसे याद है एक बार फैक्टरी को लेकर उसने उससे शिकायत करने

की कोशिश की थी। लाड़-भरे स्वर में उसने कहा था, तुम्हारे लिए फैक्टरी ही सब-कुछ है? क्यों इतना सिर खपाते हो उसमें? क्या मिलता है तुम्हें?...

उसने सोचा था, वह कहेगा, पैसा, और तब वह कह सकेगी, उन्हें इतना पैसा नहीं चाहिए, वह कम में भी गुज़ारा कर सकते हैं। पर उसने वह नहीं कहा था। निहायत ठण्डे स्वर में कहा था।

"तुम लोगों को लिखने-पढ़ने के लिए कागज़ तो चाहिए पर उसे बनाने के लिए मेहनत गवारा नहीं।"

"क्या मतलब?" उसने तिलमिलाकर कहा था।

"कागज़ की कमी होने पर तुम बुद्धिजीवी ही सबसे पहले शोर मचाओगे पर कभी सोचते हो, यह तुम्हें मिलता तभी है, जब कोई इसे बनाता है।"

"तुम क्या अकेले कागज़ बनानेवाले हो?"

"नहीं, पर बनानेवालों में से एक हूं।"

"तुम तो ऐसे कह रहे हो जैसे हिन्दुस्तान के सारे बुद्धिजीवी तुम्हारे भरोसे जी रहे हैं।" उसने हंसने का प्रयत्न करते हुए कहा था।

पर जितेन ने साथ नहीं दिया था। उसी ठण्डे स्वर में कहा था, "सब नहीं, कुछ।"

ज़ाहिर था उसके लिए बात एकदम तर्कसंगत थी, उसमें आरोप-आक्षेप या लाड़-दुलार जैसे बेमानी भावों का दखल नहीं था। पर यह सब बहुत पहले की बात है। विवाह के कुछ महीने बाद की। तब तक उसने अपने और जितेन के बीच खामख्याली के रुमानी क्षण लाने की कोशिश छोड़ी नहीं थी।

"ले के जाऊं, मेमसाहब?" ड्राइवर ने कहा तो उसे खयाल आया कि वह अभी तक गाड़ी में ही बैठी है।

"हां-हां, जाओ," कहकर वह जल्दी से नीचे उतर आई।

"अकेले घर में अंधेरे में ढूंढ़-ढूंढ़कर बत्ती जलाने और अकेले पका परोसकर खाने जैसे कष्टकर काम उसे नहीं करने पड़े। उन सबके लिए बसप्पा जैसा सुघड़ नौकर उनके पास है। बैठक में बत्ती जली हुई थी। खाने की मेज़ पर प्लेटें लगी हुई थीं। गरम रोटी सेंककर देने के लिए बसप्पा इन्तज़ार कर रहा था। यह और बात थी कि उसने खाना खाने से इन्कार

कर दिया और सीधी बैडरूम में चली गई। बैडरूम में भी सुख की नींद सोने के लिए माहौल हर तरह से उपयुक्त था। बीस वॉट का अकेला बल्ब रोशनी फैलाए हुए था और बीच में बिछा चौड़ा पलंग तरतीब से तैयार किया हुआ था। यह बात और थी कि कपड़े बदलवर बिस्तर पर लेट जाने के बावजूद उसे नींद नहीं आई। यहां तक कि जब रात बारह बजे जितेन फैक्टरी से लौटकर कमरे में दाखिल हुआ तब भी वह जग रही थी। उसके भीतर आने पर, एक नज़र उसके चेहरे पर डालते ही वह समझ गई कि वह बेहद थका हुआ है।

"सोई नहीं?" उसने उत्तर की अपेक्षा किए बगैर कहा और बिस्तर पर लेट गया। जिस व्यस्तता से सुबह वह ईर्ष्या कर रही थी, उसी पर अब उसे दया हो आई। आखिर क्यों इस तरह लगा रहता है जितेन? जीवन-उपहारस्वरूप मिले समय के हर क्षण का जैसे पसीने की बूंद से अधिक महत्त्व न हो। इतना सब करके क्या पाता है वह? शान्ति? सुख? पर प्यार? साहचर्य? हंसी? इनका क्या कोई महत्व नहीं है?

उसका मन हुआ जितेन से कुछ ऐसे मधुर, ऐसे स्नेही, ऐसे संवेदनशील शब्द कहे कि उसकी तमाम थकान दूर हो जाए। सोच-सोचकर वह शब्द खोजती रही पर मिले नहीं। अपने स्वर में अतिशय प्यार घोलकर उसने सिर्फ इतना कहा, "कपड़े नहीं बदलोगे?'

पर उसका भी कोई उत्तर नहीं मिला।

जितेन तब तक सो चुका था।

२

सुबह छ: बजे जब आंख खुली तो देखा जितेन बिस्तर पर नहीं है। सुबह जल्दी उठने की उसे आदत है, इसलिए इसमें आश्चर्य की कोई बात नहीं थी। आमतौर पर यदि उसके उठने तक बसप्पा नहीं आया रहता, यानी जिस दिन वह और दिनों के मुकाबले जल्दी उठ जाता है, मनीषा को वह नहीं जगाता, चाय स्वयं बनाकर पी लेता है। आत्मनिर्भर किस्म का जीव है वह। पर आज, रात का उसका अति-श्रान्त मुख स्मरण करके मनीषा बिस्तर से

उठ गई। मन में आया, आज जितेन को अपने हाथ से चाय बनाकर पिला दे। कमरे से बाहर निकली तो देखा, वह दफ्तर के कपड़े पहने, पूरी तरह तैयार, खाने के कमरे से निकल रहा है।

"जा रहे हो?" ह<???>न-सी वह बोली।

"हां।"

"चाय..."

"सब हो चुका।"

"कहां जा रहे हो, फैक्टरी?"

"हां।"

"क्या हो गया, स्ट्राइक?"

"नहीं, ब्रेकडाउन। फिर बताऊंगा। आज कॉलेज तुम खुद चली जाना। और वापसी में...चार बजे चाहिए न गाड़ी?"

कहते-कहते वह दरवाज़ा खोल बरामदे में निकल आया और पोर्टिको में खड़ी गाड़ी की ओर बढ़ गया।

"नहीं रहने देना," मनीषा ने कहा, मैं खुद आ जाऊंगी, तुम वैसे ही परेशान हो।"

"अच्छा," उसने गाड़ी में बैठते हुए कहा और गाड़ी चल पड़ी।

जितेन तो गया। अब? क्यों न आज जल्दी ही घर से निकल जाए? आजकल क्लास में जयशंकरप्रसाद पढ़ा रही है। कब से उस पर लाइब्रेरी जाकर दो-चार किताबें पढ़ने का विचार कर रही हैं, आज वही पूरा कर डाले। पर लाइब्रेरी खुलती है, नौ बजे। तब, जो मसाला घर पर पड़ा है उसे ही दुबारा पढ़कर कुछ नोट्स बना ले। उन्हें लेकर लाइब्रेरी जाएगी तो सुविधा रहेगी। अपने कमरे में जाकर उसने जयशंकरप्रसाद पर जमा तमाम टीका-टिप्पणी निकाली और उनका अध्ययन करने का प्रयत्न करने लगी। कुछ देर बाद, बसप्पा आकर चाय पास रख गया। चाय की चुस्कियां लेते-लेते उसने दो-चार पंक्तियां कॉपी में लिखीं ज़रूर पर उत्साह के साथ नहीं, और धीरे-धीरे बिल्कुल ही अन्यमनस्क हो चली। कामायनी पढ़ रही होती तो शायद रस ले पाती, पर उसकी गढ़ तार्किक मीमांसा उसे किसी तरह

भी बांध नहीं पाई। आकाश में उड़नेवाले स्वच्छन्द पक्षी से कहा जाए, आप-से-आप आकर पिंजड़े में बन्द हो जाएं तो वह होगा क्या? वैसा ही तो इस समय उसका मन हो रहा है। पर क्यों? इतनी स्फूर्त उन्मुक्ति किसलिए? आज चार बजे उसे लेने गाड़ी नहीं आएगी, जाने का इन्तज़ाम भी स्वयं करना होगा, बस इतनी-सी नूतनता उसमें इस वन्य गतिशीलता का संचार किए दे रही है। उसका संपूर्ण अस्तित्व नूतन की मांग कर बैठा है। क्यों न आज कुछ किया जाए, रोज़ की दिनचर्या से सर्वथा भिन्न। उसने डायरी उठाकर देखना चाहा, आज कौन-कौनसे पीरियड लेते हैं और कब तक फारिग हो सकेगी, कल के लिखे मधुकर के फोन नम्बर पर निगाह पड़ गई। क्यों न उसे फोन मिला डाले? उससे कहे, आज गाड़ी नहीं आ रही, स्कूटर पर चल सकेगी। उसने तो पूछा नहीं था, मधुकर ने ही ज़बरदस्ती अपना नम्बर लिखवा दिया था। तब मिला ले नम्बर? वह देर तक सोचती रही पर उठी नहीं। यह उसके दो वर्ष के घरेलूपन की सुदृढ़ता का लक्षण था कि तीव्र इच्छा के बावजूद वह उठी नहीं। बल्कि अपने को समझाने लगी कि जो मधुकर ने कल कौतुक में कह डाला था, उसे गम्भीरता से लेना सरासर नासमझी है। फोन करेगी तो मधुकर उसपर हंसेगा ही। उसे शायद याद भी न हो कि कल वह किसीको अपने स्कूटर पर बैठाने का निमन्त्रण दे आया था। याद हो भी तो सोचने की बात यह है कि हो सकता है, उसने यह निमन्त्रण यह समझकर दिया हो कि वह अविवाहित हैं। अपनी हमउम्र अविवाहित लड़की से आकर्षित हो या यूं ही छेड़खानी करने के इरादे से, कहीं चलने का निमन्त्रण दे देना असंमत नहीं है। पर यह जानने पर कि वह विवाहित है, क्या उसकी दिलचस्पी कायम रह सकेगी? क्या वह यह महसूस नहीं करेगा कि कल जान-बूझकर उसने उससे यह भेद छिपाए रखा था? अवश्य करेगा। छोड़ो मधुकर को। सुधा के साथ ही कोई प्रोग्राम बनाया जाए। पर क्या? तीन से छः पिक्चर, फिर महात्मा गांधी रोड पर गपशप और कॉफी? सोचकर ही उसे उबासी आ गई। सैकड़ों बार यही सब वह सुधा के साथ कर चुकी है। इसमें नया क्या है? छोड़ो यह भी। कोई भी योजना क्यों बनाई जाए? अभी कॉलेज चली जाती है, फिर देखा जाएगा। जो, जैसा, जिस

समय मन में आएगा कर लेगी।

फिर भी कॉलेज पहुंचकर आदतन उसने सुधा से वही कहा, "चलती है तीन बजे पिक्चर? आज बृहस्पतिवार है, मैं दो बजे ही फारिग हो जाऊंगी।"

"आज नहीं होगा," सुधा ने कहा, आज फॉकल्टी में अपने डीन डॉ० चन्द्रशेखर का भाषण है, वहां जाना है।"

"छोड़ भी भाषण-वाषण।"

"न-न, छोड़ू कैसे? जानती नहीं डॉ० चन्द्रशेखर मेरे आदर्श पुरुष हैं।"

"गोली मार आदर्श पुरुष को।"

"ओ राम! अपने पति की दीर्घायु के लिए तो करवा चौथ का व्रत रखती है और मेरे आदर्श पुरुष को गोली मार रही है।" कृत्रिम क्रोध से सुधा ने उसे फटकारा।

"यह क्या आदर्श पुरुष, आदर्श पुरुष लगा रखी है, सीधा-सीधा हीरो नहीं बोल सकती?" सहसा मनीषा खीझ से भरकर बोल उठी।

"बोल सकती हूं," सुधा ने भौंहें ऊंपर चढ़ाकर कहा, "मुझे मालूम नहीं था, तूने मातृभाषा छोड़ अंग्रेज़ी का वरण कर लिया है।"

मनीषा कुछ नहीं बोली। आज सुधा की बातें उसे हंसा नहीं, खिझा रही हैं। सच उसके बोलने का ढंग भी कितना घिसा-पिटा हो चला है।

तभी श्रीमती भटनागर वहां आ पहुंची। सुधा को घेरकर बोली, "अरे भई, उस दिन जो तुमने दोसे बनाने की विधि बतलाई थी, एक बार फिर तो बतलाना। उस दिन बनाए तो कुछ ठीक बने नहीं।"

"उफ भगवान्," मनीषा ने धीमे स्वर में कहा।

सुधा ने सुना और हंस दी, बोली, "देखा, घर हो या कॉलेज, नारी के जीवन में खाने-पीने से अधिक महत्त्व की वस्तु और नहीं है।"

फिर श्रीमती भटनागर से बोली, "मैं आकर सिखा दूंगी एक दिन, ऐसे नहीं बनेंगे।"

श्रीमती भटनागर धन्यवाद देकर चली गई। सुधा और मनीषा क्लास

की तरफ चल दीं। चलते-चलते सुधा ने कहा, "मनीषा, यदि इस सबसे तुझे अरुचि हो गई है तो ऐसा कर, नींद की गोलियां खाकर सो रह। जब उठेगी यही सब सुन्दर लगने लगेगा।" कहकर वह क्लास के अन्दर घुस गई। मनीषा निर्णय नहीं कर पाई कि वह सिर्फ मजाक कर रही थी या गंभीरता से परामर्श दे रही थी। हां, इतना अवश्य समझ गई कि आज कुछ होनेवाला नहीं है। रोज़ की तरह यह दिन भी यूं ही कट जाएगा। थोड़ी देर में वह लाइब्रेरी में जाकर आलोचना के मोटे-मोटे ग्रंथ पढ़ेगी और उन्हें पढ़ते-पढ़ते कामायनी में रस का अभाव खोजने में पूर्णतया सफल हो जाएगी।

दो बजे तक वह क्लास में उल्टा-सीधा पढ़ाकर फारिग हो गई। फिर दो घण्टे लाइब्रेरी में सिर खपाती रही। अधिक नहीं तो काम चलाने लायक नोट्स ही तैयार कर लिए। चार बजे वह बाहर निकल आई, इसलिए नहीं कि उसका काम पूरा हो गया था बल्कि इसलिए कि और देर तक उन बोझिल ग्रन्थों को पढ़ते रहना असम्भव हो गया था। उसे लगा, उसने अपने लिए गलत कैरियर चुन लिया है। पढ़ाती वह बुरा नहीं है। कभी-कभी तो क्लास में इतना अच्छा बोलती है कि अपना वक्तव्य सुन, आप अवाक रह जाती है। पर यह तभी होता है जब कोई अपनी बात कह रही हो। कठिनाई यह है कि उसकी कही बात को पढ़-लिखकर लड़कियां परीक्षा में पास नहीं हो सकतीं। मज़बूरन स्वनामधन्य भीमकाय आलोचकों की उतनी ही भीम-काय और नीरस पोथियां बांचना आवश्यक हो जाता है। यही उससे नहीं होता। करती है, पर जबरदस्ती। लगता है अच्छी शिक्षिका बनने के गुण उसमें विद्यमान नहीं हैं। अपने यहां अच्छा शिक्षक वही माना जाता है, जिसके पास अपना सोचने-कहने को कुछ न हो, जो दूसरों को पढ़कर वर्ण-अक्षर सहित याद रखने में जितना माहिर हो, रटे-रटाए को नोट्स की भाषा में लिख-बाने में उतना ही पारंगत। आखिर वह कॉलेज पढ़ाने आती ही क्यों है? सिर्फ इसलिए कि सुपात्र के अभाव में विवाह जल्दी न हो पाने के कारण उसने हिन्दी में एम० ए० कर डाला था। और अब सुपात्र के सान्निध्य में उसके पास ढेर सारा फालतू समय बचा पड़ा रहता है। वह कहानियां भी

तो लिखती है। घर पर बैठकर उन्हीं पर परिश्रम क्यों नहीं करती? बात यह है कि अपनी कहानियों से भी वह सन्तुष्ट नहीं है। जब भी लिखने बैठती है; लगता है वह सोच-सोचकर लिख रही है, प्रेरणा से वशीभूत होकर नहीं। लिखूंगी, उसने सोचा, एक दिन लिखूंगी कुछ—कहानी, उपन्यास, निबन्ध या नाटक: कुछ ऐसा जो लिखकर मुझे आत्म-तुष्टि मिले: कुछ ऐसा जो मेरे भीतर यूं कुलबुलाता रहा हो कि बिना लिखे चैन न आ रहा हो। कभी-कभी वह सोचती है, चारों तरफ फैली इस सूनी बंजर ऊंब से तो बेहतर है कि उसके साथ कोई भयंकर त्रासदी घट जाए, जिससे वह उसे शब्दों में सरस आकार तो दे सके। अभी तो कुछ लिखने बैठती है तो उस पर भी उसकी नीरस निष्क्रियता का बोझ लद जाता है।

चार बजे वह कॉलेज के फाटक से बाहर निकली तो देखा मधुकर सामने खड़ा हुआ है।

"हलो," उसे देखते ही वह बोला।

"हलो," उसने जायज़ा लेते हुए कहा; अपने स्वर से हर्ष या आश्चर्य कुछ भी प्रकट नहीं होने दिया।

"मैं इधर से जा रहा था, सोचा आपके हाल-चाल पूछता चलूं।

"तो पूछिए?"

"कैसी हैं आप?"

"अच्छी हूं," मनीषा ने कहा और दोनों खिलखिलाकर हंस पड़े।।

"क्लास समाप्त?"

"हां।"

"तब घर जा रही हैं?"

"हां।"

"गाड़ी अभी शायद नहीं आई?"

"आज गाड़ी नहीं आ रही।"

"देखा," मधुकर खुशी से चिल्ला उठा, "मैं जान गया था आज आपकी गाड़ी नहीं आएगी, तभी तो चला आया।"

"आप तो कह रहे थे इधर से गुज़र रहे थे?"

"गुज़रा तभी तो आया," उसने अप्रतिभ हुए बिना कहा।

फिर कहा, "चलिए, छोड़ आऊं आपको?"

"क्यों बेकार परेशान होते हैं। मेरा घर आपके ठिकाने से बिल्कुल अलग रास्ते पर है।"

"ठीक है तब ऐसा करते हैं, आपको घर नहीं ले जाता। मेरे ठिकाने के पास एक बढ़िया कैफे है, वहीं बैठकर कॉफी पिएंगे।

"क्यों घर पहुंचने की जल्द्री है क्या?" उसे हिचकिचाते देख उसने पूछा।

"नहीं तो," उसने कहा और फिर धीमे-धीमे यह भी कह डाला, "मेरे पति आज देर से घर लौटेंगे।"

"तब तो ठीक ही है। हां, 'टिफनी' के बजाय कहीं और जाना चाहें तो कहें, फौरन हुक्म की तामील होगी।'

हर्ष और आश्चर्य के साथ मनीषा ने देखा कि पति जैसे प्रकाण्ड शब्द से वह तनिक भी नहीं घबराया है।

"कहीं भी चलिए," उसने कहा, "जो भी जगह यहां से नजदीक हो। बेकार पैट्रोल ज़ाया करने का क्या फायदा?"

"बिल्कुल दुरुस्त कहा आपने," मधुकर ने कहा, "हम जहां भी हों, जो भी कर रहे हों, हमेशा खयाल रखना चाहिए कि देश में पैट्रोल की तंगी है।" मनीषां हंस दी। "भाषण रहने दीजिए,' उसने कहा, "चलिए, 'टिफनी' ही चलिए।"

वह स्कूटर पर बैठ गई तो उसने कहा, "एक बात बताऊं?"

"हां।"

"वास्तव में यहां से सबसे नजदीक कैफे 'टिफनी' ही है। देश को छोड़िए, पैट्रोल खर्च करते समय मुझे अपनी जेब का भी खयाल रखना पड़ता है।" एक बार फिर दोनों मिलकर हंस दिए और इस हंसी से, स्कूटर पर बैठने की मनीषा की हल्की-सी झिझक भी बह गई।

'टिफनी' से जब वे उठे तो सात बज रहे थे। इन तीन घण्टों में, उन दोनों में से कौन अधिक बोला और किसने अधिक सुना, इसका कोई ठीक रिकार्ड नहीं है। पर इतना कहा जा सकता है कि मनीषा इस बीच समझ गई कि बोलने

में मधुकर उससे आगे है, पीछे नहीं। छोटी-छोटी बातें उसे वैसे ही उत्साहित कर देती हैं जैसे स्वयं उसे। 'टिफनी' में बैठकर बाहर सड़क का दृश्य अच्छी तरह देखा जा सकता है। वहां पर गुलमोहर और अमलतास के फूलों से लदे-फदे पौधे देखकर वह कितना चंचल हो उठा था। "लगता है," उसने कहा, "मैं सही मौसम में बंगलूर आया हूं। जहां देखो, फूल-ही-फूल हैं।"

"यही तो बात है। बंगलूर के लिए सभी मौसम सही मौसम हैं। पता है, यहां फूलों की एक प्रदर्शनी होती है, पन्द्रह अगस्त को और दूसरी छब्बीस जनवरी को। फिर कौन-सा मौसम हुआ जब यहां फूल न खिले हों।" मनीषा ने उत्तेज़ित स्वर में कहा।

"कोई नहीं," मधुकर ने कहा, "सचमुच पैतीस साल दिल्ली में रहकर मैंने बेकार बर्बाद कर डाले। रहने की जगह है। तो बंगलूर, आप हमेशा से बंगलूर ही रहती आई हैं न?"

"नहीं, पहले बम्बई में थी।"

"बम्बई भी रहने लायक अच्छी जगह है," उसने फौरन कहा।

"नहीं, बिल्कुल बेकार।"

"फिर भी दिल्ली से अच्छी रहती। वहां रहता तो..."

मधुकर ने बात बीच में छोड़ दी पर उसके चेहरे पर टिकी उसकी काली पुतलियां यूं आलोड़ित हो उठीं जैसे बरसाती नदी में बाढ़ आ गई हो। मनीषा के लिए सहज बने रहना कठिन हो गया।

"फूल ही नहीं, और सब-कुछ भी है यहां," उसने बात को मोड़ते हुए कहा, "मौसम, हवा, चौड़ी सड़के, सफाई, नेकदिल लोग..."

"एक बात का जिम्मा लेंगी?" उसने बीच में कहीं।

"किसका?"

"मुझे बंगलूर दिखाने का?"

"मैं..." वह कुछ हिचकिचाई तो मधुकर ने कहा, "नहीं तो सोचिए, अगर मैंने दिल्ली जाकर कहा, बंगलूर में देखने लायक कुछ नहीं है तो आपकी कितनी बेइज़्ज़ती होगी, नहीं?"

मनीषा हंसकर रह गई। उस दिन शायद ही उन्होंने कोई काम की बात की

हो। छोटो-मोटी बेकार बातों में ही तीन घण्टे कब निकल गए, पता ही नहीं चला।

सात बजे मनीषा की नज़र घड़ी पर पड़ी तो वह व्यस्त हो उठ खड़ी हुई।

"मुझे जाना चाहिए," उसने कहा।

"इतनी जल्दी," मधुकर चौंका।

"बहुत देर हो गई, मेरे पति इन्तज़ार कर रहे होंगे।"

"और पति को प्रतीक्षा कराना शास्त्रों में निषिद्ध है," मधुकर ने कहा।

"यह बात नहीं है," वह हल्की नाराज़गी से बोली, "जितेन फिक्र कर रहे होंगे। रोज़ मैं चार बजे घर पहुंच जाती हूं।"

"तब चलिए आपको छोड़ आऊं।"

"नहीं, आप तकलीफ न करें। मैं स्कूटर ले लूंगी।"

"स्कूटर पर ही ले चलूंगा।"

"मेरा मतलब भाड़े के स्कूटर से है।"

"भाड़ा भी दे दीजिएगा।"

मनीषा और नाराज़ न रह सकी। चुपचाप उसके पीछे स्कूटर पर जा बैठी।

"संभलकर बैठिएगा, मैं स्कूटर ज़रा तेज़ चलाता हूं।"

मनीषा ने उसकी कमर में बांह डाल उसे थाम लिया। शोर करता स्कूटर द्रुत गति से चौड़ी सड़क पर दौड़ गया। सन्ध्या की शीतल मन्द पवन सहसा गतिशील हो उठी और सनसन करती उसके कानों में बजने लगी। फिर जैसे वे दोनों हवा पर सवार किसी अनुपम, अनूठ, गन्तव्यहीन सफर पर चल पड़े। मनीषा की बांह पर मधुकर की पीठ का हल्का स्पर्श था, बस इतना-सा था उन दोनों का सामीप्य, वह भी वायु के वेग से इधर-उधर छितराया हुआ। वह उसके प्रति सचेत तक न थी। बंधनहीन, वह अकेली दौड़ी चली जा रही थी, समुद्रतट के छोर-हीन फैलाव पर, हरे वन की अन्तहीन सर्पाली पंगडंडी पर अकेली क्योंकि बंधनमुक्त, वर्ना उसके साथ-साथ एक छाया और दौड़ रही थी, जो उसके एकाकीपन के अहसास को मिटाए दे रही थी। वह छाया किसकी है, इस समय देखने-परखने की मनःस्थिति में वह नहीं थी, वह कुछ

नहीं चाहती थी, सिवा इसके कि वह दौड़ती जाए, दौड़ती जाए, दौड़ती जाए, तब तक, जब तक क्षितिज को भेद कर आकाश में लुप्त न हो जाए।

"और तेज़," उसने कहा, "और तेज़।"

उसके अपने कानों ने ही उसका कहा नहीं सुना, स्कूटर की खड़ खड़ाहट और हवा की सनसनाहट उसे बीच में ही पी गई। फिर भी उसके साथी ने उसका आशय समझ लिया होगा क्योंकि उसने पाया कि अब वह पहले से भी दूने वेग के साथ हवा का आलिंगन कर भाग रही है। बांहें फैलाकर उसने आसमान को अंक में भर लेना चाहा कि स्कूटर धक्के के साथ रुक गया।

उसने पाया, न समुद्र का अछोर तट है, न वन की बल खाती पगडंडी। वह बंगलूर के सर्वाधिक रेलपेल वाले व्यस्त महात्मा-गांधी मार्ग पर खड़े हैं और मधुकर उससे पूछ रहा है, "यह तो बतलाइए आपका घर है कहां?"

"घर..." उसने आश्चर्य के साथ दुहराया, दुहराते ही याद आया, "ओह, घर," उसने दुबारा कहा और हंस पड़ी।

"हम आपके घर के लिए चले थे, याद है।" मधुकर ने कहा।

"हां अशोका होटल जानते हैं, उसी की बगल में है।" मनीषा ने कहा।

इस बार स्कूटर जरा संभलकर दौड़ा और सीधा उसके घर के सामने जाकर रुका।।

"लगता है, आपके पति आ चुके हैं," मधुकर ने कहा। उसने देखा, जितेन की गाड़ी बाहर पोर्टिको में खड़ी है। ओह, सचमुच बहुत देर हो गई! सुबह कॉलेज जाते समय जितेन से देर से लौटने के बारे में कुछ कहकर भी नहीं गई थी; वह अपने पर नाराज हो उठी।

"अच्छा , मैं चलता हूं," मधुकर कह रहा था।

"नहीं, अन्दर आइए न, जितेन से मिलवा दें।

"आज ही?"

"और क्या? यहां तक आए हैं तो मिलकर जाइए।"

"आप कहती हैं तो चलिए, आपको देर कराने का गुस्सा मुझपर ही उतरे।"

"नहीं-नहीं, गुस्सा किस बात का, हां फिक्र अवश्य कर रहे होंगे।" दोनों बैठक में पहुंच गए।

"साहब आ गए?" मनीषा ने बसप्पा से पूछा।

"हां जी," उसने कहा, "एक घण्टा हुआ।" उसके स्वर का उलाहना स्पष्ट कह रहा था कि कम-से-कम उसे पति के लौट आने के एक घण्टे बाद लौटने का कायदा पसन्द नहीं है।

"कहां हैं?" उसने पूछा।

"खाकर सोया। बोला बहुत थका है।"

"सोए हैं," अप्रतिभ हो वह बोली।

"हां। सुबह-सुबह इतना जल्दी गया हमको मालूम भी नहीं लगा," बसप्पा ने बुदबुदाकर कहा। फिर बोला, "आपके लिए चाय लाऊँ?"

"चाय पिएंगे?" उसने यान्त्रिक समान मधुकर से पूछा।

वह उसके पास से हटकर कमरे के दूसरे कोने में जा पहुंचा था, शायद जान-बूझकर।

"आपका घर बहुत सुन्दर है," वहीं से उसने कहा, "यह सब आपने किया है," उसने कमरे में बिखरीं अनेक कलाकृतियों को हाथ के इशारे से समेटते हुए कहा।

"नहीं, जितेन ने।"

"कलाकार हैं आपके पति?"

"नहीं, फैक्टरी में मैनेजर।"

"कमाल है।"

"क्यों, कम्पनी का मैनेजर कलाप्रेमी नहीं हो सकता? ये सब पसन्द से खरीदी हुई वस्तुएं हैं।"

"वाकई, पारखी हैं," उसने कहा, पर अब उसकी निगाह कमरे पर न होकर मनीषा पर थी।

उसने देखा और मुस्करा दी। पर उसका संकोच कम न हुआ।

"कल जितेन की फैक्टरी में बैकडाउन हो गया था, मैसूर गए हुए थे, रात देर से आए..."

"इसलिए थककर सोए हैं," मधुकर बीच में बोल पड़ा,

"इसमें इतना परेशान होने की क्या बात है? मैं इतना बड़ा आदमी नहीं हूं कि मेरे आने पर सोए हुए इंसानों को चेताकर जगा देना होता है। आज न सही फिर कभी आया तो मिल लूंगा।" वह दरवाज़े की ओर बढ़ गया।

मनीषा ने वहीं से हाथ जोड़ दिए, यही बेहतर है। दरवाज़े पर पहुंचकर मधुकर सहसा मुड़ा, जैसे कोई अत्यन्त आवश्यक बात याद आ गई हो।

मुड़कर उसने कहा, "हां, सुनिए, आप यह पीला रंग मत पहना कीजिए। बैंगनी रंग आपपर अधिक फबता है। उस दिन बहुत सुन्दर लग रही थीं आप बैंगनी रंग में।"

कहकर वह चला गया। उसे लगा, इस आदमी से एक बार और मिलना निहायत ज़रूरी हो गया है, बैंगनी रंग पहनकर, जिससे उसकी अन्तिम स्मृति वह सुन्दर समझकर रख सके। फिर अपने इस तर्कहीन विचार पर गुस्सा आया, जो क्षण-भर में जितेन पर जा उतरा। कमाल का आदमी है। वह इतनी देर करके घर लौटी है और पति साहब हैं कि आराम से मीठी नींद सो रहे हैं। क्या सोचा होगा मधुकर ने? यही कद्र है उसकी अपने घर में? उसका मन हुआ, अभी जाकर जितेन को जगा दे और उससे पूछे, क्यों उसने उसकी फिक्र नहीं की? क्यों उसने नहीं सोचा उसका एक्सीडेंट भी हो सकता है? तीन घण्टों में क्या नहीं हो सकता? क्या नहीं हो गया? वह उठी और तेज़ी से अपने शयनकक्ष की ओर चल दी।

"खाना लगा दें?" बीच में बसप्पा की आवाज़ आई।

"नहीं," उसने बिना रुके कहा और बैडरूम का दरवाज़ा खोलकर भीतर घुस गई। भीतर जाकर देखा: हल्की रोशनी और साफ-सुथरी ठण्डक के बीच, बच्चों की-सी मासूमियत चेहरे पर ओढे, चौड़े पलंग पर ज़ितेन निश्चित सोया पड़ा है। उसने दरवाज़ा धडाक से मारकर बन्द कर दिया। जितेन की निद्रा में तनिक भी व्याघात नहीं हुआ। उसने हाथ बढ़ाकर ट्यूब-लाइट जला दी। कमरे में अशोभनीय प्रकाश फैल गया पर जितेन पर कोई प्रतिक्रिया नहीं हुई।

"जितेन, उसने पुकारा, "जितेन!"

जितेन बेखबर सोता रहा। मनीषा जानती है, रोज़मर्रा का साधारण शोर उसकी नींद में खलल नहीं डाल सकता। केवल एक आवाज़ है जो गहरी-

से-गहरी नींद से चौंकाकर पल-भर में उसे जगा दे सकती है और वह है टेलीफोन की घण्टी। पर टेलीफोन इस समय मौन मुनि की तरह खामोश है। हां एक और तरीका है उसे जगाने का। हाथ बढ़ाकर उसकी बांह थामना और ज़ोर से झकझोर देना। पर इस आक्रामक स्पर्श के लिए इस समय उसके हाथों ने उठने से बिल्कुल इनकार कर दिया। हारकर उसने दोनों बत्तियां बुझा दीं और बिना कपड़े बदले बिस्तर पर लेट गई। अंधकार के एकान्त में उसका ध्यान जितेन से हटकर मधुकर की ओर मुड़ गया। एक बार फिर उसने अपने गालों पर ठण्डी हवा के थपेड़े महसूस किए, कानों में अबाध दौड़ की सनसनाहट अनुभव की और हथेली पर मधुकर की छाती का स्पर्श। उसके होंठ आत्मीयता से मुस्कराए, काली पुतलियां प्रशंसा से चमकीं और यू आबद्ध कर गई कि अनायास उसने बांहें फैलाकर स्मृति में लहराती उसकी आकृति को समीप खींच लिया और अंक में भरकर सो गई।

सुबह के शायद पांच बजे होंगे। वक्ष पर किसीके हाथ का स्पर्श पा वह जाग उठी। देखा, वह जितेन की बांहों में घिरी हुई है। उसे अपने पर बेहद गुस्सा आया। क्यों वह हल्की-से-हल्की आहट पर जाग उठती है। वह जितेन के आलिंगन से छिटककर अलग हो, बिस्तर के अन्तिम छोर पर खिसक गई।

"मनीषा," जितेन ने धीमे से पुकारा।

वह सांस रोककर पड़ी रही।

"मनीषा!" उसने फिर पुकारा और उसके उत्तर की प्रतीक्षा किए बगैर उसे खींचकर छाती से लगा लिया। उसने चाहा वह उदासीन-सी पड़ी रहे और सोने का नाटक करती रहे, पर कर नहीं पाई, बोली, "जग गए?"

"हां," जितेन ने कहा, "रात आते ही सो गया। कितना थका था, बढ़िया नींद आई।"।

"भाग्यशाली हो," उसने कहा, ''जानते हो रात मैं कब वापस आई?"

"नहीं, मैं तुम्हारे आने से पहले ही सो गया था।"

"देखा था," उसका स्वर कट हो आया।

"तुमने मुझे जगा क्यों न लिया?"

"दुकानें बन्द हो चुकी थी, इसलिए तुम्हें जगाने के लिए बम खरीदने की सुविधा नहीं थी," उसने व्यंग्य किया।

जितेन खिलखिलाकर हंस पड़ा।

"इसमें हंसने की क्या बात है?"

"वाह, इतनी मजेदार बात करती हो, फिर पूछती हो हंसे क्यों?"

"अच्छा, एक बात बतलाओ, तुम्हें जरा भी खयाल नहीं आया कि मुझे इतनी देर क्यों हो गई?"

"मैंने सोचा कहीं पिक्चर-विक्चर चली गई होगी।"

"तुम्हें तनिक भी फिक्र नहीं हुई, आराम से सो गए। इतनी देर में कुछ भी हो सकता था, एक्सीडेंट या और कोई बुरी घटना।"

"कुछ हो गया था क्या?" जितेन उठ बैठा।

"नहीं।"

"तब मेरा फिक्र न करना अच्छा ही हुआ न।" उसने हंसकर कहा और उसके होंठों को चूम लिया।

मनीषा होंठ भींचे रही, प्रत्युत्तर नहीं दिया, मुंह हटाकर बोली—

"जानना नहीं चाहते मैं कहां थी?"

"जानना क्यों नहीं चाहता?' कहां थीं?"

"मधुकर से साथ 'टिफनी' में कॉफी पी रही थी।" मनीषा ने जैसे घोषणा की।

"अच्छा," जितेन ने कहा, "सुधा कैसी है?"

"क्या मतलब?"

"मधुकर सुधा का पति है न?"

"जी नहीं, सुधा कंवारी है।"

"सॉरी! मधुकर मुझे याद नहीं।"

"तुम उससे मिले ही नहीं। मैं भी पहली बार कल कॉलेज के जलसे में मिली थी। तब से तुम इतने व्यस्त हो कि बतलाने का समय ही नहीं मिला।"

"हां," जितेन ने कहा, "क्या करूं, फैक्टरी में जबरदस्त ब्रेकडाउन था।"

"कल मुझे घर छोड़ने आए थे, तो तुमसे मिलाने अंदर बुला लिया था,

पर तुम सो रहे थे।

"सॉरी।"

"बहुत दिलचस्प आदमी है," मुनीषा ने फिर घोषणा की।

"अच्छा," उसने कहा, "अगली बार मिलो तो लेती आना।"

"मुझे क्या उससे मिलने के सिवा कोई काम नहीं है।" मनीषा ने चिढ़कर कहा।

जितेन ठठाकर हंस पड़ा।

"इसमें हंसने की क्या बात है?" मनीषा और चिढ़ गई।

"कुछ नहीं," जितेन ने कहा, "खुश हूं इसलिए हंस दिया।"

मनीषा ने पूछना चाहा, खुश किस बात पर हो पर जितेन ने मौका नहीं दिया। इस बार उसके होंठों पर उसके मुंह का दबाव इतना क्लिष्ट था कि वह छटपटाकर रह गई। न अपने को छुड़ा सकी और न देर तक उसकी अवहेलना कर सकी। धीरे-धीरे उसके होंठ जितेन के श्वासावरोधी चुम्बनों को थाम बैठे, उसकी बांहें जितेन के कठोर आलिंगन के कसाव को स्वीकार कर बैठी और फिर उसके शरीर के असंख्य रोमकूप उसके मन-मस्तिष्क से अलग छिटककर पुलकित सिहरन से भर उठे। उसकी देह प्रेम के तर्कहीन व्यापार में लीन हो गई और उसका मस्तिष्क अनगिनत तर्कों में उलझा रहा। जितेन क्या अपना सारा भाव-संवेग इन्हीं कुछ क्षणों के लिए बनाए रखता है? न चाहते हुए भी दूसरा प्राणी आलोड़ित हुए बगैर नहीं रह सकता? इन क्षणों के रहते क्या कोई कह सकता है कि जितेन को मनीषा की आवश्यकता नहीं है? पर वह जानती है, प्रथम रात्रि से लेकर अब तक उसने उसे जीतने की कभी कोशिश नहीं की। उसने उसे मांगा है और पा लिया है। बस, न कभी मीठी अतिरंजित प्रशंसा की है, न अनुराग के लिए मनुहार। प्रथम रात्रि ही क्या, विवाह से पहले भी उसने उसे जीतने के लिए क्या किया? उनका विवाह प्रेम की परिणति नहीं था, वह था एक सुविचारित व्यवस्था का वैधिक रूप, जिसका आयोजन उन्होंने स्वयं अपने मां-बाप के साथ मिलकर किया था। तब भी जितेन ने उसे मांगा था और मांगते ही पा लिया था। आखेट नहीं किया, प्रलोभन नहीं दिया,

आग्रह तक नहीं किया। उसके न मिलने की आशंका से तड़पा नहीं, मिलने की आशा से पुलकित नहीं हुआ। मिलने के लिए प्रतीक्षा तक नहीं की। सच तो यह है, प्रतीक्षा मनीषा ने ही की थी। विवाह की बात चली तो वह मैनेजमेंट का कोई कोर्स करने अमरीका चला गया था। वहां से लौटा पूरे एक वर्ष बाद और तब तक वह उसके लिए प्रतीक्षा करती रही, आनन्द-विहीन प्रतीक्षा।

वह साहित्य की विद्यार्थी रही है। कितने आख्यानों-उपन्यासों में उसने प्रेम की व्याख्या पढ़ी है। जितेन के आलिंगन से रोमांचित अपनी देह को नकारकर वह सोचती है, कैसा होता है वह प्रेम, जिसमें पड़कर मनुष्य अपने अस्तित्व को भूला बैठता है, बड़े-से-बड़ा आत्म-त्याग करने को तत्पर हो जाता है, एक साधारण से मनुष्य को जीतने में अपनी आत्मा का उत्सर्ग कर देता है, जीतकर सम्पूर्ण जीवन को सार्थक अनुभव करता है? जितना उन्मत्त जितेन का आलिंगन और उसका अपना आवेग होता, उतना ही गहरा उसका असंतोष और उतनी ही मरुस्थली उसकी पिपासा!

जितेन से इस बारे में उसने कभी कुछ नहीं कहा। कहती भी कैसे? इस विवाह का उत्तरदायित्व जितना जितेन पर था, उतना ही उसपर भी। उसने भी तो उसे जीतने के लिए कुछ नहीं किया था। पर वह इस जन्मजात भुलावे से छुटकारा नहीं पा सकी थी कि जीतने का काम पुरुष का है और जीते जाने का स्त्री का। जितेन को दोष भी क्या दे। बिना बतलाए वह क्या, कोई भी कैसे जान सकेगा कि आनन्दातिरेक के उन आत्म-विभोर दिखनेवाले क्षणों में उसकी आत्मा अनाप्लावित ही रह जाती है? और आज? आज जब ठीक उसी क्षण उसे मधुकर की भाव-प्रवण काली पुतलियां याद हो आई थीं।

उसके बाद एक सप्ताह तक मधुकर से मुलाकात नहीं हुई। बैंगनी रंग की साड़ियां पहन-पहनकर वह तंग आ गई।

"आजकल क्या हो गया है?" परसों सुधा उससे पूछ बैठी थी, "बैंगनी

रंग पहनना क्या ज्योतिषी ने बतला दिया है?"

"नहीं तो," उसने सकुचाकर कहा था।

"तब क्यों हमें बोर कर रही है? पांच दिन हो गए यही रंग पहने जा रही है। वैसे भी मुझे इस रंग से चिढ़ है।"

"तो मर! मैं क्या तेरी पसन्द-नापसन्द से कपड़े पहनती हूं।" उसने कह तो डाला पर मन-ही-मन और संकुचित हुए। बगैर नहीं रह सकी।

उस रोज़ कॉलेज समाप्त होने पर बाहर निकली तो सुधा भी साथ हो ली। मना करने के लिए कोई बहाना ढूंढे न मिला। बाहर आकर देखा, आज गाड़ी ठीक सामने खड़ी है। फिर भी पिछले पांच दिनों की तरह आज भी जान-बूझकर उसे अनदेखा कर, वह इधर-उधर झांकने लगी। गाड़ी में बैठने की जल्दबाज़ी करने में डर था कि कहीं आसपास खड़े मधुकर को नजरअंदाज़ कर निकल न जाए।

"वह है," सुधा ने उसका ध्यान खींचा।

"कहां?" वह उल्लसित स्वर में चिल्ला उठी।

"वह सामने तो है गाड़ी।"

"ओह, गाड़ी।"

"तो तू क्या खोज रही थी?" सुधा ने अचरज से पूछा।

"कुछ नहीं," मनीषा लजा गई, "चल चलें।"

मधुकर शायद अब नहीं आएगा। उसका पहला सन्देह ही ठीक निकला। विवाहित स्त्री में कोई दिलचस्पी नहीं ले सकता, बार-बार वह अपने-आपसे कहती रही और अपने को समझाती रही कि उसकी राह देखना बेकार है, फिर भी रोज़-रोज़ राह देखती रही।

कल स्टाफ-रूम में बैठे-बैठे उसे कुछ और ही खयाल आया कि एकदम सुधा से पूछ बैठी, "तू मधुकर को कब से जानती है?"

"एक महीने से, सुधा ने कहा, "जब से वह यहां आया है?"

"तुझे अच्छा लगता है न?"

"हां, खूब।"

मनीषा क्षण-भर उसे देखती रही, फिर धीमे से बोली, "कुछ प्रेम-व्रेम का चक्कर तो नहीं है?"

"हो, तो भी क्या?"

"कुछ नहीं, मैं सोच रही थी, तुम दोनों एक-दूसरे के इतने अनुरूप हो... विवाह क्यों नहीं कर लेती उससे?"

"मैं?" सुधा ने अपनी बड़ी-बड़ी आंखें पूरी फैलाकर कहा, "पंजाबी से?"

"क्यों पंजाबियों में क्या बुराई है?"

"प्रश्न बुराई का नहीं है। पर मेरा विवाह होगा तो किसी कन्नड़भाषी लिंगायत से।"

"ज़रूरी है?"

"एकदम। अपनी दो हज़ार वर्ष प्राचीन संस्कृति को क्या पलभर में विस्मृत कर दूंगी?"

जैसा सुधा के मामले में हमेशा होता है, मनीषा समझ नहीं पाई कि यह व्यंग्य है या केवल ठोस सत्य का सपाट निरूपण।

"इतनी पढ़ी-लिखी होकर भी तू इन दकियानूसी बातों को मानती है?" फिर भी उसने कहा।

"पढ़ा-लिखा होने से क्या मनुष्य अपने संस्कार बदल सकता है?"

"तेरा मतलब, तू मधुकर से प्रेम करती है पर केवल इसलिए विवाह नहीं करेगी क्योंकि वह तेरे प्रान्त का नहीं है?"

"प्रेम," सुधा हंस पड़ी, "तू भी एक ही पागल है। मैंने कब कहा, मैं मधुकर से प्रेम करती हूं। बात संस्कृति की हो रही है, तू मधुकर को बीच में कहां से ले आई?"

मैं कहां ले आई? बात ही उससे आरम्भ हुई थी।"

"हां रे, याद आया। मैं कह रही थी कि यदि मैं मधुकर से प्रेम करती भी तो विवाह नहीं कर सकती थी।"

माथे पर बल डालकर वह सुधा को देखती रही।

"क्या हुआ, समझ में नहीं आ रहा क्या? लगता है तेरे विचार में जिससे

प्रेम करो उससे विवाह करना आवश्यक है।"

"आवश्यक नहीं, स्वाभाविक," मनीषा ने कहा, "अगर मैं किसी से प्रेम करती तो वह चाहे जिस प्रान्त, देश या धर्म का क्यों न होता, उससे विवाह करने में हिचकिचाती नहीं।"

"जितेन से ऐसे ही विवाह किया था क्या?"

"नहीं, उससे मेरी 'एरेन्जड मैरिज' थी। अगर प्रेम करके विवाह करती तो..."

"तो?"

"तो हमारा जीवन कुछ और तरह का होता।"

"नहीं मनीषा, ऐसा ही होता। प्रेम क्षणिक वस्तु है। जब चुक जाता तो विवाहित जीवन ऐसा ही होता।"

"नहीं, कभी नहीं,' मनीषा ने दृढ़ स्वर में कहा, "असम्भव।"

"यदि तू सचमुच ऐसा सोचती है तो तूने जितेन से विवाह किया ही क्यों?"

"जब शुरू-शुरू में हम मिले थे तो वह मुझे अच्छा लगा था। सगाई के बाद भी हम दो-चार बार मिले थे। मुझे लगा था अगर हम इसी तरह मिलते रहे तो एक-दूसरे से प्यार करने लगेंगे, शायद मैं करने भी लगी थी, पर जितेन...जितेन...पता नहीं वह बहुत स्थिर, ठहरा हुआ, एकदम भौतिकवादी किस्म का आदमी है...मेरा मतलब है उसने उस तरह के प्यार को बढ़ावा नहीं दिया।"

"किस तरह के प्यार को? वय-सन्धि के रोमांटिक प्यार को ही न?"

"किसी भी तरह के प्यार को।"

"तू तो ऐसे कह रही है जैसे प्यार का कोई स्वतन्त्र अस्तित्व हो।" सुधा ने हंसकर कहा।

मनीषा नहीं हंसी।

"प्यार का न सही, मेरा तो है," उसने कहा, "जितेन के लिए मेरा कोई स्वतन्त्र अस्तित्व नहीं है।"

"क्या कहती है?" सुधा ने इस बार वास्तविक आश्चर्य के साथ कहा। "जितेन जैसे उदार प्रकृति के मनुष्य के लिए तेरा कोई स्वतन्त्र अस्तित्व

नहीं है?"

"वह नहीं। मेरा मतलब, मेरी जगह जो भी उसकी पत्नी होती, उसका व्यवहार उससे ठीक ऐसा ही होता जैसा मुझसे है।"

"तेरा भी यदि जितेन के स्थान पर कोई और पति होता तो तेरा व्यवहार उसके साथ ऐसा ही होता जैसा जितेन से है।"

"नहीं," मनीषा ने कहा, "तेरी समझ में नहीं आएगा। एक-दूसरे को सचमुच चाहकर विवाह करो तो दूसरी बात होती है। प्रेम साधारण-से-साधारण मनुष्य को भी महान बना देता है। एक-दूसरे को पाने की सच्ची ललक हमसे कठोर-से-कठोर साधना करा देती है, बड़े-से-बड़ा आत्म-त्याग।"

"बाप रे," सुधा ने बीच में बाधा दी, पर मनीषा ने उसपर ध्यान नहीं दिया। वह बोलती गई, "इसमें क्या है, मां-बाप, पण्डित-पुरोहित ने मिल-जुलकर मंगल नक्षत्रों के तले, अग्नि की साक्षी दे, दो इंसानों के दुपट्टे बांध दिए और वे चल दिए एक शय्या पर जीवन-पर्यन्त प्रेम का नाटक करने।"

"मुझे तो लगता है, जो तुझे सचमुच दुःख दे रहा है, वह यह है कि जितने प्रेम का नाटक नहीं करता।' सहसा सुधा कह बैठी।।

"क्या मतलब?" उसने त्यौरी चढ़ाकर कहा। यह सुधा भी आजकल ज़रूरत से ज़्यादा मुंहफट होती जा रही है, उसने सोचा।

"खैर," सुधा जल्दी से बोली, "मेरे विचार में तो प्रेम का होना और दांत में दर्द का होना एक ही बात है। जब होता है। तो मनुष्य उसे छोड़ संसार-भर में वैरागी हो उठता है: दत्तचित्त, भावप्रवण, उसकी सेवा-सुश्रूषा करता है, अन्य भौतिक पदार्थों से घृणा करने लगता है। पर फिर जब वह चुक जाता है तो सब सामान्य हो जाता है। उसकी स्मृति की कसक-भर शेष रह जाती है, और कुछ नहीं।"

"सच्चा प्रेम चुकता नहीं।" मनीषा ने कहा।

"अनुभव से कह रही है?"

"नहीं, विश्वास से।"

"तब मैं कुछ नहीं कह सकती। मनुष्य जब विश्वास को बीच में ले आता है तब तर्क बेकार हो जाता है। पर तेरी एक बात से मैं सहमत हूं। जीवन में कम-से-कम एक बार प्रेम करना अवश्य चाहिए। वैसे-ही-जैसे जीवन में कम-से-कम एक बार 'भूकम्प से होकर अवश्य गुज़रना चाहिए, एक बार तीव्र वृष्टि के नीचे अवश्य भीगना चाहिए, एक बार ऊंचे पहाड़ की दुर्गम चोटी पर अवश्य चढ़ना चाहिए। मेरा मतलब यह सब महत्त्वपूर्ण अनुभव हैं, जो हो सके तो प्रत्येक मनुष्य को प्राप्त कर लेने चाहिए, बस।"

मनीषा अब तनिक हंस दी, "अपना-अपना मत है," उसने कहा।

ज़ाहिर था कि सुधा के मन्तव्य से वह तनिक भी सन्तुष्ट नहीं थी। उसे अफसोस इस बात का था कि इस बहस में काम की बात पीछे छूट गई थी।

"मधुकर से तेरा परिचय कैसे हुआ?" उसने कुछ ठहरकर पूछा, "मेरा मतलब उसे भी साहित्य में रुचि है क्या?"

"ओह मधुकर! मैं भी कितनी मूर्ख हूं जो मूल बात छोड़ सामान्यीकरणों में उलझ गई," सुधा ने फौरन कहा, "साहित्य में रुचि है या नहीं, नहीं जानती। परिचय हुआ था डैडी के द्वारा। दिल्ली विश्वविद्यालय के अर्थशास्त्र विभाग के डीन मैसूर के हैं। और डैडी के मित्र। जब मधुकर दूर देश बंगलूर आने को उद्धत हुआ तो उन्होंने डैडी के नाम उसे एक पत्र दे दिया। वही लेकर वह घर आया और हमारा परिचय हुआ।"

मनीषा ने चाहकर भी और प्रश्न नहीं पूछा, सुधा स्वयं ही बतलाती गई, "पिछले बुधवार के समारोह के बाद मैं उससे नहीं मिली। आदमी अच्छा है पर प्रेम करने योग्य नहीं।"

"क्यों?"

"मेरा मतलब, मैं उससे प्रेम नहीं करती।"

"ओह!"

"तेरा इरादा है क्या?"

"क्या?"

"उससे प्रेम करने का?"

"मेरा विवाह हो चुका है।"

"तो शुभ-शुभ एक प्रेम भी कर डाल। अनेक भ्रमों से छुटकारा मिल जाएगा।

मनीषा चुप रही। उसे काफी हद तक विश्वास हो गया था कि और किसी में हो न हो, सुधा में मधुकर को कोई दिलचस्पी नहीं है।

आज फिर बृहस्पतिवार था और मनीषा क्लास लेकर दो बजे ही फारिग हो गई थी। आज जमकर तीन घण्टे लाइब्रेरी में काम करेगी, उसने तय किया था, पिछला पूरा सप्ताह यूं ही बर्बाद कर डाला था। क्लास से निकलते ही, वह लाइब्रेरी का कार्ड और नोट्स की मोटी कापी थाम लाइब्रेरी की ओर चल दी। वह जानती है कि विश्वविद्यालय की मुख्य लाइब्रेरी की इमारत उसके अर्थशास्त्र विभाग से एकदम सटी हुई है, पर चलते-चलते उसका खयाल आ जाने पर, उसने उसे एक तरफ झटककर अपने को विश्वास दिला लिया कि इससे उसे कुछ भी लेना-देना नहीं है। हां, विश्वास आया या नहीं, यह कहना ज़रा कठिन है। वह विद्वत्ता का लबादा चेहरे पर ओढ़े लाइब्रेरी के मुख्य द्वार पर पहुंची ही थी कि मधुकर सामने पड़ गया। उसने उसे देखा और एक संक्षिप्त-सा, 'हलो' कहकर आगे बढ़ गई।

"सुनिए," मधुकर ने आवाज़ देकर कहा।

"जी," वह रुक गई।

"मुझसे नाराज़ हैं क्या?"

"नहीं तो।"

"तो इतना छोटा-सा 'हलो' कहकर झटक क्यों दिया?"

"नहीं-नहीं, अन्दर कुछ काम है।"

"अच्छा काम काम कर आइए। मैं यहीं हूं। लौटने पर मिलिएगा।"

वह लाइब्रेरी में घुस गई और जल्दी-जल्दी जो सबसे पहले दिखीं, वही किताबें कार्ड पर लेकर बाहर निकल आई। मधुकर रहीं-का-वहीं खड़ा मिला।

"लाइए," उसने किताबों के लिए हाथ बढ़ा दिया। मनीषा ने किताबें उसे थमा दीं। "समय है न," उसने पूछा, " 'टिफनी में बैठे?"

उसने कोई उत्तर नहीं दिया पर साथ-साथ चलने लगी।

"रोज़ सोचता था, आपसे मिलूं आकर, और सोचकर रह जाता था; डर लगता था कहीं आपको तंग तो नहीं कर रहा।"

"मैंने सोचा आप कहीं बाहर गए होंगे।" सोचने-विचारने से पहले ही बात मुंह से निकल गई।

मधुकर ने कहा कुछ नहीं, आंख उठाकर उसकी ओर ताका-भर पर उसकी दृष्टि का आह्लाद साफ कह गया कि कथ्य का भावार्थ उसकी समझ में पूरी तरह आ गया है।

"मैं भी कितना बेवकूफ हूं," कुछ देर बाद उसने कहा, "व्यर्थ ही पूरा एक सप्ताह बर्बाद कर डाला।"

"आप क्या हर बृहस्पतिवार को दो बजे फारिग हो जाती हैं?" 'टिफनी' में बैठकर उसने पूछा।

"हां, ब्रहस्पत और सोम को भी।"

"तब इस सोमवार को अपना वायदा पूरा कीजिए न?"

"कैसा वायदा?"

"वही, मुझे लालबाग दिखाने का।"

"वायदा किया था मैंने? मुझे तो याद नहीं।'

"आपकी याददाश्त कमज़ोर है," मधुकर ने संजीदा स्वर में कहा, "पर कोई बात नहीं। सभी औरतों की होती है। आप उसे लेकर दुखी न हों। मुझे तनिक भी बुरा नहीं लगा।

मनीषा के पास हंसने के सिवा कोई चारा नहीं था।

"ठीक है। यही सही, सोमवार को लालबाग चलेंगे।"

"ऐसा नहीं हो सकता, गाड़ी आप न मंगवाएं? मैं आपको ठीक समय पर घर पहुंचा दंगा।"

मनीषा मान गई। जितेन से कुछ भी कहा जा सकता है, लाइब्रेरी में काम है अथवा यूनिवर्सिटी में लैक्चर है या कुछ न कहकर सिर्फ यह बतलाया जा सकता है कि वह देर से घर आएगी। कारण जानने के लिए वह जिरह नहीं करेगा और न देर से आने पर आक्षेप।

"मैं दो बजे कॉलेज आ जाऊंगा।" मधुकर ने कहा।

"नहीं," उसने कहा, "मैं यहीं मिलूंगी, 'टिफनी' में।"

"दो बजे?"

"दो-सवा दो बजे।"

"ठीक है, मैं दो बजे आ जाऊंगा और आपका इन्तज़ार करूंगा।"

"अधिक नहीं करना पड़ेगा, मुझे समय पर आने की लत है।"

"यह तो और भी अच्छा है," मधुकर ने नाटकीय अंदाज़ में कहा।

"यूं मैं तो उम्र-भर भी आपका बेसर्बी से इन्तज़ार करने को तैयार हूं।"

बात मज़ाक के तौर पर कही गई थी, पर उसके नीचे तैरता सत्य बाहर झांककर उसे गुदगुदा गया। वह आनन्द से मुस्करा दी।

किसी भी नज़र से देखा जाए, दुपहर दो बजे का समय लालबाग जाने के लिए दिन का सबसे मौज़ समय नहीं माना जा सकता। यह उस दिन की विशेषता ही मानी जानी चाहिए कि मनीषा को लगा अब तक वह लालबाग के हरितमा-आच्छादित सौन्दर्य की बारीकियों को पकड़ने में इसलिए असफल रही थी क्योंकि आज से पहले वह वहां दुपहर के दो बजे कभी नहीं आई थी। जनवरी के महीने की दुपहरी की उज्ज्वल धूप! वैसी पारदर्शी प्रशान्त ज्योति भला और कब उपलब्ध हो सकती है? यह उस ज्योति की महिमा ही तो थी, जिससे मनीषा ने हर फूल की पंखुड़ी में झिलमिल-से अनगिनित रंगों का खिलवाड़ इतनी सूक्ष्मता से देख लिया; प्रत्येक सपाट दिखनेवाले हरे पत्ते पर लहराती मशीन नसों में उस रंग के असंख्य शेड भी गिन डाले। सच तो यह है कि यदि मनीषा की स्मरण-शक्ति कम तीक्ष्ण होती तो वह यह तक मानने को तैयार हो जाती कि आज से पहले उसने कभी लालबाग देखा ही नहीं। वह नौबत नहीं आई। वह उन इन्सानों में से है, जो मोह के तंद्रिल-से तंद्रिल क्षण में भी यथार्थ को सर्वथा भूल नहीं पाते, पर इस दुर्भाग्य के रहते हुए भी कोई विशेष हानि नहीं हुई। उसे यह विश्वास तो हो ही गया कि बंगलूर के लालबाग जैसा सुन्दर एकान्त-स्थल पृथ्वी पर और कहीं नहीं है, और अब तक उसके इस तथ्य से अनजान रहने का कारण केवल

यह है कि आज तक वह वहां सदा गलत ऋतु और गलत समय पर आती रही है। उसे जो याद था उसके अनुसार लालबाग में पर्यटकों की इतनी भीड़ होनी चाहिए थी कि फूल कम दिखलाई दें और सिर अधिक। पर आज ऐसा नहीं था। लग रहा था जैसे उसके और मधुकर के वहां आने का समाचार पाकर सारे पर्यटक लालबाग छोड़ कहीं और घूमने निकल गए हैं। जो भी हो, मनीषा तर्कबुद्धि से उस समय इस समस्या का हल नहीं खोज रही थी। अपनी दृष्टि की इस विशिष्टता से वह पूर्णतया सन्तुष्ट थी, जो उसे फूल-पत्तियों का सौन्दर्य इतनी विशदता से दिखलाते हुए भी पर्यटकों की भीड़ को कहीं छिपा दे रही थी।

लालबाग के एक कोने से दूसरे कोने तक घूमकर उसने तनिक भी क्लान्ति अनुभव नहीं की। छः बजने को आए और दिन की उज्ज्वल प्रकाश सन्ध्या की धूमिल ज्योति में परिणत हो चला। तभी वह दोनों, बांस की खपच्चियों से बनाए उस ग्रीनहाउस के पास पहुंचे, जिस पर हरी लताओं का इतना घना झुरमुट छाया हुआ था कि कहीं दिखलाई नहीं देता था कि उसके नीचे सूखे बांस की लकड़ियां भी हैं। उसकी सघन छाया के तले असंख्य हरे-भरे 'फर्न्स' के गमले रखे थे। श्वेत, लाल, बैंगनी, हरे, पीले, अनेक रंगों की उनकी बहुरूपदर्शी छटा शोघूलि में और प्रखर हो उठी थी। एक ठहरे हुए क्षण के लिए उनके पत्तों के हर रंग पर इतना महीन सूक्ष्म प्रकाश लहरा गया कि उनका एक-एक कण बिन्दु जगमगा उठा।

"कितना सुन्दर है, यहीं बैठे," मनीषा बोल पड़ी।

दोनों वहीं बैठ गए।

ग्रीनहाउस के सामने हवाइन हिबस्किस के पौधों की कतारों-पर-कतारें लगी थीं। पौधे इस समय पूरी बहार पर थे। पीले, नारंगी, लाल, गुलाबी, अनेक रंगों के हिबस्किस से लदी झाड़ियां नन्हीं बालिकाओं के समान एक-दूसरे को अपनी रंगीन पोशाक दिखातीं, खेलती-खिलखिलाती-सी जान पड़ रही थीं।

"वह क्या फूल है?" मधुकर ने पूछा।

"हिबिस्कस।"

"हिबिस्कस?" जवाकुसुम ही न?'

"हां, पर हवाइन। इसका फूल यहां के जवाकुसुम से बड़ा होता है और विभिन्न रंगों का। वह वाला—पीला—सुन्दर है न?"

"है तो," मधुकर ने पूरा साथ नहीं दिया, "एक बात है, उसने कहा, "हमारे यहां जो फूल शोख रंग का होता है, वही विदेश में जाकर फीका क्यों पड़ जाता है? लाल गुलाब हो या लाल जवाकुसुम?"

"रंग भी तो कई हो जाते हैं।"

"हां, जैसे यहां सब खूबसूरत औरतों के बाल काले होते हैं, पर योरप में किसी के सुनहरी, किसी के लाल तो किसी के भूरे।"

"विविधता में ही जीवन का आनन्द है," मनीषा हंस दी।

"होगा," वह बोला, "जहां तक मेरा सवाल है, मुझे सिर्फ एक औरत के बालों में दिलचस्पी हो सकती है, उसके जिसकी अब तक मुझे तलाश रही है: और उसके बाल हैं काले, स्याह काले, उसकी आंखों की तरह, और उतने ही दीप्तिमान। वह उसके चेहरे को वैसे ही घेरे रहते हैं जैसे यह सदाबहार पौधे इस वक्त हमें।"

मनीषा ने सुना, धीमे से चेहरा उठाया और उसकी ओर देखा। उसने उसके चेहरे को थाम लिया और आहिस्ता से उसकी ठोड़ी को चूम लिया।

"मैं तुम्हें प्यार करता हूं," उसने कहा।

सुनकर उसे आश्चर्य नहीं हुआ: बस हुआ हृदय के भीतर गहन संतोष और फिर उस पर हावी होती उतनी हो गहन निराशा।

"मैं विवाहित हूं," उसने कहा।

"जानता हूं।"

मनीषा चुप होकर दूर तक फैले हरे पत्तों के जाल को देखने लगी। मधुकर ने अपनी गरम हथेलियां उसके कन्धों पर रख दीं।

"इतनी उदास क्यों?" उसने कहा और धीमे, बहुत धीमे उसके होंठ चूम

लिए, "मैं तुम्हें प्यार करता हूं, इससे उदास क्यों?"।

मनीषा को लगा, पास खिले जवाकुसुम ने आहिस्ता से उसके होंठों को अपनी मृदुल पंखुड़ी से छू दिया है। इतना नन्हा-सा स्पर्श! और उसके अन्तरतम तक वह पारुल बिखेर गया। प्रथम चम्बन! उसने सोचा। उसके होंठों के साथ-साथ उसके शरीर के अनगिनित रोम-छिद्र उस कोमल मधुर स्पर्श से रोमांचित हो उठे। प्रथम चुम्बन, उसने फिर सोचा, ऐसा ही होता है प्रथम चुम्बन! जन्म से तृषित दग्ध देह को पल-भर में रसाप्लावित कर देता है।

पर फिर जब मधुकर का मुख दुबारा उसके मुख पर झुका तो सहसा, कोड़े के वार के समान उसे याद आ गया कि यह प्रथम चुम्बन नहीं है। इससे पहले जितेन के अनेकानेक तीखे चुम्बनों को वह सह चुकी है। पर उनमें से किसीने आज तक उसे यूं नहीं झकझोरा। जितेन के चुम्बन प्रश्न होते थे, जो उससे उसके शरीर की मांग करते थे, अधिक-से-अधिक समर्पण के लिए निमन्त्रण दे देते थे। अपने-आपमें वह कुछ नहीं थे। पर यह चुम्बन! यह प्रेम की परिणित था, प्रेम की घोषणा, अपने-आपमें एक पूर्ण क्षण। उसने उसके हृदय की गहराइयों में झांका था, उसकी आत्मा के संगीत को सुना था और उससे एकसुर हो उसमें लीन हो गया था।

"तुम मुझे पहले क्यों नहीं मिले?" उत्तप्त स्वर में उसने कहा।

"दुर्भाग्य।"

"हमें एक-दूसरे से अब नहीं मिलना चाहिए।"

"शायद तुम ठीक कहती हो। जहां तक मेरा सवाल है, मैं तब तक तुमसे मिलने का प्रयत्न करता रहूंगा जब तक तुम स्वयं मुझे मना न कर दो। मैं तुम्हें प्यार करता हूं, मनीषा, और सिर्फ इसलिए तुमसे मिलना बन्द नहीं कर सकता क्योंकि संयोग से तुम विवाहित हो।'

"मिलते रहने से जानते हो, क्या होगा?"

"जानता हूं! तुम भी मुझे प्यार करने लगोगी।"

"इतना भरोसा है अपने पर?"

"नहीं, तुम पर।"

"पर इस तरह मिलने से अन्त में दुःख के सिवा हमें कुछ नहीं मिलेगा।"

"अन्त में न? सो मिले। जो क्षण तुम्हारे साथ गुज़रेगा वह तो आनन्द से परिपूर्ण होगा।"

मनीषा उठकर उससे दूर चली गई। उसकी समझ में नहीं आ रहा था आगे वह क्या करे या कहे।

"नाराज़ तो नहीं हो न?" मधुकर ने उसके पास आकर कहा। मनीषा ने सोचा, इस प्रश्न का एक ही उत्तर हो सकता है, हां। उसने अपनी ज़ुवान को आदेश दिया कि वह गम्भीरतायूर्वक इस शब्द का उच्चारण कर दे। पर आश्चर्य के साथ पाया कि ज़ुवान ने जो कहा, वह था, नहीं। यही नहीं; कहते हुए होंठों ने भी उसके मस्तिष्क का साथ नहीं दिया, कसे रहने के बजाए वह फैलकर मुस्करा दिए, जैसे उस शब्द ने उन्हें गुदगुदा दिया हो; पीछे आंखें भी नहीं रहीं, होंठों के साथ वह भी मन्द स्मित की कान्ति से चमक उठीं।

४

अगले दो महीने वह हर बृहस्पतिवार और सोमवार को मधुकर से मिलती रही। हर बार मिलने से यह प्रतिज्ञा करके कि वह उससे कह देगी, यह उनकी अन्तिम भेंट है। हर बार मिलने के बाद निश्चय करके कि अगली भेंट में वह उससे कह देगी कि वह उनकी अन्तिम भेंट है। बस मिलते समय न जाने क्या हो जाता कि वह अत्यन्त स्वाभाविक ढंग से उससे एक बार और मिलने का वायदा कर आती। उससे मिलकर घर लौटती तो पाती, होंठों पर उसके होंठों का स्वाद तो है ही, कानों में उसकी हंसी की गूंज भी है और दृष्टि के सम्मुख उसके साथ देखे हर पत्ते-फूल-पत्थर का सजीव चित्र। लगता, वह सब उसने जीवन में पहली बार देखे हैं। मधुकर के साथ रहते, उसकी इन्द्रिय शक्ति सहस्र गुना तीव्र हो उठती थी। चारों ओर बिखरी क्षुद्रसे-क्षुद्र वस्तु भी उसकी विशद दृष्टि के आगे किसी अलौकिक ज्योति का स्पर्श पा रंगदीप्त हो

उठती। घर लौटने के कुछ क्षणों बाद तक वह कौंधती दृष्टि उसके साथ रहती, तब वह जितेन के साथ अपने झूठे रिश्ते को स्पष्टता के साथ देखती। प्रतिज्ञा करती कि मधुकर का सम्पर्क कितना भी मधुर और अनिवार्य क्यों न लगे उसे नकारना ही होगा: कारण वह विवाहित है और विवाह उसने अपनी इच्छा से किया है। फिर अपने निश्चय से उसे अवगत कराने के लिए उससे अन्तिम भेंट करने जाती और पाती कि वह कुछ नहीं कह पाई है, सिवा इसके कि अगले सोम या बृहस्पत, दिन के दो बजे उससे फिर मिलेगी।

रात को अपने शयनकक्ष में मुलायम गद्दे पर आराम से लेटे-लेटे वह सोचती, कितना आसान तो है, मधुकर मुझे प्यार करता है और मैं उसे। इस तरह छिप-छिपकर मिलकर अपनी आत्मा का हनन करने से कहीं अच्छा है, जितेन से तलाक मांग लेना और जीवन का पुनरारम्भ करना, मधुकर के साथ। एक दूसना वर; एक दूसरा शहर; एक दूसरी दिनचर्या; एक दूसरा जीवन। फिर जैसे-जैसे नूतन की कल्पना उसे प्रहर्ष से भरती जाती, वैसे-वैसे आतंक से भी और वह पाती एक बार फिर कोई निश्चय न लेकर, उसने अपने को क्षण-क्षण बीतती स्थितियों के ज्वार-भाटे के साथ बहते रहने के लिए छोड़ दिया है। रोज़मर्रा के जीवन में हमें बांधे रहने की बहुत बड़ी ताकत होती है। जितना वह हमें सालता है, जितना हम उसे तोड़ फेंकने के मंसूबे बनाते हैं उतना ही वह हमें जकड़ता चला जाता है।

भीतर-ही-भीतर एक बात मनीषा जानती थी, अनिश्चित काल तक ऐसे बहते रहना सम्भव नहीं होगा। एक दिन आएगा और शीघ्र, जब कोई-न-कोई ठोस पत्थर उसके बहाव के बीच अवरोध बन खड़ा हो जाएगा और उसे अपनी राह निर्णीत करने पर बाध्य कर देगा। उस अनिवार्य क्षण की कल्पना से वह पुलकित थी और भयभीत भी।

ऐसे ही जनवरी, फरवरी बीत गई और फिर मार्च। दो दिन में अप्रैल का

महीना आरम्भ हो जाएगा: अप्रैल यानी यूनिवर्सिटी में परीक्षा का आरम्भ। लैक्चर, ट्यूटोरियल से कुछ दिनों के लिए छुट्टी। सुबह दस बजे परीक्षा आरम्भ, एक बजे समाप्त। दस से एक इनविज़िलेशन की ड्यूटी, फिर सारा दिन चैन। बंगलूर के शान्त निरीह वातावरण में इनविज़िलेशन से क्या डर? न तोड़फोड़, न मारपीट। चुपचाप पर्चा शुरू और चुपचाप खतम। अप्रैल का महीना इतना सुखद कभी नहीं लगा था। एक बजे से लेकर शाम सात बजे तक का समय मधुकर के साथ गुज़ार सकेगी। दो दिन बाद शुरू होनेवाले अप्रैल की कल्पना से वह दोनों इतने सुखी थे कि कुछ दिनों के लिए किसी भी समस्या के विषय में सोचना स्थगित कर रखा था।

आज था तीस मार्च का दिन, सोमवार। सहसा, मन्थर गति से चल रहा घटनाचक्र कब, किस अदृश्य शक्ति के हाथ का धक्का पाकर, द्रुतगामी हो नई दिशा पर छोड़ चला और मनीषा को उस अनिवार्य क्षण की दहलीज़ पर ला खड़ा कर गया, उसे पता ही नहीं लगा। मधुकर के साथ बैठे-बैठे आनेवाले अप्रैल के विषय में बतियाते सात बज गए थे।

"अब चलूं," मनीषा ने उठते हुए कहा।

"परसों एक बजे, मिलोगी न?" मधुकर ने उसका हाथ थाम लिया, और एक नन्हा-सा चुम्बन उसकी हथेली पर रख दिया और एक, बुरी तरह धड़क रही उसकी नाड़ी पर, कलाई के ऊंपर।

"हां," उसने फंसे कण्ठ से कहा।

हमेशा की तरह आज भी उसके हल्के से स्पर्श से उसका पूरा शरीर यूं झंकृत हो उठा कि गला तक रुंध गया। और बात नहीं हुई। दोनों स्कूटर पर बैठकर उसके घर को चल दिए। और तभी, किसी क्षण, शायद स्कूटर की तेज़ रफ्तार से स्पर्धा कर, अनिश्चितता में अटका घटनाचक्र रेस के घोड़े के समान दौड़कर कहां-से-कहां निकल गया।

घर के बाहर स्कूटर रोककर वह उतरे तो देखा गाड़ी के पास खड़ा जितेन उस पर सामान लदवा रहा है।

"आ गए...जा रहे हो...?" मनीषा ने बेवकूफ की तरह एक साथ कहा। उसे इस समय वहां देखकर वह बुरी तरह अचकचा उठी थी।

"हां," जितेन ने सहज भाव से उत्तर दिया, "मद्रास जा रहा हूं। अच्छा हुआ तुम आ गई, वर्ना तुमसे बिना मिले ही जाना पड़ता।"

"पर, एकदम?"

"नहीं, बात तो कई दिनों से हो रही थी पर निश्चित नहीं थी, इसलिए तुमसे नहीं कहा," उसने कहा और मधुकर की ओर मुड़ गया, "मैं जितेन राय हूं, आप...?"।

"यह मधुकर है, मिस्टर नागपाल।" मनीषा ने बौखलाकर जल्दी-जल्दी परिचय करवाया, "और यह जितेन, मेरे पति!"

"नमस्ते," जितेन ने हाथ आगे बढ़ाया पर मधुकर को हाथ जोड़ते देख खुद भी नमस्कार में हाथ जोड़ दिए।

"पिछली बार आप आए तो मिलना नहीं हो पाया, इसके लिए माफी चाहता हूं," उसने कहा, "आइए, अन्दर चलें।"

"आप क्या हमेशा ऐसे ही एकदम बाहर चले जाया करते हैं?" अन्दर पहुंचकर मधुकर ने पूछा।

"नहीं, एकदम तो नहीं। असल में अपनी एक मशीन का पार्ट ठीक करने मद्रास, पान्निकर कम्पनी को भेजा हुआ है, कब से फोन पर झक मार रहा हूं, न ठीक किया जाता है, न कोई सन्तोषजनक सूचना दी जाती है, इसलिए सोचा और देर न करके खुद जाकर अपने सामने ठीक करवाकर ले आऊं।"

"गाड़ी से जा रहे हो?" मनीषा ने पूछा।

"हां, लाने में आराम रहेगा।"

"मशीन इम्पोर्टेड होगी?" मधुकर ने पूछा।

"हां," उसने लापरवाही से कहा।

"शायद इसीलिए ठीक करवाने में तकलीफ हो रही है।"

"हो सकता है।"

"मेरी समझ में नहीं आता आप लोग ऐसी मशीने क्यों लगाते हैं जिन्हें हमारे श्रमिक न चलाना जानते हैं, न सुधारना।"

"तब क्या करें?"

"और भी मशीनें हो सकती हैं जो लेबर-इन्टैनसिव हों।"

"कहां है?"

"बन सकती है, यहीं अपने देश में।"

"हां, बन तो ज़रूर सकती हैं," जितेन ने कहा, फिर पूछा, "आप भी हिन्दी-साहित्य पढ़ाते हैं?"

"जी नहीं, अर्थशास्त्र।"

"ओह! सच मुझे आप थ्योरी पढ़ानेवालों से बड़ी ईर्ष्या होती है। आप जो चाहे कह दे सकते हैं।"

"आपका मतलब हम लोग बिना सोचे-विचारे बात करते हैं?"

"नहीं, सोचते-विचारते आप लोग बहुत हैं, शायद ज़रूरत से ज़्यादा, बस करते कुछ नहीं।"

"आप पूंजीपतियों का खयाल है इस देश में कर्ता केवल आप हैं," मधुकर ने तिलमिलाकर कहा।

"मैं पूंजीपति नहीं, मुलाज़िम हूं," जितेन ने कहा, "पंजीपतियों को लेकर मैं बहस नहीं करना चाहता, पर अपने जैसे मुलाजिमों के लिए ज़रूर कह सकता हूं कि हम कर्ता हैं।"

काश, जितेन यह कहते हुए मुस्करा देता, मनीषा ने सोचा, तब मधुकर इतना अधीर नहीं होता। पर वह तनिक भी नहीं मुस्कराया। वह गम्भीरता से गम्भीर विषय पर बात कर रहा था। ऐसी बातचीत के बीच वह महज़ औपचारिक कारणों से मुस्कराया नहीं करता, वह जानती है।

"सिर्फ मोटी तनख्वाह पाने वाले आप जैसे लोग या श्रमिक भी?" मधुकर ने तमतमाए चेहरे से पूछा।

जितेन ज़ोर से हंस पड़ा, "एक श्रमिक के मुकाबले में मोटी तनख्वाह आप भी पाते हैं, मिस्टर नागपाल, पर उसके मुकाबले में कर्ता नहीं बन सकते," कहकर ही उसने सहज भाव से पूछा, "क्या लेंगे, ह्विस्की या बियर?" उसके लहज़े से लगा जैसे अप्रिय कुछ कहा ही नहीं गया।

"जी नहीं, धन्यवाद," मधुकर ने तीखे स्वर में कहा, "वे सब महंगे व्यसन मेरी ताकत से बाहर हैं।"

"तो चाय-कॉफी, मनीषा, बसप्पा से कहो न!"

"लेंगे कुछ, कॉफी!" मनीषा ने पूछा।

"नहीं," मधुकर ने छोटा-सा उत्तर दिया।

"आप बुरा तो नहीं मान गए," जितेन ने ऐसे कहा जैसा बुरा मानने वाली कोई बात ही नहीं हुई हो, "पर बात यह है कि 'इकोनोमिक्स' की 'जार्गन' मुझे कभी भी अर्थपूर्ण नहीं लगी, और न ही उसके टोटके, जो इकोनोमिस्ट लोग हर समस्या के हल के लिए इतमीनान से पेश करते रहते हैं।"

"जार्गन आप लोग भी कम नहीं बोलते," मधकर अब भी क्रुद्ध था, "किसी मैनेजर के पास चले जाइए, वह धड़ाधड़ बोलता चला जाएगा— मैनजमेन्ट बाई आब्जेक्टिव्स, आपरेशन रिसर्च, टाइम एण्ड मोशन स्टडी, और न जाने क्या-क्या। सब विदेशों से चुराई लफ्फाजी! मैनेजर बनने के लिए उन अमीरज़ादों ने तालीम अमरीका में जो पाई होती है।"

"हां," जितेन फिर हंस पड़ा, "यह छूत की बीमारी अब हम लोगों को भी लगने लगी है। मैं तो यही कहता हूं, बोलो कम और जो बोलो, करके दिखाओ। भाषण देने को बुद्धिजीवी बहुत है।"

"तो क्या सब बुद्धिजीवी सिर्फ भाषण ही देते हैं? इतिहास उठाकर देखिए, कितने ही उदाहरण मिल जाएंगे, जब बुद्धिजीवियों ने क्रान्ति में सक्रिय भाग लिया है। फ्रांस की क्रान्ति..."

"ओह, फ्रांस!" जितेन ने बात बीच में काट दी, "विदेशों के उदाहरण मुझे मत दीजिए बहुत बेमानी लगते हैं। अपने देश की बात कीजिए, है यहां कोई बुद्धिजीवी, जो किसी ठोस चीज़ का संचालन कर रहा है? अलबत्ता, सुझाव हर मिनट एक की रफ्तार से ज़रूर दे रहा होगा। यही हमारी त्रासदी रही है, विचारकों को हमने हमेशा करने वालों से ऊंची जगह दी है। इसीलिए हमारे यहां विचारक नपुंसक हो गया है। बोलता है। और बोल-बोलकर आखिर थककर चुप हो जाता है, न खुद कुछ करता है, न दूसरों को करने के लिए प्रोत्साहित करता है। और तो और, जिन्न श्रमिकों के नाम की शाब्दिक माला वह हमेशा जपता रहता है, उनका संचालन ही कब किया है उसने? संचालन करनेवाला है अवसरवादी राजनीतिज्ञ, जिसे हर कर्मठ , इन्सान में

प्रतिद्वन्दी की बू आती है।"

"श्रमिकों का संचालन हम क्या करेंगे? वे तो आपकी मूट्ठी में हैं। और अवसरवादी राजनीतिज्ञ, वे भी आपके ही चट्टेबट्टे हैं।" मधुकर उग्र स्वर में बोला।

"काश," जितेन ने वास्तविक विषाद के साथ कहा, "हमें मैनेज करना आता, तब हमारी यह दुर्दशा न होती। खैर आज सय कम है, लम्बी बहस फिर कभी करेंगे, दिलचस्प विषय है।"

"मैं चलता हूं।" मधुकर एकदम उठकर खड़ा हो गया।

"अरे बैठिए न," जितेन ने कहा, "मैं आपको भी नहीं रहा। मुझे दो-चार चीज़ें और रखनी हैं, अभी आया।" वह कमरे से बाहर निकल गया।

मधुकर दुबारा बैठा नहीं। "जा रहा हूं।" उसने मनीषा से कहा। मनीषा ने उसे रोका नहीं। कहा, "अच्छा और सुनो, जितेन की बातों का बुरा न मानना। उन्हें जिरह करने की आदत है और कुछ मुंहफट भी हैं।"

"यह शौक वह अपने मुलाज़िमों पर ही फरमाएं तो बेहतर रहे." उसने कहा, "शायद आप भी उनके आरोपों से सहमत हैं।"

"कैसे?" मनीषा ने मुस्कराकर मीठे स्वर में कहा, उनके आरोप मेरे विरुद्ध तो सचमुच खरे उतरते हैं। मैं अभियुक्तों में से एक हूं।"

"शायद। अच्छा चलू।" वह अब उतना कठिन नहीं रह गया था।

"जितेन ने जो कुछ कहा था; मनीषा को गलत नहीं लगा था। विवाद करके उसका खण्डन, उसे सम्भव नहीं लगा था, इसलिए चुप बनी रही थी। फिर भी उसकी पूरी सहानुभूति मधुकर के साथ थी। जितेन को क्या अधिकार था उसे कटघरे में खड़ा करके न्यायाधीश समान उससे परिप्रश्न करने का? वह कोई मुकदमा तो था नहीं कि तनिक मुस्कराया तक नहीं जा सकता था? एक बार फिर उसे लगा कि जो गलत हुआ था वह यही, कि वह एक बार भी मुस्कराया नहीं था। सहसा, एक नया विचार उसके दिमाग में कौंध गया। कहीं वह मधुकर से इसलिए तो खिंचा-खिंचा नहीं रहा था क्योंकि वह उससे ईर्ष्या कर उठा था? क्या उदासीनता की ऊंपरी पर्तों को चीरकर

उसके अन्तःकरण ने एक-दूसरे के प्रति उनके लगाव को भांप लिया था, और अपने तरीके से आक्रमण कर उठा था। अन्दर से लौटने पर शायद वह कुछ और कहे, सोचकर उसका हृदय आशंका से धड़क उठा। जितेन का उसके लिए सतर्क हो, ईर्ष्य कर उठना; एक सुखद अनुभूति थी वह। उसके साथ ही उसकी विचारधारा विपरीत दिशा में बह चली। सचमुच मधुकर के साथ जो हुआ ठीक नहीं हुआ। उसे इतना प्रोत्साहित नहीं करना चाहिए था। पहले यह तो निश्चय कर लेती कि वह वाकई उससे आकर्षित है या महज़ जितेन को झकझोर डालने के लिए उसे निकट आने दे रही है? उसकी निकटता के स्मरण मात्र से ही उसका सम्पूर्ण शरीर पुलकित हो गया पर उसने नकारकर सोचा, इससे क्या? स्नेह पाना किसे अच्छा नहीं लगना? और वह भी मधुकर जैसे आकर्षक और दिलचस्प पुरुष से? उसका साहचर्य मधुर है, मोहक है, यह ठीक है, फिर भी उसे इससे और आगे बढ़ने के लिए प्रश्रय नहीं देना चाहिए। अभी भी समय है। जितेन की बांहों के सुरक्षित आलिंगन में बंधकर उस अवांछनीय स्पर्श की मादकता को भुला देना होगा। भुला देना शायद उतना कठिन भी न हो जितना वह अब तक सोचती आई है।

"मिस्टर नागपाल गए?" हाथ में ब्रीफकेस थामे जितेन बैठक में आ पहुंचा।

"हां, तुम क्या अभी जाओगे?" मनीषा ने साग्रह पूछा।

"हां, अभी चल पड़ूंगा तो रात बारह बजे तक मद्रास पहुंच जाऊंगा। कल सुबह जल्दी फैक्टरी जा सकेगा, वर्ना परसों शनिवार हो जाएगा और वे लोग वीक-एण्ड मनाने में रम जाएंगे।"

"कब तक आओगे?"

"हफ्ता लग जाएगा।"

"एक हफ्ता!"

"हां—आ," उसके स्वर के आतंक से चौंककर उसने उसकी ओर देखा, बोला "काम जल्दी निबट गया तो जल्दी लौट आऊंगा।"

"मैं भी साथ चलूं?"

"अब? अब इतना वक्त कहां है कि तुम सामान-वामान ठीक कर सको।

वैसे भी मुझे डान्डेली वगैरह भी जाना है, काम बहुत है, तुम नाहक बोर होगी।"

मनीषा को इस प्रतिक्रिया के लिए तैयार रहना चाहिए था पर वह नहीं थी। फिर भी उसने अपनी कमज़ोरी ज़ाहिर नहीं होने दी, कहा, "मैं तो मज़ाक कर रही थी।"

"और हां," जितेन ने कहा, "गाड़ी लिए जा रहा हूं। तुम्हें तकलीफ तो होगी पर देखना बस के चक्कर में मत पड़ना, स्कूटर-टैक्सी जो मिले ले लिया करना।"

"उसकी क्या ज़रूरत है? मधुकर मुझे छोड़ सकता है।" मनीषा ने जैसे निशाना बांधकर तीर फेंका।

"ठीक है। उन्हें अगर आपत्ति न हो।"

"आपत्ति क्यों होगी?"

तभी बसप्पा ने आकर कुछ लिफाफे उसे देकर कहा, "चोपडा साहब यह दे गया है।"

"बस मैं इन्हीं का इन्तज़ार कर रहा था।" उसने एक लिफाफा खोलते हुए कहा, "अब चलूंगा।"

मनीषा को लगा वह निर्णायक क्षण आ पहुंचा है जिसे अब तक वह कल पर टालती आई है। यदि जितेन उसे वहां अकेला छोड़कर चला गया तो इस एक हफ्ते के बीच इतना कुछ घट जाएगा कि भविष्य की डोर उसके हाथ से छूट, स्थितियों के थपेड़े खाती अनिश्चितता में मंडराने लगेगी। निर्णय का प्रत्येक क्षण भयावह होता है। एक नूतन, अपरिवर्तनीय दिशा में कदम उठाने से पहले उसका आतंकित अन्तःकरण चिल्लाकर उससे पूर्वपरिचित को पकड़े रहने के लिए अनुनय कर उठा। उसे लगा, जैसे भी हो जितेन को आज रोक रखना चाहिए, वर्ना उसके जीवन की तमाम व्यवस्था और सुरक्षा छिन्न-भिन्न हो जाएगी। स्वयं उसके हाथ दरवाज़ा खोल झंझावत को निमन्त्रण देंगे और फिर दुनिया की कोई ताकत उसके चारों ओर खड़ी सुदृढ़ दीवारों को गिरने से नहीं बचा सकेगी।

"मधुकर को क्या आपत्ति होगी," बसप्पा के चले जाने पर उसने फिर कहा, "वह शौक से छोड़ जाएंगे।

जितेन लिफाफे के अन्दर से पत्र निकालकर उसका अनुसरण करने लगा, कहा कुछ नहीं। एक लम्बी सांस खींचकर उसने आखिर वह वाक्य भी कह डाला, जिसे सुनने के बाद उसे यकीन था उसकी सारी अन्यमनस्कता हवा हो जाएगी। यदि यह सुनकर भी वह उदासीन बना रहा तो उसके पास अपने को झंझावात के हवाले करने के सिवा कोई चारा नहीं रह जाएगा।

"मैं उसके संग ज़्यादा आना-जाना नहीं चाहती," उसने कहा, "लगता है वह मुझमें ज़रूरत से ज़्यादा दिलचस्पी लेने लगा है।"

जितेन ने पत्र मोड़कर वापस लिफाफे में डाल दिया। दूसरा लिफाफा खोलकर उसका कागज़ बाहर निकाल लिया।

"सुन रहे हो?" मनीषा ने कहा।

"हूं...हां," उसने इतमीनान से वह पत्र पढ़ा और वापस लिफाफे में डाल दिया, फिर बोला, "दिलचस्प आदमी है मधुकर पर छोकरों की तरह ज़रूरत से ज़्यादा भावुक।"

"मुझे लगता है वह मुझे चाहने लगा है। बहुत प्रभावित है।" मनीषा ने कहा और सांस रोककर प्रतीक्षा करने लगी कि अब वह चौंककर उसकी ओर बढ़ेगा और उसे बांहों में लेकर अपने प्यार का इसरार करेगा।

भावना का यह प्रतिवादी ज्वार-संवेग मधुकर के नवजात प्यार की तरंग पीछे धकेल देगा और वह ध्वंस और पुनर्निमाण के भूकम्प से बच जाएगी।

"अच्छा," लिफाफों को ब्रीफकेस में जमाकर रखते-रखते, जितेन मज़े से हंस पड़ा। बोला, "मैंने कहा न, वह ज़रूरत से ज़्यादा भावुक है।"

"अच्छा चलता हूं," उसने फिर कहा और दरवाज़े की ओर बढ़ गया। मनीषा उसे बाहर के फाटक तक पहुंचाने नहीं गई। जहां खड़ी थी वहीं खड़ी, अपने चारों ओर उठी दीवारों को चटाक-चटाक कर टूटते सुनती रही और सुनकर जितनी आतंकित होती रही उतनी ही आह्लादित भी।

५

तीस मार्च को आरम्भ हुआ वह सप्ताह उसके जीवन का सबसे महत्त्वपूर्ण और अपूर्व सप्ताह बन गया। बाद में कई बार उसने सोचा, यदि जितेन उस दिन मद्रास न गया होता तो उसके जीवन का क्या रूप होता। क्या मधुकर मात्र एक मधुर लघु परिचय बनकर रह जाता? उसका वह स्निग्ध चुम्बन मात्र स्मृति, जो मस्तिष्क के कोने में सोई पड़ी रहती और कभी-कभी, किसी अज्ञात क्षण अपनी याद दिला जाती: वैसे ही जैसे बचपन की अनगिनित विश्रृखलित स्मृतियां वहां बिखरी पड़ी हैं: नन्हीं हथेली पर वर्षा की बूंद का पावस स्पर्श, गीले बालों पर ग्रीष्म की तेज़ हवा का दुलार, गडमड भीड़ के कोलाहल बीच परिचित की पुकार का साहाय्य।

उसका सदा यही विश्वास रहा कि मधुकर ने उसे खोजा अवश्य पर मिली वह संयोग के कारण ही।

"यदि जितेन उस दिन मद्रास न जाता तो यह कुछ नहीं होता।"

"असम्भव," उसने दृढ़ स्वर में प्रतिवाद किया, "बिल्कुल गलत! यह होता ही, आज नहीं तो कल। ऐसे नहीं तो किसी और तरह। एक बार जब मैं और तुम एक-दूसरे से मिल लिए तो कोई ताकत हमें अलग नहीं रख सकती थी। हम एक-दूसरे के हैं, एक-दूसरे के लिए हैं। जितेन का होना महज एक स्थिति है जो हमें बदल डालनी है।"

"पता नहीं जितेन को कैसा लगेगा?" मनीषा ने कहा।

"यह तुम्हारी समस्या है। मैं तो सिर्फ इतना जानता हूं कि मैं तुम्हें प्यार करता हूं, तुमसे विवाह करना चाहता हूं और बर्दाश्त नहीं कर सकता कि कोई दूसरा आदमी तुम्हारे पास आए," कहते-कहते उसकी आंखें भक से जल उठीं।

"पर वह आदमी मेरा पति है।" उसने म्लान-सी हंसी हंसकर कहा।

"होगा।" मधुकर ने कहा और उसे बांहों में समेट लिया।

"नहीं," उसने प्रतिवाद किया, "ऐसे कोई बात नहीं हो सकती।"

"ठीक है।" उसने उसे छोड़कर कहा, "आओ आमने-सामने दो कुर्सियों

पर बैठकर इस मसले को तय करें। बीच में गोल मेज़ भी चाहिए?"

"प्लीज़ मधुकर।"

"प्लीज क्या?"

"मज़ाक मत करो।"

"अच्छा नहीं करता, तुम ही इस मीटिंग को चलाओ।"

"मेरी समझ में नहीं आता मैं क्या करू?"

मधुकर चुप रहा।

"हूं?" मनीषा ने कहा।

"क्या?"

"तुमने जवाब नहीं दिया।"

"इसका जवाब मेरे पास नहीं है। मैं तुम्हें यह नहीं बतला सकता कि तुम क्या करो। बतला सकता हूं तो सिर्फ यह कि मैं क्या चाहता हूं। फिर निर्णय तुम्हारे हाथ में है।"

मनीषा चुप रही।

"बतलाऊं?"

"हां।'

"मैं तुमसे विवाह करना चाहता हूं, यदि तुम्हारे पति तलाक देने को राज़ी हो जाएं तो। न हो तो भी ठीक है, हम वैसे ही साथ रह सकते हैं, यदि तुम्हें आपत्ति न हो तो।"

"तुम्हारे और मेरे घरवाले क्या कहेंगे?"

"ठीक कह नहीं सकता पर अनुमान लगा सकता हूं।"

"फिर?"

"उसके लिए मेरा एक सुझाव है।"

"क्या?"

"हम उनसे पूछने ही न जाएं कि वे क्या कहते हैं।"

न चाहते हुए भी मनीषा हंस दी।

"सबसे कटकर रह लोगे?" उसने पूछा।

"नहीं।"

"तब?"

"मैं अपने को किसीसे काटुंगा ही नहीं। जो काटेंगे वही जोड़ने की भी फिक्र करेंगे।"

"यूनिवर्सिटी वाले क्या कहेंगे।"

"मेरा सिर!" मधुकर झल्लाकर बोला, "अजीब कूढ़मग़्ज़ हो।"

मनीषा चुप रही।

"देखो मनीषा, ये सब बेकार की बातें हैं और तुम जानती हो कि ये बेकार है। काम की बात सिर्फ एक है। तुम जितेन को चाहती हो या मुझे?"

"इतना भी नहीं जानते।"

"बस फिर। तुम्हें चुनना होगा, चाहे आज चुनो, चाहे। कल, चाहे परसों। नहीं, परसों तक इन्तज़ार कौन करेगा।"

"बस इतनी जल्दी सब्र टूट जाएगा?" मनीषा ने हंसकर पूछा।

"सब्र तो खैर टूटेगा ही। पर अगर तुम चाहो तो आज नहीं अगले साल भी निर्णय ले सकती हो, मैं बेसब्री से तुम्हारा इन्तज़ार करता रहूंगा। पर निर्णय फिर भी वहीं का वहीं रहेगा और तुम्हीं को लेना पड़ेगा।"

"तुम मुझे पहले क्यों नहीं मिले?" मनीषा ने कहा।

"तुम्हें शादी करने की इतनी जल्दी क्या पड़ी थी?" मधुकर ने कहा।

"पता नहीं कैसे मैं यह 'एरेन्जड मैरिज' कर बैठी। अब सोचकर एकदम असम्भव लगता है।"

"तब ठीक है, तोड़ दो।"

"पर इसमें जितेन का कोई दोष नहीं है। विवाह मैंने अपनी मर्जी से किया था।"

"मैं कब कह रहा हूं कि दोष किसी और का है। दोष तुम्हारा है और सिर्फ तुम्हारा। पहला यह कि जितेन से विवाह किया और दूसरा यह कि मुझे अपने प्रेम में फंसाया?"

"मैंने फंसाया?"

"और क्या?"

"वाह! तुम ही तो..."

मधुकर हंस पड़ा, बोला, "वही न। न तुमने मुझे फंसाया, न मैंने तुम्हें। हम दोनों, जैसे चुम्बकीय आर्कषण से खिचकर एक-दूसरे से टकरा गए। पर अब जब टकरा ही गए हैं तो कुछ-न-कुछ तो करना ही होगा।"

"मैं जितेन से बात करूंगी।"

"कब आ रहे हैं?"

"कल शाम को।"

"कल?" मधुकर एकदम गम्भीर हो उठा, " मनीषा, मैं बर्दाश्त नहीं कर सकता कि कोई दूसरा पुरुष तुम्हारे करीब आए। तुम मेरी हो, सिर्फ मेरी। कल के बारे में सोचकर ही मेरा दिमाग फटने लगता है।"

"कमाल है। ईर्ष्या जितेन को होनी चाहिए न कि तुम्हें।"

"उन्हें नहीं होती तो मैं क्या कर सकता हूं? वह बड़े आदमी हैं। इन छोटी-मोटी बातों को आसानी से झेल सकते हैं। पर मैं नहीं झेल सकता। यह मेरा जीवन है, मेरी साधना, मेरा पागलपन, मेरा सबकुछ।"

"सचमुच जितेन में बड़प्पन बहुत है।" सहसा मनीषा कह उठी।।

"तो?"

"देखा जाए तो वह हम दोनों से बेहतर आदमी है।"

"होगा।"

"होगा नहीं, है।"

"अच्छा है। तो? सवाल बेहतर आदमी का नहीं है। सवाल है कि तुम प्यार किसे करती हो?"

"तुम्हें।"

"तब?"

"मैं बात करूंगी।"

"सिर्फ बात?" मधुकर ने कहा, फिर स्वयं अपने पर लज्जित हो उसे पास खींचकर उसके बालों में मुंह छिपा लिया।

"मैं तुम्हें प्यार करता हू," उसने कहा, "तुम्हें चाहता हूँ, अब, यहां, हमेशा, जहां भी हूं।"

"ओह मधुकर, तुम मुझे पहले क्यों नहीं मिले?" मनीषा के मुंह से एक

बार फिर निकला।

"क्योंकि अब मिलना था," मधुकर ने कहा और धीमे से उसकी बरौनियां चूम लीं। फिर पलके, मुंदी आंखें, नाक की नुकीली चढ़ाई, गालों की गोलाई, ठोडी की ढलाई, होंठों के कोने और उसके होंठ फिसलते रहे! मनीषा को लगा मधुकर को उसकी देह के एक-एक पोर से प्यार है; उसकी भावना के एक-एक उतार-चढ़ाव से लगाव है और यह प्यार उसे जीवन में पहली बार मिला है।

जितेन को गए छः दिन बीत चले थे और पिछले पांच दिनों की तरह आज भी वह उसके साथ उसके घर पर थी।

जितेन के जाने के अगले दिन ही उसने अपने को मधुकर के साथ इस कमरे में अकेले पाया था और समझा था कि उसके जीवन का सबसे स्वाभाविक क्षण हैं। जितेन के साथ भी एक दिन उसने अपने को एक कमरे में अकेले पाया था और समझ में नहीं आया था कि यह इतना अस्वाभाविक क्यों है, उनका प्रेम करना ही नहीं, उसका उस कमरे में होना भी। कमरे में वह इसलिए थी क्योंकि उन्होंने विवाह किया था, अपनी मर्ज़ी से, सोच-विचारकर। बस इसलिए ज़रूरी हो गया था कि वह एक-दूसरे से प्यार करें, अपनी मर्ज़ी से सोच-विचारकर। और सचमुच सब-कुछ खूब सोच-विचारकर होता गया था। पर मधुकर के साथ वह उतना ही अनायास लगा जितना एक के बाद एक सीढ़ी पर चढ़ते जाना।

"यह मेरा घर है," मधुकर ने कमरा खोलकर उसे दिखाया था।

"यह वाई० एम० सी० ए० है?" आश्चर्य से उसने पूछा।

"वाई० एम० सी० ए०!" वह ठठाकर हंस पड़ा, "बुद्ध, वाई० एम० सी० ए० में तुम्हें ले जाता तो अब तक न जाने कितनी दीवारें गिर चुकी होतीं। जानती हो वहां लोगों ने कब से औरत नहीं देखी?"

"तुम्हीं तो कह रहे थे, तुम वाई० एम० सी० ए० में रहते हो।" वह नाराज होकर बोली।

"रहता था। अब खोज-खाजकर यह घर लिया है। कल आकर सामान जमा गया था। कैसा है?"

"अच्छा है," पर यह सामान जमा हुआ है क्या?"

मधुकर ने इधर-उधर बिखरे सामान पर नज़र डाली, बोला, "खास लगता तो नहीं?"

मनीषा ज़ोर से हंस दी, "एकदम भड़भूजे की दुकान लगता है।" उसने कहा।

"तब खड़ी खी-खी क्या कर रही हो, जमा दो न।"

"कहां से शुरू करूं? यह किताबें कबाड़ी को बेचनी हैं?" उसने कमरे के एक सिरे से दूसरे तक बिखरी किताबों को दिखाकर कहा।

"कबाड़ी को भला क्यों देनी होतीं? मेरे काम की हैं।"

"इन्हें ऐसे ही पढ़ते हो?"

"तो क्या करूं इनका?"

"आलमारी में नहीं रख सकते?"

"आलमारी? ओह—हां आलमारी। रख सकता हूं। ले आऊंगा। अभी तो आया हूं, भाई।"

"गनीमत है," मनीषा ने कहा, "ले आओगे।"

"तुम न कहती तो शायद न लाता।" मधुकर हंस दिया।

"तब तक जमीन पर ही एक किनारे लगा दें?"

"क्या फायदा दो-दो बार मेहनत करने का?'

"चलो, एक बात तो पक्की तौर पर पता चल गई।" मनीषा ने कहा।

"क्या?" "तुम्हारी शादी नहीं हुई।"

"क्यों शादी होने से क्या होता?"

"बीवी उठाकर इन सबको कबाड़ी को बेच देती।"

"कैसे बेच देती? मैं सिर नहीं फोड़ देता उसका!"

"क-क-क्या!"

"नहीं, उसने फौरन हाथ जोड दिए। "नहीं फोड़ता। अब छोड़ो भी यह चिख-चिख। इन किताबों के किस्से में यह बतलाना तो भूल ही गया कि यह बैठक है।"

"वह कैसे?" मनीषा ने मासूमियत से पूछा।

"कैसे क्या'? वह दो कुर्सियां रखी हुई दिखलाई नहीं देतीं?"

"ओह-हां। बैठे?"

"नहीं, अन्दर एक और कमरा है, वह भी देख लो।"

"वहां क्या है," उसने डरी आवाज़ में पूछा।

"पलंग!" मधुकर ने दहाड़कर कहा और उसका हाथ पकड़कर उसे अन्दर ले गया।

"पलंग है कहां?" अन्दर पहुंचकर मनीषा ने पूछा, "यहां तो कपड़े-ही-कपड़े नज़र आ रहे हैं।"

वाकई, पलंग पर अस्त-व्यस्त कपड़ों का ढेर लगा हुआ, था।

"ज़्यादा मीन-मेख मत निकालो, यह तुम्हारा आलीशान बंगला नहीं है। ज़रा हाथ-पांव हिलाकर कपड़े हटाओ, अभी दिखलाई दे जाएगा।"

"अरे, यहां तो आलमारी भी है।"

"हां, है। तब चलो इसी में रखवाओ," कहकर मधुकर ने एक झपेट में तमाम कपड़े समेटे और आलमारी में ठूस दिए।

"बस हो गया?" हतप्रभ मनीषा बोली, "यह ऐसे ही रखे जाएंगे?'

"मैं पागल हूं, एकदम पागल," मधुकर बोला, "इतने साल आराम से रहा, कभी किसी औरत को घर में नहीं घुसने दिया। अब इस उम्र में किस पागलपन में आकर इस औरत को यहां ले आया। जब से आई है. नुक्स ही निकाले जा रही है।"

"तब लाए क्यों?"

"कहा न, मैं पागल हूं, एकदम पागल...मनीषा, सचमुच मैं पागल हूं।" उसने उसके सामने आकर उसके कन्धों पर अपने हा रख दिए, धीमे से उसकी नाक चूमकर बोला, "हूं न?"

"हां," मनीषा ने कहा, "नाक पर भी भला कोई चूमता है।"

"क्यों, नाक भी तो मनीषा है और मैं मनीषा से प्यार करता हूं।"

इस बार उसने झुककर ठोडी का गदगदा चूम लिया फिर उसके होंठ फिसलते रहे और मनीषा को लगा जीवन में पहली बार किसीने उसे प्यार किया है: उसके पोर-पोर को, कण-कण को, उसके प्राण के रोम-रोम को, उसकी हंसी और रुलाई को, उसके विचार-कुविचार को। वह खड़ी थी और मकड़ी के धागे-सा महीन भावना का जाला उसके चारों ओर बुना जा रहा

था। जानबूझकर, वह उसके बीच खड़ी थी और जाले में फंसती जा रही थी। धागा इतना महीन था कि एक झटके में उसे तोड़कर कभी भी बाहर निकला जा सकता था। पर वह निकलना चाहती ही कहां थी? वह चाहती थी, धागा खिचे, उसके चारों ओर लिपटे, खिचे और फिर लिपट जाएँ।

फिर एक क्षण वह आया जब वह भूल गई कि उस स्थूल काया की अपनी भी कुछ मांगे हैं। जो-जो मिलता गया, वह मन्त्रमुग्ध-सी ग्रहण करती चली गई: विलास और प्रहर्ष अनुभव किया, भावना की धरोहर मानकर। लहराती पतंग-समान उसकी देह धरती से उठकर बादलों में बिचर आई, और जब लौटी तो इतनी स्नेह-स्निग्ध कि डोर कट जाने पर भी हवा में लहराती रही। यह सब इसलिए हुआ क्योंकि आज उसके होंठों पर सम्मोहित दबाव होंठों का नहीं, मधुकर का था; उसके शरीर को आलोड़ित करता रोमांचित शरीर, पुरुष का नहीं मधुकर का था। वहां था तो केवल मधुकर, और कोई नहीं, मनीषा भी नहीं। जीवन में पहली बार वह अपने को भूल सकी थी। केवल शरीर से ही नहीं, मन-मस्तिष्क से भी वह नहीं थी, और किसी तरह इसी न होने में पूर्ण भी थी। जो हुआ वह पहाड़ी नदी के नीचे उतरकर मैदानी नदी के विस्तार में समन्वित होने के समान आनुक्रमिक और पूर्ण था। उसके अस्तित्व का मिट जाना तक इतना सहज और स्वाभाविक था कि उसे कोई ठेस नहीं पहुंची। विस्फोट का वह आकस्मिक क्षण आया ही नहीं जो उसे चौंकाकर जगा देता और मनीषा की याद दिला देता। जो शेष रहा था, वह था बस मधुकर, कम-से-कम मनीषा के लिए। हो सकता है, मधुकर के लिए मनीषा शेष रही हो।

क्षण के आगे समर्पण करके सदा के लिए उसे स्मृति में संजोया जा सकता है, पर घटित समय में बांधकर नहीं रखा जा सकता। क्षण गुज़र गया और मनीष। का अहम् लौट आया। बह मनीषाराय है, जितेनराय की पत्नी। जितेन और उसके बीच का रिश्ता केवल उससे ताल्लुक रखता है मधुकर से नहीं। वह रिश्ता उसका अपना बनाया हुआ है, आत्मघाती द्वारा तीसरी

मंज़िल से नीचे लगाई गई छलांग की तरह पूर्व आयोजित। उसे तोड़ने से पहले जितेन से बात करनी होगी। वह इस रिश्ते से मुंह नहीं मोड़ सकती, हां स्वार्थी समान, जितेन की अनुमति के साथ या उसके बिना उसे तोड़ अवश्य सकती है। एक चीज़ थी जो उसके धर्मांभिमानी दंभ को बनाए रखने में उसकी सहायता कर रही थी, और वह थी, मद्रास जाते समय की जितेन की वह हंसी. जब उसने कहा था, मधुकर ज़रूरत से ज़्यादा भावुक है। यानी प्रेम केवल एक छिछोरी भावुकता है, जिससे वह स्वयं सर्वथा बरी है। तब यदि मनीषा में भी मधुकर समान अल्पवयस्कीय भावुकता हो तो उस जैसा परिपक्व और दंभी इंसान उसके साथ रहना चाहे ही क्यों? ठीक है, न रहे, उसे मुक्त कर दे।

६

"जितेन, मुझे तुमसे कुछ कहना है।" मनीषा ने कहा।

"हूं..." जितेन ने घड़ी पर नज़र डालकर कहा, "आज जल्दी सोया जाए।"

"अभी तो आठ भी नहीं बजे।"

"हां, बस झटपट खाना लगवा लो, फिर सोए।"

"अभी से?"

"हां," जितेन ने जम्हाई लेते हुए कहा, "बहुत थका हूं, सुबह चार बजे उठा था. सोचकर कि दुपहर में सो लूंगा पर सारा दिन फैक्टरी में बीत गया?"

"काम हो गया?"

"हां, यही गनीमत है।"

"खाना लगवा लेती हूं।" उसने कहा और सोचा, कोई बात नहीं, बात कल हो जाएगी। जितेन वाकई बहुत थका होगा। सुबह चार बजे मद्रास से चला, दस बजे मैसूर फैक्टरी पहुंचा होगा, सारा दिन वहां उलझकर अब कहीं सात बजे जाकर घर लगा है। नहा धोकर बैठा ही था कि उसने सोचा, रात से पहले जो कहना है कह ले। मधुकर से वायदा किया था कि जिस दिन जितेन

घर पहुंचेगा, उसी दिन उससे बात करके अन्तिम निर्णय ले लेगी। पर अब लग रहा है एक रात रुकना ही होगा। यह कोई छोटी-मोटी बात तो है नहीं कि एक सांस में कहकर खतम कर दी जाए। जो कुछ कहना है, समझा-बुझाकर। मधुकर के साथ रहते यह जितना सहज लगता है, उससे अलग होने पर उतना ही कठिन। जितेन से कोई खास शिकायत भी तो नहीं है जिसके बल पर अपनी स्वतन्त्रता घोषित की जा सके। फिर वह औसत आदमियों से अधिक सदय और विवेकशील इंसान है। उसके अपने साथ भी उसका व्यवहार सदा सौजन्यपूर्ण रहा है। इन अन्तिम क्षणों में उसे भी उसके साथ ऐसा ही व्यवहार करना होगा। समझाकर कहना होगा कि जो हो गया है, उसमें उसका दोष नहीं है। है केवल स्थितियां या संयोग या मनीषा का भाग्य।

खाना खाकर जितेन शयनकक्ष में चला गया। वह जानबूझकर बैठक में बैठी पत्रिकाएं पलटती रही; तब तक, जब तक उसे विश्वास न हो गया कि इतनी देर में, दिन-भर के अथक परिश्रम के बाद जितेन सोए बिना न रहा होगा। फिर वह कमरे में आई और चुपके से बिना आवाज़ किए बिस्तर के दूसरे कोने में लेट गई और सोने का प्रयत्न करने लगी। पर बहुत कोशिश करने पर भी नींद नहीं आई। घर का एक-एक कोना स्मृतियों से सजीव होकर उसकी आंखों के सामने घूमने लगा। कल जितेन के साथ-साथ ये सब भी उसे छोड़ देना होगा, ये कमरे, यह बगीचा; सामने खिड़की पर झूलते मोटे नीले परदे, बैठक के कोने में सज़ा बांस का ऊंचा फूलदान, दीवार पर टंगा शिवानन्द का भावमय चित्र, केरेला से खरीदे कत्थकली नृत्य के रंगबिरंगे मुखौटे, चन्दन की बनी नटराज की विशाल मूर्ति, बगीचे के दाएं कोने में उगा मैगरडीज सनसेट नाम का गुलाब का पौधा, कतार से रखे कैक्टस् के गमले और...बंगलूर शहर। उसका मन हुआ कि इससे पहले कि ये तमाम परिचित वस्तुएं उससे छिन जाएं, वह मन भरकर उन्हें देख ले। हाथ बढ़ाकर उसने बैडस्विच जला दिया। मद्धिम प्रकाश कमरे में फैल गया। बिस्तर से उठते-उठते वह ठिठक गई और अधलेटी मुद्रा में सिर के नीचे बांह रखकर जितेन को देखती रही।

सहसा उसने आंखें खोल दीं और बांह बढ़ाकर उसे पास खींच लिया। सकपकाकर उसने बत्ती बुझा दी।

"जलने दो," जितेन ने कहा।

"नहीं, मैं बुझाने ही वाली थी। मैं सोने आई थी, तुम सो जाओ।"

जितेन ने और कुछ नहीं कहा, हाथ बढ़ाकर बत्ती दुबारा ज़ला ली और कसकर उसके होंठों को चूम लिया। छटपटाकर उसने अपना मुंह हटा लिया और उसे परे धकेलने लगी।

"क्यों क्या हुआ?" उसने कहा।

"इस वक्त नहीं। तुम सो जाओ, थके हो।"

"इतना नहीं थका। तुम्हें बहुत 'मिस' किया," कहकर उसने उसे कुछ कहने का मौका न देकर उसका मुंह बन्द कर दिया। बिजली की कौंध की आकस्मिकता के साथ उसकी आंखों के सामने मधुकर आ उपस्थित हुआ, उसने अपनी आंखें कसकर बन्द कर लीं और निर्जीव लाश-समान पड़ी रही। सहसा उसने पाया, उसके होंठ जितेन की गिरफ्त के बाहर हैं।

लगता है, उसने स्नेहिल स्वर में कहा, "मुझसे ज़्यादा तुम थकी हो।" फिर उसने अपनी बांहों का ढ़ीला-सा घेरा बनाया और उसे हल्के से घेरकर बच्चों की तरह छाती से लगा सोने का उपक्रम करने लगा। उसे रोना आ गया। ओह जितेन, उसने मन-ही-मन कहा, तुम इतने विनम्र और सज्जन क्यों हो? उन फिल्मी दुर्जनों की तरह क्यों नहीं हो, जिनकी भर्त्सना कर छोड़ देना इतना आसान होता है? मैं तुम्हें प्यार नहीं करती, इसमें कहीं अवश्य मेरा कसूर है। उसकी समझ में नहीं आया अपनी इस भावना को उस पर किस तरह व्यक्त करे। अनायास उसने मुंह आगे करके उसके बन्द होंठों को चूम लिया। उसकी इस नामालूम-सी हरकत ने बारूद के ढेर में दियासलाई दिखलाने का काम किया। जितेन की बांहें कस गईं और फिर कसती चली गई। धीरे-धीरे मनीषा ने पाया कि महज़ आंखें बन्द किए रखने से वह सुगमता से चरम बिन्दु पर जितेन को मधुकर समझे रह सकती है। आज शायद पहली बार जितेन के आलिंगन में उसका मस्तिष्क देह के आगे समर्पण कर गया, तर्क-वितर्क स्थगित करके देह को सहज प्रतिक्रियाओं के बीच मुंह छिपा पड़ रहा। तर्क-

बुद्धि जब लौटी भी तो वही खयाल आया, यही ठीक है, जितेन की अन्तिम स्मृति मधुर ही सही।

अगले दिन वायदे के अनुसार परीक्षा समाप्त होते ही पर्चे जमाकर वह मधुकर के घर जाने के लिए निकल पड़ी। जल्दी-जल्दी वह गेट पार कर रही थी कि सुधा ने आवाज़ देकर रोक लिया।

"तेरी गाड़ी नहीं आई?" उसने पूछा।

"नहीं, मैं अपने-आप जा रही हूं।" उसने कहा और एक कदम आगे बढ़ा लिया जिससे वह समझ जाए वह किस कदर जल्दी में है। पर सुधा पर कोई असर नहीं हुआ।

"जितेन अभी लौटे नहीं?" उसने पूछा।

"लौट आए।"

"कब?"

"कल।"

"तो गाड़ी क्यों नहीं आई?"

"यू ही," उसने गम्भीर स्वर में छोटा-सा उत्तर देकर उसे समझाना चाहा कि इस तरह प्रश्न पूछते जाने का उसे कोई अधिकार नहीं है।

"यू ही क्या," सुधा ने उसके मनोभावों की परवाह किए बगैर कहा, "सीधा क्यों नहीं कहती मधुकर के घर जा रही है?"

"क्या मतलब।" वह हलके से चौंकी।

"मतलब यह कि पूरे कॉलेज को पता है कि तेरा मधुकर से प्रेम चल रहा है।"

"तो?" वह भड़क उठी, "तुम लोग क्या मधुकर के गार्जियन हो?"

"नहीं, हम नहीं हैं, पर उसे गार्जियन की आवश्यकता अवश्य है।" सुधा ने कहा।।

"मतलब?"

"और तुझे भी।

"तू मेरे लिए अपना सिर खराब मत कर।" मनीषा ने कठोर स्वर में कहा।

"पागल है तू। क्या समझती है, यह सब जितेन के कान में नहीं पड़ेगा?"

"तू कह दे न जाकर।"

"मैं तो नहीं कहूंगी, सुधा ने मुलायम स्वर में कहा, "पर कोई-न-कोई अवश्य कह देगा। वह प्रेम-प्रेम तो चलता ही रहता है, मैं उस पर आपत्ति नहीं कर रही, पर इस तरह तुमुल नाद करके उसकी घोषणा करने की क्या आवश्यकता है? विवेक के सा काम नहीं करेगी तो तेरे और जितेन के सम्बन्धों को अवश्य ठस पहुचेगी।"

"सुधा," मनीषा व्यंग्य से हंसी, "तू समझती है मैं लुक-छिपकर प्रेम का खिलवाड़ कर रही हूं? तेरे परिचित ऐसा करते होंगे। जहां तक मेरा सवाल है, मैं स्वयं जितेन को सब बतलाने जा रही हूं।"

"क्या," सुधा ने उसका हाथ पकड़ लिया, "ऐसी बेवकूफी मत कर बैठना। हम सोचते हैं, कहकर हम अपनी दोषी भावना को कम कर लेंगे, पर यह कितना बड़ा स्वार्थ है, जानती है? अपनी क्षणिक शान्ति के लिए तू दूसरे की मानसिक शान्ति, हो सकता है, सदा के लिए नष्ट कर दे।"

"होगा," मनीषा ने कहा, "पर बिना बतलाए उनसे तलाक कैसे मांगा जाएगा, बतला तो?"

चौंककर सुधा ने उसकी ओर देखा और कुछ देर देखती ही रही। फिर बोली, "लगता है तू गम्भीरता से यह कह रही है।"

"बिलकुल।"

"विश्वास नहीं होता तू इतना बचपना कर सकती है।"

"इसमें बचपना क्या है? मैं मधुकर से प्यार करती हूं और उससे विवाह करना चाहती हूं। झूठ से मुझे नफरत है। मैं जितेन से झूठे प्रेम का दावा कर झूठा रिश्ता निभाने से बेहतर समझती हूं कि उससे अपने को काटकर उसे दुबारा जीवन आरम्भ करने का मौका दूं।"

"मैं समझती थी रूमानियत एक सुन्दर मुखौटा है जो तू कभी-कभी पहन लेती है। अब पता लगा उसे लगाकर तूने अपना चेहरा ही खो डाला है।"

"तू कहना क्या चाहती है?"

"जितेन जैसे आदमी को छोड़कर मधुकर के साथ जाना इससे बढ़कर बचकानी रूमानियत और क्या हो सकती है।"

सुधा ने 'मधुकर' कुछ इस ढंग से कहा कि मनीषा तिल-मिलाकर रह गई।

"यह मेरा निजी मामला है।" उसने होंठ भींचकर कहा।

"हर बेवकूफी निजी होती है।" सुधा ने कहा।

"तू मधुकर या जितेन, दोनों में से किसी के बारे में क्या जानती है जो इस तरह भाषण दिए जा रही है?"

"जानती है कि मधुकर आकर्षक है, रोमान्टिक है, भावुक है और इसलिए कोई भी अल्पवयस्का स्वप्नजीवी लड़की उसका प्रेम पाकर धन्य हो सकती है। पर अट्ठाईस वर्ष की प्रौढ़ बुद्धि-जीवी लेखिका, आश्चर्य है! और वह भी जितेन जैसे उदार और परिपक्व व्यक्ति को त्यागकर।"

"जितेन-जितेन-जितेन!" मनीषा झल्ला उठी, "इतना अच्छा लगता है तो खुशी मना। मेरे बाद तू उससे विवाह कर लेना।"

सुधा ने चौंककर उसकी ओर देखा। उसकी निगाह में हिकारत भरी हुई थी। "मनीषा," उसने गम्भीर स्वर में कहा, "मैं समझती थी तू बहुत भावुक है, अब समझी तू केवल स्वार्थी है।"

मनीषा का चेहरा फक पड़ गया। अपनी बात कहकर वह स्वयं लज्जित हो गई थी। जितेन को लेकर इस समय कटाक्ष करना कितना अशोभनीय है, वह बिना समझाए समझ गई थी। वह जानती है, परिचित-अपरिचित, जो भी उसकी कहानी सुनेगा उसे स्वार्थी पुकारे बगैर नहीं रहेगा। एक तरह से उनका कहना सच भी होगा। पर बस उतना ही सच जितना दूर से देखा हुआ कोई भी यथार्थ होता है। यथार्थ सत्य का वह सतही रूप है, जो अपनी सुगम अपनी सुगोचरता से दर्शक को इतना मोहित कर लेता है कि वह उसके सूक्ष्म और सम्भ्रमकारी तथ्य को समझने का प्रयत्न ही छोड़ देता है। सत्य सचमुच क्या है, केवल भुक्तभोगी ही। समझ सकता है। वह जानती है कि वह जितेन को अपनी खुशी के लिए छोड़ रही है, यानी वह स्वार्थी है।

पर साथ ही वह यह भी जानती है अपनी खुशी का बलिदान करके यदि वह उसके पास रह भी गई तो इससे उसका कोई लाभ नहीं होगा। साथ रहने पर उसके जीवन का शून्य छूत की बीमारी की तरह जितेन के जीवन को खाने लगेगा और अन्त में उतना ही खोखला करके छोड़ेगा जितना वह स्वयं है। पूर्ण सत्य तो यह है कि इस पूरे व्यापार में मनीषा कर्ता ही नहीं है। है केवल साधन, अपरिहार्य परिस्थितियों के हाथ में खिलौना मात्र। और लोग इस बात को नहीं समझ सकते पर सुधा? उसके इतनी निकट होते हुए भी वह उसके जीवन के विराट सत्य को नहीं पहचान सकती? पहचान न भी पाए पर क्या विस्तार से समझने पर समझ भी नहीं पाएगी? उसका मन हुआ सुधा का हाथ थाम ले और उसे अपने बारे में और मधुकर के अनन्य और अनुपम प्रेम के बारे में समझाए।

"फिर मैं पहले भी कह चुकी हूं।" उसने सुना सुधा कह रही थी, "मेरा विवाह होगा तो किसी कन्नड़-भाषी लिंगायत के साथ, नहीं तो जन्म-भर कुंवारी रहकर अपने धर्म का निर्वाह करना होगा।"

हो सकता है मनीषा के फक पड़े चेहरे को देखकर उसे लगा हो कि वह अधिक कटु बात कह गई है या फिर अधिक देर गम्भीर बने रहना उसके 'सिनिक' स्वभाव के ही विरुद्ध हो। उसके बदले स्वर को अपने सजल मनोभावों के बीच उतारने का प्रयत्न करती मनीषा चुप रह गई।

"डेढ़ बज गया, मैं चलूं।" सुधा ने कहा।

"डेढ़! चौंककर उसने अपनी घड़ी देखी। सचमुच डेढ़ बज रहा था। उफ, मधुकर पूरे आधे घण्टे से उसका इन्तज़ार कर रहा होगा। समय के पाबन्द इन्सान के लिए आधा घण्टा प्रतीक्षा में काटना कितना कष्टकर होता है, वह जानती है। सुधा को अपने बारे में समझाना स्थगित करना होगा। अभी तो तुरन्त मधुकर के पास पहुंचना है। जल्दी से गरदन और हाथ हिलाकर उसने उससे विदा ली और पांच कॉर्नवालिस रोड मधुकर के घर की ओर चल दी।

वहां पहुंचने पर उसने देखा, दरवाज़े पर ताला लटक रहा है। यानी

मधुकर अभी नहीं पहुंचा। उसने राहत की सांस ली और डुपलीकेट चाबी से दरवाज़ा खोल लिया। अन्दर पहुंचकर एक बार फिर घड़ी पर नज़र डाली, पौने दो बज रहे थे। उसे आश्चर्य तो हुआ मधुकर अभी तक घर कैसे नहीं पहुंचा पर विशेष परेशानी नहीं हुई। बस आता ही होगा। उसने बैठक और बैडरूम में बेतरतीब फैली चीज़ों को समेटा और संवारकर यथास्थान लगा दिया। फिर रसोईघर में जाकर गैस जलाई और एक भिगौना पानी उस पर चढ़ा दिया। उसके आने तक पानी खौल जाएगा और तुरन्त कॉफी बन जाएगी। खाने के लिए वह दोसे साथ लेकर आता है। वैसे उसने रसोईघर में बिखरे दो-चार डिब्बे भी टटोल डाले। आधी डबलरोटी तो हाथ लग गई पर बहुत खोजने पर मक्खन या खीरा टमाटर जैसी चीज़ नहीं मिली जो सैन्डविच बना डाल्ती। हारकर उसने डबलरोटी कागज़ में लपेटकर वापस डिब्बे में डाल दी। फिर रसोईघर के तमाम बर्तन, यही कोई चार प्याले, चार प्लेटें, तीन चम्मच—एक कहीं खो गया था, और दो भिगौने धो-पोंछकर तरतीब से लगा दिए। इतने में देखा पानी खौल आया है। उसने फिर एक नज़र घड़ी पर डाली, दो; मधुकर अभी तक नहीं आया। उसने गैस बुझा दी और बैठक में जाकर एक पत्रिका के पन्ने पलटने लगी। हर दस पन्ने पलटने के बाद वह घड़ी पर निगाह डाल लेती और दुबारा पन्ने पलटने लगती। ऐसा करते-करते ढाई बज गए और तब उसे एक अजीब-सी अनुभूति हुई। लगा, वह मधुकर नहीं, जितेन की प्रतिक्षा कर रही है। घबड़ाकर उसने पत्रिका बन्द कर दी और उठकर रसोईघर में चली आई। गैस जलाकर पानी दुबारा खौलने के लिए रख दिया। एक प्याले में कन्डैन्सड दूध और कॉफी पाउडर डालकर इन्तज़ार करने लगी कि जैसे ही पानी खौले, अपने लिए कॉफी बना ले। पूरे बंगलूर शहर में मधुकर ही ऐसा इंसान होगा जो इंसटैन्ट कॉफी पीता हो। फिल्टर वाली कॉफी बनाने के लिए उसके पास न बर्तन है न इच्छा। उसे स्वयं इंस्टैन्ट कॉफी फीकी लगती है। न हो; उसने सोचा, वह खुद ही जाकर बाज़ार से एक फिल्टर और कॉफी पाउडर खरीद लाएगी। आप लोगों की कॉफी बहुत तेज़ होती है, मुझसे पी नहीं जाती, एक दिन मधुकर ने कहा था तो सुधा बोल उठी

थी, अभी बच्चे हैं आप, इसलिए। सहसा सुधा के कहे शब्द एक बार फिर उसके कानों में गूंज गए। ओफफोह, क्या हो गया है मधुकर को? एक तो वैसे ही सुधा ने दिमाग खराब कर दिया है, ऊंपर से मधुकर जाने कहां जाकर बैठ गया। स्कूटर चलाता भी तो इतना अन्धाधुन्ध है। नहीं, वह सब वह नहीं सोचेगी। खौल आए पानी को प्याले में डालकर वह बैठक में लौट आई और देर तक उसे हाथ में लिए बैठी रही। पीने की इच्छा नहीं हुई। वह सुधा को मन-ही-मन समझाती रही कि उसने जो कुछ कहा था, वह गलत था। प्यार एक नैसर्गिक वस्तु है जो भाग्यवान को ही नसीब होती है। परिपक्वता या भौतिक भोग-विलास की दुहाई देकर उसे नकारा नहीं जा सकता। यदि मधुकर वैसा हो भी, जैसा सुधा समझती है तो भी कोई अन्तर नहीं पड़ता। प्रेम पात्र की उपयुक्तता देखकर नहीं किया जाता: वह बस हो जाता है। उसके नियम उतने ही अज्ञात हैं जितने वह जो कली को चटका-कर खिला देते हैं, अंकुर को सहलाकर पात बना देते हैं आज घर जाकर वह जितेन से कह देगी कि उसे मधुकर से प्यार है। और वह उसके बगैर नहीं रह सकती: हालांकि, उसने तीन बजा रही घड़ी पर निगाह डालकर सोचा, कमबख्त ने दो घण्टे से यहां भूखा-प्यासा बैठा रखा है।

ठण्डी पड़ गई कॉफी के प्याले को उठाकर वह खड़ी हुई ही थी कि दरवाज़े पर ज़ोर से दस्तक हुई। मधुकर! प्याला हाथ में थामे-थामे वह दरवाज़े की तरफ भागी। दूसरा हाथ बढ़ाकर सिटकनी खोल दी। बाहर मधुकर ही था। भीतर आकर उसके हाथ में प्याला देखकर बोला, "मुझे भी देना कॉफी।"

"लो," उसने प्याला उसकी ओर बढ़ा दिया।

"थू!" एक घूंट भरकर उसने कहा, "यह तो एकदम ठण्डी है।"

"दो घण्टे में ठण्डी नहीं होगी?"

"ओह," वह हंस दिया, "सचमुच बहुत देर हो गई।"

"कहां थे?" मनीषा ने कहा, "मैंने सोचा चलो किस्सा निबटा, कहीं एक्सीडेन्ट में शहीद हो गए लगते हैं।"

"अरे क्या बताऊँ," वह बोला, "तुम्हारी इस यूनिवर्सिटी में सब साले

एक से बढ़कर एक गधे हैं।"

"हुआ क्या?"

"क्या नहीं हुआ? तुम्हें बतलाया था न, मेरी क्लास में एक लडका है, जिसे पोलियो हो चुका है। बेचारे के हाथ खराब हैं, लिख नहीं पाता। कितनी दौड़-धूप करके इन सालों से उसके लिए लेखक नियुक्त करवाया था, आज पता है क्या हुआ?"

"क्या?"

"सालों ने ऐसा लेखक दिया है जो अर्थशास्त्र का क-ख-ग भी नहीं जानता। थ्योरी का पेपर था और उस गधे के बच्चे को एक डायग्राम बनाना नहीं आता था। ऊंपर से इन्वीजिलेटर साहब फरमाते हैं कि समय अधिक नहीं दिया जा सकता। मन कर रहा था साले का सिर फोड़ दूं।"

"साला, गधा कहना ज़रूरी है?"

"बिल्कुल ज़रूरी है," मधुकर ने तैश में कहा, "साले को साला नहीं कहूंगा तो क्या कहूंगा!"

"अच्छा कहो। फिर क्या किया? फोड़ आए सिर?"

"नहीं। इतनी गम्भीर बात है और तुम्हें मज़ाक सूझ रहा है?"

"अरे बाबा, मज़ाक कौन साला कर रहा है," मनीषा ने भी खीझकर कहा, "अब बतलाओ भी हुआ क्या?"

"माथापच्ची करके कल से दूसरा लेखक तय करवा के आया हूं।"

"चलो काम तो हो गया।"

"पर जानती हो उस बदमाश ने क्या कहा मुझसे?"

"किस बदमाश ने?"

"तुम्हारे आदरणीय वाइस-चान्सलर ने? कहने लगा, ठीक तो है, अर्थशास्त्र के विद्यार्थी को लेखक बनाकर देंगे तो मदद नहीं कर देगा उसकी? सच कहता हूं, सुनकर मन हुआ एक जड़ दूं उसके मुंह पर। लड़का बेचारा विकलांग है, आत्म-बल के भरोसे किसी तरह पढ़ रहा है, उसकी मदद करने से तो रहे, बैठे-बैठे कानून निकाल रहे हैं। यह साला सारा-का-सारा देश ही वकीलों का देश है। और पता है मैंने यह कहा तो क्या बोला, मिस्टर नागपाल

आप बहुत भावुक हैं। साला गधे की दुम!"

"तुम्हारे लिए सभी यह कहते हैं।" अनायास मनीषा के मंह से निकल गया।

"कौन कहता है?" मधुकर उठकर बिलकुल उसके करीब आ गया, "कौन कहता है?" उसने दुहराया, "तुम ऐसा सोचती हो?"

"नहीं, मधुकर," उसने मधुर स्वर में कहा, ''मैं नहीं सोचती। मुझे तो तुम्हारी लोगों के लिए यह चिन्ता अच्छी लगती है। और लोग कहते हैं।"

"कौन लोग? तुम्हारे पति?"

"सुधा। वह भी।"

पर मैं ऐसा नहीं सोचती, उसने मन-ही-मन दुहराया। काश मैं भी इसी तरह हर इंसान के लिए चिन्तित हो सकती। आज जितना उत्तेज़ित मधुकर क्लास के एक सामान्य छात्र के लिए हो उठा है, उतना तो वह सिर्फ उसके लिए हो पाती है, जो उसके प्रेम का पात्र हो, जैसे मधुकर। या जितेन। प्रेम पात्र की खोज में भटककर वह जितेन के रास्ते मधुकर तक पहुंची है और अब उसे अपनी जीवन-धुरी का केन्द्रबिन्द बना बैठी है। कालेज में मधुकर और मनीषा दोनों पढ़ाते हैं, अनिवार्य वे दोनों एक-दूसरे के लिए हैं: फिर भी अपने जीवन का बहुत बड़ा अंश मधुकर बचा ले जाता है और केवल अर्थ-उपार्जन के हेतु नहीं, आन्तरिक उत्साह और ऊंष्मा से प्रेरित हो, अपने कार्यक्षेत्र को अर्पण कर देता है। पर मनीषा? वह क्या उस उष्मा का अनुभव केवल पुरुष को लेकर ही करती है? उसने अपने भीतर टटोलकर देखा और पाया ऐसा नहीं है। कभी-कभी, अपनी कहानी के पात्रों की संरचना करते, ऐसी ही अनूठी ऊंष्मा उसके शरीर के रोमछिद्रों को प्रज्ज्वलित कर देती है और लगने लगता है कि वह पात्र उसके जीवन के निकटतम पात्रों से अधिक सजीव और महत्त्वशाली है। उस क्षण वह अपना लक्ष्य खुद अपने भीतर खोजती है और उसे पाने के मार्ग का संचालन भी स्वयं करती है, अकेली। पर तब अकेलेपन की चिलकती धूप उसे तपाकर हरित छाया-कुजों की शरण में नहीं भगाती, आत्म-तुष्टि की स्वाभिमानी गर्माहट से भर देती है। उसे लगा, वह तुष्टि मधुकर के संसर्ग में पाई परितुष्टि से अधिक घनी और गहरी होती है।

मुझे अपने लिखने पर और ध्यान देना चाहिए, उसने सोचा।

"तुमने बात कर ली?" मधुकर के स्वर के साथ-साथ अपने कन्धों पर उसके हाथों के प्रचण्ड दबाव से चौंककर वह इन विचारों की परिधि से बाहर निकल आई।

"तुमने बात कर ली?" उसने दुहराया और कन्धों पर उसके हाथों का दबाव और कठोर हो गया।

वह समझ गई, इस वक्त यह प्रश्न उसे भीतर तक झंझोड़े हुए है।

"नहीं, अभी नहीं," उसने अपने स्वर को यथासम्भव विनीत बनाकर कहा।

"क्यों, लौटे नहीं?"

"लौट आए।"

"कब?"

"कल शाम।"

"तो? बात क्यों नहीं की?"

"सम्भव नहीं हुआ।"

"सम्भव नहीं हुआ। क्यों सम्भव नहीं हुआ?"

"समझने की कोशिश करो, मधुकर," अब इस जिरह से वह क्रुद्ध होने लगी थी, "वे कल ही लौटे। बहुत थके थे। एकदम कह देना सम्भव नहीं हुआ।

"कहना चाहती तो हो न?"

"हां! हां! हां!"

"तब कहा क्यों नहीं? रात-भर क्या करती रही?"

"क्या करती रही! पति-पत्नी के पास हफ्ता-भर बाद लौटे तो क्या करता रहेगा, सोच नहीं सकते?" वह फट पड़ी। दिन-भर उस पर हावी रहा तनाव पराकाष्ठा पर पहुंच चुका था।

"सोच सकता हूं," मधुकर ने हल्की-सी आवाज़ में कहा, "पर बर्दाश्त नहीं कर सकता।"

उसके हाथ मनीषा के कन्धों से फिसल गए और वह पास की कुर्सी पर

ढह गया, भयंकर ताप के सम्मुख सूखे पत्ते की तरह सिकुडकर। उसके इस मर्माहत भाव ने मनीषा को प्रेम से अभिभूत कर डाला। यही है उस व्यापक प्रेम का रूप जो दो इन्सानों को निकट लाकर एक बना डालता है। सुधा क्या जानती है मधुकर को? यही कि अतिशय भावुक और अपरिपक्व है। यदि प्रेम करना अपरिपक्वता की निशानी है तो उसका आरोप सही है। परिपक्व आदमी इतनी गहराई से प्यार कर भी नहीं सकता, उसके लिए स्वप्न देखना आवश्यक जो होता है। प्यार वह करता है केवल अपने से, दूसरे से करता है व्यापार। इतना सब वह सोच गई पर मधुकर पर व्यक्त न कर पाई। सहसा उसने पाया कि वह इतनी क्लान्त है कि कुछ भी कहने या करने की स्थिति में नहीं है, जैसे कोई तूफान उसे चटक-पटककर अभी-अभी वहां से गुज़र चुका हो।

वह मधुकर के पास पड़ी कुर्सी पर बैठ गई और थके कण्ठ से बोली, "दोसे लाए हो?"

"नहीं।" उससे कहा।

"घर में भी कुछ नहीं है।"

उसने कन्धे झटक दिए।

"भूख लगी है?"

"हां।"

"बाहर चले?"

"नहीं।"

"कॉफी बना देती हूं।"

"अच्छा।"

"पानी रखकर बाज़ार से मक्खन ले आती हूं, डबलरोटी घर में है।"

"अच्छा।"

वह उठी और रसोईघर की ओर जाते-जाते रुककर धीरे से उसके घने बाल सहला दिए।

उसने उसका हाथ थामकर हल्के से उसे चूम लिया। फिर वह पानी रखने रसोईघर में चली गई।

७

"जितेन, मुझे तुमसे कुछ कहना है," अगली रात मनीषा ने अपने को वही कलवाला संवाद दुहराते हुए पाया।

"हूं..." जितेन ने अखबार पढ़ते-पढ़ते कहा। फिर वही उत्तर!

पर आज वह निश्चय कर चुकी थी कि उसकी तमाम अन्यमनस्कता से लोहा लेकर अपनी बात कहकर रहेगी। कहकर ही नहीं, उसे सुनाकर रहेगी।

"सुन रहे हो?" उसने ऊंचे स्वर में कहा।

"हूं।"

"थोड़ी देर के लिए अखबार रख दो। मैं जो कह रही हूं, वह सुन लो तो अच्छा रहेगा।"

"हूं?" चौंककर उसने कहा और साथ ही नज़रें उठाकर उसकी ओर देखा। उसके चेहरे की अद्भुत गम्भीरता ने उसकी दृष्टि को बांध लिया।

"क्या बात है?" उसने कहा।

"बात जो है, उसका कुछ आभास तुम्हें होगा ही। तुम्हारे मद्रास जाते समय मैंने संकेत भी किया था..."

वह कह रही थी कि पास रखे फोन की घण्टी ज़ोर से बंज उठी।

"एक मिनट!" कहकर जितेन ने फोन उठा लिया।

रात का खाना खाकर वे दोनों बैठक में आ बैठे थे, तभी उसने बात छेड़ी थी। वह चाह रही थी कि पूरी बात खोलकर उससे कहे जिससे उसे अपने से या उससे शिकायत का मौका न मिले। पर इसके लिए आवश्यक था जितेन का एकाग्र मनोयोग। वही मिलना कठिन हो रहा था। वह कुर्सी के एक कोने पर बैठी बेचैनी से टेलीफोन के समाप्त होने की राह देख रही थी पर वह था कि खतम होने में ही नहीं आ रहा था। शायद फैक्टरी में गड़बड़ होगी। वार्तालाप सुनने का उसने प्रयत्न नहीं किया: मन-ही-मन जो उससे कहना था वह दुहराती रही। फिर उसे डर लगने लगा कि कहीं वह फोन काटते ही उठकर सीधा फैक्टरी न चल दे, और कहना कल तक

स्थगित हो जाए। नहीं, एक और रात-दिन उसे मन-ही-मन जुगालना, कल जाकर फिर मधुकर से तकरार करना उससे बर्दाश्त नहीं होगा। जो कहना है फौरन कहना होगा। तभी उसकी समझ में यह भी आ गया कि बात को घुमा-फिराकर न कहकर निष्ठुरता से साफ-साफ कह देने से ही वह जितेन का ध्यान आकर्षित कर सकती है। ठीक है, जिस आदमी को उससे दो बात करने तक की फुर्सत नहीं है उससे कैसा लगाव? जो रिश्ता रात के अंधेरे में जन्म लेता है और चन्द घण्टे कायम रहकर दिन के उजाले के साथ-साथ खतम हो जाता है, उसे तोड़ने में कैसा संकोच?

"जितेन," फोन के कटते ही उसने ऊंची आवाज़ में कहा।

"सॉरी, फैक्टरी से फोन था। वहां..."

"जानती हूं, तुम्हें फौरन जाना है, पर जाने से पहले मेरी बात सुन लो।"

"हूं?" उसका स्वर अनमना था।

"मैं तुमसे तलाक चाहती हूं।"

"क्या," वह खड़े होते-होते बैठ गया, फिर हंस पड़ा।

"इतनी भी क्या नाराज़गी?" उसने कहा, "मैं बस गया और आया। रात तक ज़रूर लौट आऊंगा।"

मनीषा का दिल हुआ पास रखा फूलदान उसके सिर पर दे मारे। उफ, आदमी इतना अन्धा भी हो सकता है! उसकी हंसी ने उसका संकोच फूंक मारकर उड़ा दिया और वह क्रूर हो उठी।

"मैं नाराज़ नहीं हूं," उसने कहा, "मैं मधुकर से प्यार करती हूं और उससे विवाह करना चाहती हूं।"

"मधुकर?" उसने बेवकूफ-समान दोहराया, "मधुकर?"

"हां, तुम मिल चुके हो उससे।"

"यह सब तुम क्या कह रही हो?"

"क्यों तुम क्या जानते नहीं? मद्रास जाते समय मैंने तुमसे कहा था न?"

"क्या कहा था?"

"कहा था कि मधुकर मुझे चाहने लगा है।"

"हां...शायद। मधुकर, तुम नहीं।"

"क्यों, मैं क्यों नहीं?"

जितेन चुपचाप देर तक उसके चेहरे को देखता रहा।

"यह सच है या मज़ाक," आखिर उसने घुटे-घुटे स्वर में पूछा।

"सच। मेरे जीवन का सबसे स्पष्ट और अनश्वर सच।"

"पर कैसे? क्यों?" उसने पता नहीं उससे या अपने-आपसे पूछा।

"कैसे-क्यों, मैं नहीं समझा सकती। प्रेम में कैसे क्यों शायद होता भी नहीं।"

"मनीषा," सहसा जितेन ने गम्भीर स्वर में कहा, "किसी भी स्त्री-पुरुष के बीच आकर्षण का मतलब यह नहीं होता कि वह विवाह करें ही करें। आकर्षण ऐसी चीज़ है जो वक्त के साथ टिकती नहीं। तुम जानती हो मैं उतने तंग खयालों का आदमी नहीं हूं। मधुकर और तुम्हारे बीच कुछ हो भी गुज़रा हो तो उसे भुलाया जा सकता है। इसमें तलाक की ज़रूरत नहीं है।" स्तम्भित मनीषा उसका मुंह ताकती रह गई। बस इतना ही समझ पाया है वह? इतना निरुद्वेग भी कोई आदमी हो सकता है? उसके कानों में मधुकर के कहे शब्द बज उठे। 'कोई दूसरा पुरुष तुम्हारे करीब आए मैं बर्दाश्त नहीं कर सकता।'

"आकर्षण!" उसने कहा, "मैं प्रेम की बात कर रही हूं।"

"एक ही बात है।"

"एक ही बात? जितेन, तुमने कभी प्रेम किया है?"

"क्यों नहीं। तुमसे करता हूं।"

"मुझसे? विवाह का अर्थ प्रेम नहीं होता और न साथ सोने का। मुझसे प्रेम करते तो इतने शान्त भाव से मुझे मधुकर की बांहों में छोड़कर मद्रास न चले जाते।"

"ज़ोर करके रोक लेता तो तुम मधुकर को छोड़ देतीं? इसीको अनश्वर सच कहती हो?"

"नहीं," मनीषा ने कठोर स्वर में कहा, "तुम रोकते भी तो मैं रुकती नहीं। तुम क्या, दुनिया की कोई ताकत मुझे नहीं रोक सकती। मैं सिर्फ यह कह रही हैं कि तुम प्रेम करते तो मुझे रोकने का प्रयत्न ज़रूर करते, आराम से मद्रास न चले जाते।"

"मनीषा," जितेन ने कहा, "बात क्या इतनी-सी है? मेरे मद्रास चले जाने पर तुम नाराज़ हो? सच कहता हूं मैं यह सोच ही नहीं सकता कि तुम मधुकर से प्यार कर सकती हो।"

"क्यों?"

"शायद इसलिए कि इतना भावुक मैं तुम्हें नहीं समझता था।"

"मुझे समझने का तुमने कभी प्रयत्न किया है?"

"शायद तुम्हारा इल्ज़ाम सही है, पर इन दिनों मैं बहुत बिज़ी रहा हूं, और तुमने कभी कहा भी तो नहीं। आगे से मैं पूरी कोशिश करूंगा कि तुम्हें इतना अकेला न छोड़ूं।"

"मैं तुम पर कोई इल्ज़ाम नहीं लगा रही, जितेन!" उसने स्वर को कोमल बनाकर कहा। उसे लगा जो वह नहीं करना चाहती थी वही कह गई है और मूल बात शिकवे-शिकायत के गन्दे पानी में बहकर दूर निकल गई है।

"इल्ज़ाम का सवाल ही पैदा नहीं होता," वह कहती गई, "मधुकर से मैं इसलिए प्रेम नहीं करती क्योंकि मुझे तुमसे कोई शिकायत है। करती हूं क्योंकि बस करती हूं।"

"मधुकर को तुम जानती ही कितना हो? कितने दिन हुए हैं उससे मिले?"

"चार महीने।"

"बस!"

"हां, पर आदमी को दिन और महीने के हिसाब से नहीं जाना जाता। उसे मैं दो सप्ताह में ही उतना जान गई थी जितना तुम्हें दो वर्ष में भी नहीं जानी।"

"मैं..."

"और वह मुझे दो दिन में ही उतना जान गया था जितना तुम दो वर्ष में नहीं जाने।"

"यह जानना महज़ आकर्षण है या जिसे तुम कहती हो, प्रेम। जब वह चुक जाएगा तब क्या करोगी?"

"प्रेम चुकता नहीं।"

"प्रेम ज़रूर चुक जाता है, यही उसकी नियति है।"

"नहीं!"

'और यहीं उसकी त्रासदी।"

"तुम प्रेम के बारे में क्या जानते हो?"

"यही कि प्रेम जीवन का लक्ष्य नहीं होता।"

“ठीक है। तब तुम्हें एतराज़ ही क्या है? मुझे तलाक दे दो।”

जितेन कुछ देर चुप रहा, फिर बोला, “चुनने का अधिकार सबको है, मनीषा। मैं सिर्फ यह कहना चाहता हूं कि एक बार और सोच लो। तलाक की ज़रूरत मैं नहीं समझता।”

“तुम अगर न देना चाहो तो मत दो, हम ऐसे ही रह लेंगे। जहां तक बदनामी का सवाल है, वह मेरी होगी तुम्हारी नहीं, तुम्हें जो दुःख या परेशानी होगी, उसके लिए मुझे अफसोस है, पर अपना निर्णय मैं नहीं बदल सकती। पर मैं नहीं समझती सचमुच तुम्हें कोई दुःख होगा। कुछ दिन अटपटा सूना अवश्य लगेगा, फिर सब सामान्य हो जाएगा।”

“मेरे दुःख को छोड़ो, तुम अपने लिए सोचो। क्या तुम मधुकर के लिए अपने आकर्षण को प्रेम का नाम इसलिए नहीं दे रही क्योंकि इससे तुम्हारी बचपन की कोई साध पूरी होती है, अपनी मर्ज़ी से विवाह करने की साध?”

“नहीं-नहीं, कभी नहीं! मेरा मनोविश्लेषण करने की कोशिश मत करो। हां, मैं उससे दो साल पहले मिली होती तो मैं ही नहीं, तुम भी इस एरेन्जड मैरिज के हादसे से बचकर खुश होते। पर अब ये सब कहने का कोई महत्त्व नहीं है। अब तो मैं सिर्फ एक ही बात जानती हूं: मैं और मधुकर एक-दूसरे से प्यार करते हैं और करते रहेंगे।”

“यह भावुकता में कही गई बात है।”

“तो! भावुकता से चिढ़ तुम्हें है मुझे नहीं। प्रेम भावुकता है तो हो। मुझे इस शब्द से डर नहीं लगता। डर लगता है तुम्हारे ठण्डे दिल के सोचने से। ऐसे वही सोच सकता है, जिसने कभी प्यार नहीं किया, जो प्यार करना जानता नहीं, चाहता नहीं।”

“जबरदस्ती करके तुम्हें नहीं रोकूंगा, मनीषा। एक इंसान का दूसरे पर इतना अधिकार मैं नहीं मानता। इतना ज़रूर कहूंगा, एक बार और सोच लो। मैं तुम्हें चाहता हूं, चाहता हूं। तुम न जाओ। इसके अलावा सिर्फ यह कह सकता हूं, कभी लौटना चाहो तो लौट आना।”

“सहृदयता के लिए धन्यवाद। लौटने का मौका नहीं आएगा। तुम जो

भी कहो मेरी तुम्हारे लिए यही प्रार्थना रहेगी कि एक-न-एक दिन तुम भी उस प्रेम को जान लो, जो तुम्हारी आत्मा का पोर-पोर आनन्द से परिपूर्ण कर दे, जीवन का हर क्षण प्रहर्ष की बूंदों से भिजा दे। तुम्हारा चिन्तन तुम्हारा तक, तुम्हारा कर्तव्य सब उसके तेज़ बहाव में संगमित हो जाएं और तुम उस क्षण को पा लो, जिसे पाने के बाद जीवन-पर्यन्त तुम्हारी आंखें उसकी चमक से वशीभूत रहें। मेरी तरह तुम्हारा अहम् भी पारुल-समान उस जवाकुसुम की पंखुड़ियों में समा जाए, जो प्रेम का सहज वरदान होता है।" कहते-कहते उसे लगा, इन दो वर्षों में आज पहली बार जितेन उसके एक-एक शब्द को ध्यान देकर सुन रहा है। सहसा, वह उसके लिए दुखी हो उठी।

"मैं जानबूझकर तुम्हें दुःख नहीं देना चाहती, जितेन," उसने कहा, "मैं लाचार हूं वर्ना..."

"और तर्क बेकार है।" जितेन ने जैसे अपने आपसे कहा।

"मैं आज रात ही किसी होटल में चली जाती हूं।"

"नॉनसैन्स!" उसने सख्ती से कहा, "इस तरह भागने की ज़रूरत नहीं है। जब जाना होगा चली जाना।"

"पर मेरा अब यहां रहना..."

"क्यों, अब क्या हो गया? चार महीने से तुम उसे प्यार करती यहां रह रही थीं तो अब क्या हुआ?"

"तब मैं अपने से संघर्ष कर रही थी। तुम्हें धोखा देकर मैं नहीं रही। पर अब जब निर्णय लिया जा चुका है तो और यहां रहना..."

"डरो मत। मैं तुम पर बलात्कार नहीं करूंगा," उसने ऐसे स्वर में कहा कि उसके व्यंग्य के भीतर छिपे दर्द ने मनीषा को छू लिया।

"जितेन!" भाव-विह्वल स्वर में उसने कहा।

"अब जाओ, सुबह बात करेंगे।" जितेन ने उसकी ओर पीठ करके कहा।

मनीषा को लगा वह वास्तव में उतना विवेकशील और शान्त नहीं है जितना वह समझती आई है।

"अपनी खबर देते रहना," उसने कहा, "मैं चाहती नहीं थी कि ऐसा हो। मैंने रोकने की कोशिश भी की थी पर..." और कहते-कहते उसका गला

रुंध गया।

जितेन उसकी ओर पीठ किए चुप बना रहा।

"मुझे तुमसे कोई शिकायत नहीं है।" उसने फिर कहा।

"अब जाओ, आराम करो," जितेन ने रूखे स्वर में कहा।

उसकी रुखाई ने उसे झकझोरकर रख दिया। उसने साफ-साफ देखा, पतली झिल्ली-समान फैली उस रुक्षता में जगह-जगह छिद्र हैं, जहां से वह जितेन के हृदय के वह अंश देख पा रही है, जो पहले कभी नहीं देखे।

"जितेन।" वह फिर बुदबुदाई।

उसने कुछ नहीं कहा, तेज़ चाल से चलकर कमरे से बाहर हो गया।

वह कुछ देर वहीं खड़ी रही फिर कन्धे झटक, अपने कमरे की तरफ मुड़ गई। बेकार है, उसने सोचा, अब जितेन को समझने का प्रयत्न करना बेकार है। उसका समय निकल चुका।

एक बार घर छोड़ने का निर्णय ले-लेने पर, मनीषा ने पाया, आगे की योजना बनानी उतनी ही आसान है जितनी किसी दावत के लिए खाने की सूची बनानी। उस रात देर तक जगकर उसने अपनी यात्रा का रूप और क्रम तय कर डाला। उसकी दिशा तय करने में जो भावात्मक-उद्वेलन उसने अनुभव किया था अब उसे कार्यान्वित करने के तरीके सोचने में कम होने लगा। उसे ख्याल आया कि हो सकता है कि जितेन इसीलिए इतन्दा शान्त रहता हो, क्योंकि वह सदा कर्मरत रहता है। कर्म का सम्बन्ध उन छोटे-छोटे व्यावहारिक क्षणों से होता है जो अपने-आपमें भावना से उत्कट परिचालन से मुक्त रहते हैं। अपनी आगे की यात्रा आयोजित करने में उसने सबसे पहले इस बात का ख्याल रखा कि इस विषय को लेकर जितेन के समाज में कम-से-कम चर्चा होनी चाहिए। मधुकर के साथ बंगलूर में रहना असम्भव है। वह जानती थी कि परित्यक्त पुरुष समाज के लिए व्यंग्य का विषय होता है। एक शहर में रहने पर जितेन के लिए स्थिति असहनीय हो जाएगी।

"मेरा निर्णय बदला नहीं है," सुबह नाश्ते की मेज़ पर उसने जितेन से

कहा, "आज रात मैं पिताजी के घर बम्बई चली जाऊंगी और फिर वहां से दिल्ली।"

जितेन ने कुछ नहीं कहा, चुपचाप बैठा सामने रखे चाय के प्याले को घूरता रहा। क्षण-भर की यह चुप्पी मनीषा के लिए असहनीय हो उठी। वह उसे वापस उन कष्टप्रद क्षणों के बीच ले जाने लगी जो कल रात उसने जितेन के स्वर की रुक्षता सुनने के बाद गुज़ारे थे।

"लोग कुछ-न-कुछ तो कहेंगे ही," चुप्पी को तोड़ डालने के लिए उसने कहा, "बंगलूर में रहकर तुम्हें दूने संकट में नहीं डालना चाहती।"

"लोग क्या कहेंगे मैं उसकी परवाह नहीं करता।" उसने बिना उसकी ओर देखे कहा।

"फिर भी..."

"तो तुमने निर्णय ले लिया है।" उसने कहा। उसके स्वर में कोई उत्तेज़ना नहीं थी। वह एक सीधा-सादा प्रश्न पूछ रहा था या शायद वह भी नहीं। महज़ बात कह रहा था, यथार्थ को शब्द दे रहा था।

"हां," उसने धीमे से कहा, "हो सके तो मुझे माफ कर देना।"

"ठीक है," वह उठ खड़ा हुआ, "मैं फैक्टरी जा रहा हूं, गाड़ी भेज दूंगा, ड्राइवर तुम्हें स्टेशन छोड़ आएगा।" उसने सपाट स्वर में कहा और बाहर निकल गया।

क्षण-भर को मनीषा को लगा, कल रात उसकी रुक्षता के पीछे सुनी आग्रह की गूज उसकी कल्पना रही होगी। पर पूरी तरह विश्वास नहीं हुआ! उसने पाया कि जितेन को लेकर वह कोई भी निश्चित मत नहीं दे सकती।

दुपहर को मधुकर से मिलकर उसने अपनी बम्बई और वहां से दिल्ली जाने वाली योजना पक्की कर ली। एक महीना बाद, अपना समय पूरा करके वह भी दिल्ली चला आएगा और यूनिवर्सिटी से दूर कहीं घर ले लेगा।

मनीषा उसे वहीं मिलेगी। तलाक मिलने में जो दो-एक साल लगने वाले थे, उस समय के लिए अलग रहने को दोनों में से कोई तैयार नहीं था।

सफेद कागज़ पर खिंची चन्द स्याह लकीरों से अधिक तलाक का महत्व उनके लिए नहीं था। बस तब तक के लिए उन्होंने अपने परिवार का आरम्भ अवश्य स्थगित कर दिया था।

दिल्ली के उस छोटे-से घर में गुज़ारे मधुकर के साथ के वह आरम्भिक क्षण! जो सोचा था, पूरा हुआ था, आशा से अधिक। कितने क्षण हैं जो इतने सम्पूर्ण हो पाते हैं? कितने जीवन हैं जिनमें ऐसे सम्पूर्ण क्षण आते हैं? फिर भी कोई जीवन जिसमें कुछ ऐसे क्षण आ जाएं सदा के लिए सम्पूर्ण तो नहीं हो जाता?

मनीषा

आज साढे चार वर्ष बाद, दिल्ली के अपने उसी घर की ओर वापस जाते-जाते, मधुकर के साथ गुज़ारे उन आरम्भिक क्षणों को याद करके, मनीषा को लगा जैसे वह उसके साथ नहीं, किसी और के साथ घटित हुआ हो। किसी उपन्यास या नाटक के पात्र के साथ, जिसकी कहानी इतनी विशद भावुकता के साथ लिखी गई थी कि पढ़ने-सुनने पर उसकी स्मृति का अभिन्न अंग बनकर रह गई थी। उसे लगा, यह कहानी उसके अपने लिखे उपन्यास के पात्रों के बारे में भी हो सकती थी, पर तब मधुकर-मनीषा का मिलन कथानक का अन्त नहीं, आरम्भ होता। सहसा, उसकी समझ में आ गया कि यही जीवन में भी हुआ है। मधुकर के साथ जीवन आरम्भ करके उसने अपने जीवन में एक नया अध्याय-भर खोला था और कुछ नहीं। उसके बाद अनेक और अध्याय उसमें आ जुड़े थे।

आज के उसके और चार वर्ष पहले के मधुकर के साथ के जीवन में कहीं कोई साम्य नहीं है। जो कभी एक के बाद एक सीढ़ी चढ़ने के समान अनायास था, आज कमंद डालकर दीवार पर चढ़ने के समान सचेष्ट हो गया है। पहले जो सत्य था, अब नाटक बनकर रह गया है। प्रेम करते-करते ऊंब उठे, वह और मधुकर, प्रेम का नाटक करने लगे हैं। पहले वह अपने साथ होने

को ही लक्ष्य मानकर, उस तक पहुंचने की चेष्टा में व्यस्त रहते थे, इसलिए जब साथ होते थे तो और कुछ नहीं चाहते थे। अब उनका अपना-अपना अकेलापन सबसे ज़्यादा उन्हें तभी कचोटता है, जब वे साथ होते हैं। पर उसे स्वीकार कर, उसका उपाय करने की हिम्मत उनमें नहीं है, इसलिए सत्य का सामना करने के बजाय वे नाटक करने लगते हैं, संवाद बोल-बोलकर अपने को विश्वास दिलाते हैं कि चूंकि वे अकेले नहीं, साथ हैं इसलिए व्यस्त भी हैं। इस अभिनीत व्यस्तता से उनका समय भले ही भर जाए, मन-मस्तिष्क नहीं भर पाता।

पिछले दो दिनों में और उससे पहले नैनीताल में जितेन से मिलने के बाद दिल्ली लौट आने पर, उसने जो भी सोचा-समझा था, उससे वह जान गई थी कि इस असमानता का कारण न तो उसके जीवन-कथानक के अन्य पात्र हैं, और न जीवन में बाहर से पड़ता दबाव है, कारण वह स्वयं है।

ऐसा क्यों हुआ? क्या जो जितेन ने चार वर्ष पहले कहा था, वही सच था? प्रेम चुक जाता है, यही उसकी त्रासदी है, यही उसकी नियति। क्या मधुकर के लिए इसका प्रम चुक गया है? या चुका नहीं, सिर्फ रोज़मर्रा की वस्तु बन गया है? क्या अपने खाली दिनों को ऊंब से बचाने के लिए ही वह दुबारा जितेन के पीछे नहीं दौड़ गई थी? नहीं, अब और आत्मछलना नहीं, उसने सोचा, और एक मनोवैज्ञानिक की क्रूरता के साथ अपने जीवन का विश्लेषण आरम्भ कर दिया।

जितेन से तलाक मिले उन्हें ढाई बर्ष हो चले हैं। तलाक मिलते ही, उसने याद किया, मधुकर ने उससे कहा था।

"चलो, यह समस्या भी हल हो गई। अब तुम्हें कॉलेज में नौकरी खोजने की आवश्यकता नहीं रही। अब तो अगले तीन साल में तीन बच्चे पैदा करके दुबारा परिवार नियोजन के बारे में सोचा जाए, क्यों?"

"तीन नहीं, दो।" उसने कहा था।

"दो साल में तीन बच्चे?"

"नहीं बुध्दू, तीन साल में दो बच्चे।"

"अच्छा चलो, दो ही सही। लगता है, तुम्हें माल्थूस बाबा से बहुत डर

लगता है।"

"लगना ही चाहिए। तुम अर्थशास्त्र पढ़ाते हो, जानते नहीं आबादी कितनी तेज़ी से बढ़ रही है?"

"जानता हूं। तुम जानती हो, माल्थूस के कितने बच्चे थे?"।

"कितने?"

"पूरे नौ।"

"बह हज़रत अपने घर में अपनी थ्योरी का प्रयोग करके देख रहे होंगे," मनीषा हंस पड़ी थी, "तुम्हें उसकी आवश्यकता नहीं है।"

अच्छी तरह परामर्श करके उन्होंने योजना बनाई थी पर वह अगले तीन महीनों में ही विफल हो गई। पहले शिशु का तीन माह बाद गर्भपात हो गया और डाक्टरी राय के अनुसार अगले शिशु की योजना दो साल तक स्थगित कर देनी पड़ी।

"कोई बात नहीं," मधुकर ने हंसकर कहा था, "दो साल हनीमून और सही। गर्मियों में नैनीताल चलेंगे।"

"हां, ज़रूर," मनीषा ने भी हंसने का प्रयत्न किया था, "परिवार-नियोजन विभाग की तरफ से हमें इनाम मिलना चाहिए।"

"ठीक है, आज ही अर्जी दे देंगे," मधुकर ने कहा था और हंसता रहा था।

बात दोनों ने ही हंसी में उड़ा दी थी; पर उसके पीछे जो व्यथा छिपी थी, दोनों पर ज़ाहिर हो गई थी।

हो सकता है, यही मेरी कुण्ठा का कारण हो, मनीषा ने सोचा, "इसीलिए मैं अपने से, मधुकर से, जीवन से उदासीन हो उठी हं; इसीलिए मेरा प्रेम शिथिल हो गया हो। यदि वह कहानी लिख रही होती तो इतना ठोस कारण पा, खुश हो जाती और फौरन उसे अपने पात्र को थमा देती। पर स्वयं अपने को बहकाना इतना आसान नहीं था। जितेन के साथ बिताए पिछले दो दिनों ने उसकी दृष्टि को इतने प्रखर रूप से अन्तर्मुखी बना दिया था कि थोपे हुए कारणों से सन्तुष्ट होनेवाली मुग्धावस्था में वह नहीं थी। कल और आज वह इतनी ईमानदारी से जी चुकी थी कि उन तमाम गांठों को तोड़ बाहर

निकल आई थी जो जाने-अनजाने, संस्कार, अध्ययन और दूसरों के निकाले निष्कर्षों से बाध्य होकर, वह अपनी बौद्धिकता व विचारशक्ति की ढीली डोरी में लगाकर अपने को बांधती आई थी। जिस स्व-विश्लेषण का क्रम जितेन से नैनीताल में भेंट होने पर शुरू हुआ था, आज उसके चले जाने पर पूरा हो गया। वह समझ गई कि अपने जीवन को सार्थकता उसे अपने भीतर खोजन होगी।

केवल मां बनने से कुछ नहीं होता। समय को भरने का एक और साधन मिल जाता, बस। पर क्या वह अपने जीवन को इसी तरह टुकड़े-टुकड़े कर भरती रहना चाहती है? पहले जितेन ने पत्नी की मांग की। वह उसे पूरा करने में जुट गई, पर उसका अपना समय खाली रह गया। उसका मस्तिष्क खुराक की मांग करता, उसी खोज में इधर-उधर भटकने लगा। पर अधिक परिश्रम नहीं किया। जो रास्ता सबसे पहले दिखाई दिया, उसे ही थाम लिया, कॉलेज में नौकरी कर ली। रास्ता सुगम था, पर अनुकूल नहीं। वह पढ़ाती ज़रूर रही, पर हरदम यही अहसास लिए कि वह सिर्फ खाली समय को भरने के लिए पढ़ा रही है। मस्तिष्क फिर भी अपनी खोज में भटकता रहा। सहसा, मधुकर इतनी असहिष्णु मांग लेकर उसके दरवाज़े पर आ खड़ा हुआ कि अपने समय के हर क्षण-पल को उसके हवाले कर वह निश्चिन्त हो गई। पर कितने दिन? न जाने का समय बढ़ने लगा या मधुकर की मां घटने लगी। एक दिन उसने पाया कि एक बार फिर समय की मांग उसपर हावी हो गई है और मस्तिष्क उसे पूरा करने के रास्ते से भटक चला है। यदि अब शिशु को जन्म देकर वह एक रास्ता और निकाल भी लेती तो क्या होता? कुछ वर्षों के लिए वह अपना खालीपन आगे खिसका-भर सकती थी और कुछ नहीं। तीन-चार साल पूरे होते-न-होते, समय फिर बढ़ने लगता या शिशु की मांग घटने लगती और उसका मस्तिष्क फिर झोली पसारे घूमने लगता। किसी दूसरे इंसान को आधार बना, उसके सहारे जीना बहुत जोखिम का काम है। किसी भी क्षण आधारित को अरक्षित छोड़, वह ढह सकता है। कभी-कभी तो आधारित स्वयं ही उसे धक्का दे, गिराकर, चकनाचूर कर देता है। हर

हालत में, अपनी क्षति पर हाहाकार करने के सिवा उसके पास दूसरा चारा सिर्फ यह रह जाता है कि किसी और आधार की खोज में जुट जाए। कौन जानता है, वह आधार कब, कहां और कितनी देर के लिए मिले? मिले तो अकस्मात मिल जाए; जैसे जितेन से नैनीताल में आकस्मिक भेंट और दिल्ली में उसकी उतनी ही आकस्मिक मांग। पर उतनी ही आकस्मिकता के साथ वह चटककर टूट सकता है, झिझककर पीछे हट सकता है या किसी अन्य दुर्दननीय मांग के पीछे दौड़, सहसा अन्तर्लीन हो सकता है। एक बार फिर उसे जितेन की व्यस्तता से ईर्ष्या हो आई।

नैनीताल में जितेन से मिलने के बाद उसने निर्णय किया था कि दिल्ली लौटते ही किसी नियमित नौकरी की खोज करेगी। पर पिछले छः महीनों में उस खोज का आरम्भ भी न हो सका। नियमित नौकरी के बारे में सोचने-विचारने पर केवल एक ही रास्ता उसे सामने दिखलाई देता था और वह था कॉलेज में हिन्दी-साहित्य पढ़ाने का। यही एक ऐसा काम था जिसके लिए उसके पास कुछ शिक्षा-दीक्षा और अनुभव थे। पर जो था, वह पर्याप्त कदापि नहीं था। अनेकानेक पी-एच ० डी० प्राध्यापकों के रहते, केवल एम० ए० पास मनीषा को, बंगलूर के कॉलेज के दो वर्षों के अनुभव के बल पर, दिल्ली में नौकरी मिलना असम्भव ही था। बंगलूर की बात और थी, वहां हिन्दी पढ़ाने-वाले कम ही मिलते थे। पर पढ़ाना उसे दिल्ली में ही था। बंगलूर में पढ़ाया था तब, जब जितेन उसके जीवन का केन्द्र-बिन्दु था। अब वह केन्द्र-बिन्दु मधुकर है, और उसका आवास-स्थल है दिल्ली। मधुकर नौकरी छोड़ बंगलर जा नहीं सकता, मनीषा अलबत्ता छोड़ सकती है, नौकरी या पति। यूं सिर्फ नौकरी करने के कारण पति को छोड़ने का कायदा नहीं है। लिहाजा नौकरी करने का इरादा ही छोड़ा जा सकता था। या फिर पी-एच० डी० किया जा सकता था। मनीषा कर भी लेती, पर कॉलेज में पढ़ाना उसकी प्रवृत्ति के इतना प्रतिकूल था, सुधा से बह का आकर्षण न रहता तो शायद बंगलूर-कॉलेज से भी इस्तीफा दे बैठती, कि अब चार वर्ष के अन्तराल के बाद, केवल समय

भरने के लिए, ऐसे काम के लिए तैयारी करना जिसमें उसे कभी रुचि नहीं रही थी, उसे अच्छा नहीं लगा, और बात कल-कल पर टलती रही।

एक बार मधुकर से इस बारे में राय लेने की कोशिश भी की थी।

"कॉलेज में पढ़ाने के सिवा क्या मैं और कोई काम नहीं कर सकती?" उसने उससे पूछा था।

"और क्या करोगी?" उत्तर मिला था, "इससे बढ़िया काम और क्या हो सकता है?"

"इतना बढ़िया काम है तो तुम रोज़ कॉलेज से लौटते ही अपने दिमाग खपाए जाने का बखान लेकर क्यों बैठ जाते हो?" मनीषा ने उसे छेड़ा था।

"और क्या, दिमाग तो खाता ही है," उसने फौरन कहा था।

"जब देखो तब शिकायत करते रहते हो कि यूनिवसिटी में कोई काम ढंग से नहीं होता, न छात्र पढ़ना चाहते हैं, न शिक्षक पढ़ाना। सब-के-सब बैठे-बैठे तिकड़में लड़ाया करते हैं और अंत में सारा-का-सारा काम तुम्हारे सिर आ पड़ता है।"

"पड़ता तो है ही। मैं क्या गलत कहता हूं? वहां क्या कम खरदिमाग बसते हैं?"

"फिर भी काम बढ़िया है?" उसने व्यंग्य किया।

"अरे काम में कुछ-न-कुछ तो चलता ही है। कोई मुश्किल ही न हो तो आदमी जुझे किससे?"

"यानी सिर खपाने के लिए ही वहां काम करते हो, जिससे यहां आकर मेरा सिर खपा सको?" मधुकर के अत्म-अभि-मानी और लापरवाह स्वर से चिढ़कर उसने कहा था। मधुकर एकदम हा-हा करके हंस पड़ा था।

"चलता है, चलता है, चलता है, काम में सब चलता है।" उसने कहा था और मनीषा समझ गई थी कि आदमी जब दूसरों के काम न करने का वर्णन करके अपनी अति-व्यस्तता की शिकायत करता है, तभी वह सबसे ज़्यादा खुश भी रहता है। तभी उसका अहम् सबसे ज़्यादा सन्तुष्ट रहता है।

"मैं बहुत व्यस्त हूं," कहकर मनुष्य जिस सन्तोष का अनुभव करता है, 'मैं प्रेम करता हूं,' कहकर कभी नहीं कर सकता फिर मनीषा ही कैसे बार-बार

इन कमज़ोर शब्दों को दुहराकर जीती जा रही है? क्या उसके पास सन्तोष पाने का और कोई साधन नहीं है? सहसा, उसे कल का वह क्षण याद आ गया, जब जितेन ने उसके हाथ में कलम थमाकर उससे उसके कहानीसंकलन पर हस्ताक्षर कराए थे। जाना-पहचाना छोटा-सा अपना नाम उसने मुखपृष्ठ पर लिख दिया था। मनीषा! अपना नाम, बस, अधिक कुछ नहीं। पर उस मुनीषा के 'म' के पृष्ठ पर फलते-फैलते उसने जिस आत्म-गौरव और सन्तोष का अनुभव किया था, वह शायद और कभी नहीं किया, मधुकर का प्रेम जीतने पर भी नहीं। और केवल उसी क्षण नहीं, पुस्तक में संकलित कहानियों को लिखते समय जो भी क्षण उसने व्यतीत किए थे, सब इसी आत्म-गौरव और सन्तोष से परिपूर्ण थे। इसलिए नहीं कि उसने जो कहानियां लिखी थीं, वे दुर्लभ या महान् कृतियां थीं, इसलिए भी नहीं कि उनसे उसे कोई विशेष प्रशस्ति या अर्थ-प्राप्ति हुई थी, इसलिए भी नहीं कि वह उनकी संरचना से पूर्णतया सन्तुष्ट थी; केवल इसलिए कि वह उसकी अपनी वस्तु थीं, उनके लिए वह किसी की मोहताज नहीं रही थी।

एक बार फिर उसके कानों ने जितेन के तेज़ी से आगे बढ़ते व्यस्त कदमों की आहट सुनी और अब उसकी व्यस्तता से उसे सहानुभूति हो आई। ईर्ष्या का विषय वह उसके लिए सदा से रही है, तब से ही जब से वह समझ गई थी कि जितेन के जीवन का लक्ष्य केवल कर्म हो सकता है, प्रेम नहीं। पर आज, जब कर्म के पुकारने पर वह प्रेम के बाहुपाश को अलग छिटककर चले जाने में रंचमात्र भी नहीं हिचकिचाया है तो ईर्ष्या करते-करते सहसा, अपने भीतर सत्य के दर्शन पा, वह उसके प्रति सौहार्द से भर उठी है। मनीषा को छोड़ते हुए जितेन एकदम उदासीन नहीं रह पाया था। चलते-चलते उससे अलग होने का विषाद उसे छू गया था, पर अवरोध बन रोक नहीं पाया था। आनेवाले दिनों में, हो सकता है, अनेक बार उसे मनीषा का खयाल आए, लगे कि उसे छोड़ आने से कुछ अत्यन्त मधुर, अत्यंत सुन्दर उससे छूट गया है, पर यह कभी नहीं लगेगा कि छोड़कर उसने गलत निर्णय लिया है। फैक्टरी में नुकसान की संभावना का समाचार पाकर वह और कोई

निर्णय ले ही नहीं सकता था। यही नहीं, बाद में ठण्डे दिल से सोचने पर भी अन्य कोई निर्णय उसे उतना ही असम्भव लगेगा जितना आशंका के उन उत्तेज़ित क्षणों में। एक दिन जितेन ने कहा था—प्रेम जीवन का लक्ष्य नहीं हो सकता। जितेन के लिए यह सत्य है, मनीषा पहले से जानती थी, आज उसने समझा कि यह केवल जितेन के लिए ही नहीं, सभी के 'लिए सत्य है। यह भी समझा कि उसके अपने जीवन का खाली-पन इसलिए बराबर बना रहा है, क्योंकि वह उसे किसी-न-किसी पुरुष के प्रेम से भरने का प्रयत्न करती रही है। इतना घनत्व प्रेम में नहीं होता कि वह अन्तरिक्ष जैसे फैले जीवन के शून्य को सदैव के लिए भर सके। कुछ थोड़े-से क्षण ऐसे अवश्य आते हैं जब वह इतना फैल जाता है कि उसका ओर-छोर ढूढ़े नहीं मिलता। पर देखते-ही-देखते फिर सिकुड़कर यूं सिमट जाता है कि पता नहीं चलता, वह कहां समा गया है!

जितेन, मधुकर, फिर जितेन; ये मनीषा के जीवन में उस ज्वार के समान आए जो जब आता है तो समुद्र को उथल-पुथल, उद्वेलित-मंथित कर उसका रूप-रंग ही बदल डालता है, पर जिसका उतरना उतना अवश्यंभावी होता है जितना उसका चढ़ना। फिर भाटा आता है: सागर पीछे धकेल दिया जाता है और बंधे जन्तु-सा धीमे-धीमे सिसकारी भरता रहता है। पर ज्वार या भाटा, दोनों में से कोई भी सागर का सम्पूर्ण परिचय नहीं है। उसका सच्चा परिचय है उसकी गहराई में, उसके विस्तार में, उन असंख्य सीप-शंख, मूंगे-पौधों पर जीव-जन्तुओं में, जो उसकी अतल गहराई में पलते हैं। मनीषा को भी अपना सच्चा परिचय अपने मानस-तल की गहराइयों में खोजना होगा।

खड़खड़ करता स्कूटर आगे बढ़ता गया और उसके शोर से अछूती मनीषा टकटकी लगाए अपने भीतर देखती रही और जितेन के प्रति उसकी सौहार्दता बढ़ती गई। एक बार कलम हाथ में थाम लेने पर वह भी तो उसकी तरह एकनिष्ठ व्यस्तता में डूब जाती है। कहानी अधूरी छोड़कर उठ जाना या

किसी और काम में लग पाना असम्भव लगने लगता है। कितनी ही बार, इस बात को लेकर मधुकर से झगड़ा भी हो चुका है।

पन्द्रह-बीस दिन पहले की ही बात है। एक कहानी क्या लिखने बैठी, कथानक उलझता ही गया। कई दिन-रात, वह उसके पात्रों की विचारधाराओं से जूझकर, उनकी भावात्मक उत्तेज़नाओं से टकराकर, शरीर और मस्तिष्क दोनों से क्लान्त हो उठी, पर कहानी बनने में नहीं आई। उसकी कहानी की मुख्य पात्र थी ऐसी स्त्री जो फांसी पर चढ़ाए जानेवाले पति से अन्तिम भेंट करने जा रही है। बार-बार जैसे वह उसके अन्तःकरण में झांकती और भय से स्तब्ध हो, कलम रोककर बैठी रह जाती। लिख कुछ ही शब्द पाई पर उस लिखने में न जाने कितनी बार स्वयं फांसी पर चढ़ ली। आखिर कागज़ वहीं मेज़ पर छोड़, दुर्घटना-ग्रस्त-सी वह बिस्तर पर जा लेटी। देर तक निस्तब्ध अचेतन-सी वहीं पड़ी रही, फिर न जाने किसने उसके भाव-उन्मीलित मस्तिष्क को आ झकझोरा और अर्ध-तन्द्रिल अवस्था में ही, आगे का तमाम कथानक ही नहीं, वरन् उसकी संरचना करनेवाला एक-एक वाक्य स्पष्ट उसकी आंखों के आगे तैर गया। मन्त्रमुग्ध-सी वह उठी और उन्हें पकड़ कागज़ पर उतार डालने के लिए मेज़ पर जा बैठी। कलम उठाकर पहले शब्द अंकित किए ही थे कि मधुकर आ पहुंचा। दरवाज़े की घण्टी परिचित तीव्रता के साथ बजी तो उसने अनसुनी कर दी और लिखती रही।

पर 'सुनो' कहता मधकर फिर भी उसकी मेज़ के पास खड़ा था। दरवाज़ा बहादुर ने खोल दिया होगा।

"बस एक मिनट प्लीज़।" उसने आंखें उठाए बगैर कहा और लिखती रही।

"कहानी लिख रही हो?" मधुकर ने पलंग पर बैठकर जूते-मोज़े खोलते हुए कहा। उसने उत्तर नहीं दिया। मधुकर जते खोलता वहीं बैठा रहा। अब अगर उसकी लिखने की मेज़ उनके सोने के छोटे से कमरे के एक कोने में ज़बरदस्ती ठुसकर रखी गई हो तो मधुकर जूते खोलने जाए भी कहां?

"अच्छा लिख लो।" उसने उसकी चुप्पी से नाराज़ हुए बगैर उदारता के

साथ कहा और चप्पल पहनकर कमरे से बाहर जाने लगा।

"बहादुर से चाय बनवाओ, मैं अभी आई। उसने अपना दायित्व पूरा करते हुए कहा और दूने वेग से लिखने लगी। वह चाह रही थी कि उस समय जो कुछ भी उसके दिमाग के भीतर भाग-दौड़ कर रहा है, उसे उसी आंधी के वेग के साथ कागज़ पर उतार डाले। फौरन उतार डाले और एक-एक शब्द उतार डाले वर्ना कुछ-न-कुछ उससे छूट जाएगा जो फिर कभी हाथ नहीं आएगा। शायद उसका इतना अधिक चाहना ही अन्याय था, पर उस समय वह अपनी मांग की न्यायोचितता पर ध्यान देने योग्य स्थिति में नहीं थी।

दस मिनट भी नहीं बीते होंगे कि चाय का प्याला हाथ में थामे मधुकर वापस उसके कमरे में चला आया।

"हुई नहीं?" उसने पूछा।

"बस ज़रा देर, प्लीज़।" उसने दयनीय आवाज़ में कहा।

"चाय पियोगी?" मधुकर ने सहृदयता से पूछा।

उसने उत्तर नहीं दिया।

कुछ देर तक वह बैठा चुपचाप चाय पीता रहा। यदि उस समय वह अपने लिखने में इतनी तल्लीन न होती तो अवश्य उसकी सहनशीलता की प्रशंसा कर उठती।

पर सहनशीलता की भी हद होती है, खासकर दफ्तर से लौटे पति की, वह भी मधुकर जैसे असहिष्णु व्यक्ति की। जितेन होता तो उसे काम करता देख, अहम-से-अहम दुर्घटना की सूचना को स्थगित करके शायद कमरे के भीतर ही नहीं आता, पर वह क्या सबके बूते की बात हो सकती है? यह उसका दुर्भाग्य था कि जब जितेन था, तब उसकी लक्ष्य की खोज की धारा ही विभ्रमित रही थी और उसके आने पर, वह उसे कभी इस तरह व्यस्त नहीं मिल पाई थी।

"अरे छोड़ो भी, बाद में लिख लेना। सहसा प्याला ज़मीन पर रख, मधुकर ने ज़ोर से कहा।

"प्लीज, बस पांच मिनट और लगेंगे। तुम्हें जो कुछ चाहिए बहादुर दे देगा।" उसने अपने स्वर को अतिरिक्त मधुर बनाकर कहा। वह इस वक्त उसे

भड़काना नहीं चाहती थी। फिर भी वह शायद कुछ गलत कह ही गई थी क्योंकि मधुकर फौरन भड़क उठा।

"हां, सो तो बहादुर दे ही चुका।" उसने कहा, "पर तुम क्या यहीं चिपकी बैठी रहोगी? अब लिखने की सूझी है, सारा दिन क्या करती रहीं?"

"कोशिश बहुत की पर लिखी नहीं गई।" उसने अपना स्वर और मधुर बनाकर कहा।

"तब अभी क्या खाक लिखी जाएगी? छोड़ो कल लिखना।"

"नहीं प्लीज, ज़रा देर मुझे दिक मत करो, फिर नहीं बनेगी।" उसका स्वर रुआंसा हो गया।

"ठीक है, मुझे दिक करने की क्या ज़रूरत है," मधुकर ने कहा, "मैं तो सिर्फ यह बतलाने आया था कि चटर्जी और दत्त आज खाने पर आएंगे।"

"आज?" कलम उसके हाथ से छूट गया, "आज कैसे होगा?"

"तुम्हारे हाथ के मटन कबाब की बड़ी तारीफ कर रहे थे। मैंने कह दिया आज ही चले आएं। मटन लेता आया हूं।"

"मटन कबाब मटन से बनते हैं, याद रखकर ले आने के लिए धन्यवाद!" मनीषा ने कड़ुवे स्वर में कहा, "पर आज नहीं हो सकता।"

"अब मैंने कह जो दिया।"

"मुझसे पूछ तो लेते। इस वक्त मैं बिल्कुल नहीं कर सकती।"

"दो दोस्तों को घर बुलाने के लिए तुमसे पहले से आज्ञा लेनी होगी?" मधुकर ने सख्ती से कहा।

"मधुकर, प्लीज, समझने की कोशिश करो। बहुत दिन हो चले, यह कहानी बन नहीं पा रही थी, अब जाकर बनी है। इस वक्त उठकर कुछ भी करना मेरे लिए असंभव है। अभी इसे पूरा नहीं किया तो शायद फिर कभी न कर सकूं।"

"ठीक है।" मधुकर ने अप्रभावित स्वर में कहा, "तुम कहानी लिखो। कबाब मैं बाज़ार से लिए आता हूं।"

"पर बाकी का खाना? वह किसी और दिन नहीं आ सकते?"

"नहीं," मधुकर ने कठोर स्वर में कहा। "जब आने को कह दिया है तो मना करने तो जाऊंगा नहीं। तुमसे नहीं होगा न सही। खाना बहादुर भी बना सकता है। तुम्हारे हाथ के कबाब खाए बगैर वे लोग मर नहीं जाएंगे।"

मधुकर कबाब खरीदने बाज़ार चला गया और मनीषा कलम हाथ में थामे, निस्सहाय रोष के आंसू आंखों में भरे, वहीं बैठी रही। आगे एक शब्द भी नहीं लिख पाई। आखिर उठकर बाकी खाना बनाने रसोईघर में चली गई। घर के रोज़मर्रा के यह कामकाज–खाना बनाना, झाड़-पोंछ करना, फैला सामान बटोरना, नौकर से झिकझिक करना, सौदा मंगाना, हिसाब रखना, कपड़े धोना, इतने छोटे होते हैं कि इनका हवाला देकर न तो किसी से व्यस्तता की फरियाद की जा सकती है और न उन्हें निबटाकर किसी बौद्धिक सन्तोष का अनुभव। सबसे कष्ट-प्रद चीज़ यह लगती है कि वे इतनी अनिवार्यता के साथ रोज़दर-रोज़ घण्टे-दर-घण्टे सिर पर सवार हो जाते हैं कि उन्हें किए बिना रहा भी नहीं जा सकता। करने में पल-पल, क्षण-क्षण, घण्टा-घण्टा कर न जाने कितना समय लग जाता है पर उपलब्धि की तृप्ति नहीं होती; होती है बस समय की हत्या और उसी हरकत की पुनरावृत्ति। इसके अलावा अनेक ऐसी छिटपुट घटनाएं हैं, जो उसे लगता है तभी घटती हैं, जब वह कहानी लिखने बैठती है। वह लिखने बैठी नहीं कि फोन बजने लगता है, गैस खतम हो जाती है, नलों से पानी चला जाता है, सब्ज़ी-वाला पुकारने लगता है, धोबी कपड़े मिलवाने आ टपकता है, पड़ोसिन चीनी मांगने आ जाती है, बिना बुलाए मेहमान आ हाज़िर होते हैं, या हाज़िर कर दिए जाते हैं, जैसे आज: और कुछ नहीं तो बहादुर ही सिर-दर्द की गोलियां तलब कर बैठता है। वह कहानी नहीं लिखती तो कुछ नहीं होता, उसने कचोटते विषाद के साथ सोचा। घर तेल-डली मशीन की तरह आराम से चलता रहता है और वह काम खोजती-फिरती रहती है। यह ऐसी दुर्घटनाएं भी तो नहीं हैं कि वह यही कह सके, उसकी किस्मत अच्छी नहीं है। कहानी लिखते-लिखते दिल का दौरा पड़ जाना दुर्भाग्य माना जा सकता है, धोबी का पुकारना नहीं, मटन कबाब बनाने की फर्माइश भी नहीं।

उस दिन फिर न कबाब बने और न कहानी ही लिखी गई। यूं ही सब्ज़ी काटते-छौंकते, मेज़ लगाते, छिटपुट काम निबटाते और मन-ही-मन कुढ़ते सारा समय निकल गया।

सपत्नीक चटर्जी और दत्त साहब पधारे, भोजन हुआ, और भोजन के दौरान एक चिन्तनशील पति की भूमिका अदा करते हुए मधुकर ने कबाबों में ज़ायके की कमी का कारण भी जतलाया।

"भई, माफ करना," उसने कहा, "कबाब उतने बढ़िया नहीं हैं। बात यह है कि आज हमारी पत्नी का मूड तो था कहानी लिखने का, लिहाज़ा बाज़ार से मंगवाने पड़े।"

मेहमानों ने घूरकर मनीषा की तरफ इस तरह देखा जैसे वह औरत नहीं, कोई बेमौसमी कीटाणु हो।

"अच्छा," श्रीमती दत्त ने अपने आश्चर्य को दबाने का असफल प्रयत्न करते हुए कहा, "तो सुनाइए ना, क्या लिखा है?"

"हां-हां, सुना डालो," मधुकर बोला, "आज कबाब न सही, तुम्हारी कहानी का ही ज़ायका लें।"

मनीषा के तन-बदन में आग लग गई। किसी तरह अपने को रोककर सपाट स्वर में बोली, "लिखी नहीं गई।"

"नहीं-नहीं, टालिए मत!" चटर्जी साहब बोले, "सुनाइए न। किसमें लिखती हैं, अंग्रेज़ी में?"

"नहीं, हिन्दी में।"

हिन्दी का नाम सुनकर चटर्जी साहब तो 'ओह' कहकर चुप हो गए, पर दत्त साहब और जोश में आ गए।

"बहोत अच्छा है, बहोत आच्छा। निजी भाषा में लिखा होना चाई। होम पढ़ नहीं पाता, सोमझता खूब है। सुनाइए, सुनाइए।"।

"जी धन्यवाद," उसने कहा, "पूरी लिख ली होती तो अवश्य सुनाती। सच कह रही हूं, पूरी नहीं हुई।

"पूरी होने पर सुनाइएगा किसी दिन।" श्रीमती दत्त ने बात खतम कर दी, पर मनीषा अन्यमनस्क हो उठी। उसे लगा पूरी अब वह कहानी होगी भी

नहीं। उसका मन गहरी व्यथा से भर आया।

मधुकर के हिसाब से बात तब खतम नहीं हुई थी। रात को काम खत्म करके जैसे ही वह बिस्तर पर आई, वह पूछ बैठा—

"तुम्हें कहानी लिखनी नहीं थी तो इतना आडम्बर करने की क्या ज़रूरत थी? सिर्फ यह जतलाने के लिए कि मैं दोस्तों को तुमसे बिना पूछे क्यों बुला लाया?"

"तुम्हारा दिमाग खराब है।" मनीषा ने तड़पकर कहा, "तुमसे किसने कहा कहानी लिखनी नहीं थी। लिखनी थी तभी तो लिखने बैठी थी। बीच में दुनिया-भर के काम आ पड़े तो कैसे लिखी जा सकती है?"

"क्या काम आ पड़ा था?"

"खाना नहीं हुआ चार आदमियों का?"

"तो कौन-सी कयामत आ गई? मैंने कहा नहीं था, तुम लिखती रहो, खाना बहादुर बना लेगा?"

"तुमने कह दिया और बन गया? जानते भी हो बहादुर कितना खाना बनाना जानता है?"

"ज़ितना भी जानता है। कबाब बाज़ार से आ सकते थे तो खाना बहादुर नहीं बना सकता था?'

"कबाब भी मैं बना ही डालती, अगर तुम पहले ही बाज़ार न चले गए होते। कहानी तो हाथ से छूट ही गई थी।" कहते-कहते मनीषा ने एक लम्बी सांस भरी।

"वह भी मेरा कसूर है?" मधुकर ने कहा।

"पता नहीं, जिस दिन मैं कहानी लिखने बैठती हूं, उसी दिन तुम्हारे दोस्त खाना खाने क्यों आते हैं।" मनीषा ने मधुकर से कम, अपने-आपसे अधिक कहा।

"कौन मेरे दोस्त रोज़-रोज़ यहां खाना खाने आते हैं।"

"पिछली बार भी यही हुआ था," मनीषा अपनी बात कहती गई, "जब संकलन पूरा कर रही थी, तब। एक अन्तिम कहानी बची थी। किसी तरह खतम करने में लगी हुई थी कि ढेर सारे मेहमान आ टपके थे।"

"कमाल है।" मधुकर बेहद नाराज़गी के साथ बोला, "तुम क्या अपनी तमाम शिकायतें नोटबुक में दर्ज करके रखती हो जो मौका मिलते ही फेहरिस्त गिनाने लगती हो। कब-कब के गढ़े मुर्दे उखाडोगी अब?"

"आई एम सॉरी," मनीषा ने खिसियानी हंसी हंसकर कहा। चार जनों के खानों को लेकर तकरार करने में वह अपने को बहुत छोटा महसूस कर रही थी। पर असली बात खाना नहीं थी। जो बात थी, वह ऐसी थी कि किसी की एकदम समझ में आ जाए तभी महत्त्वपूर्ण लग सकती थी, वर्ना बाल की खाल निकालने के सिवा और कुछ नहीं। उसने 'सॉरी' कह दिया और मधुकर उदारतापूर्वक चुप हो गया, पर देर तक मनीषा यही सोचती रही कि आखिर 'सॉरी' उसे कहना क्यों पड़ा। नुकसान उसका हुआ था, मधुकर का नहीं।

लिखूंगी कुछ, उसने अब सोचा, लिखूंगी यही सब, जो मेरे भीतर इतने दिन तक खदबदाता रहा है। लिखूंगी अपने में निहित इस व्यक्तित्व की कहानी, जो बिना लिखे अब और अपने भीतर मुझसे रखी नहीं जा सकेगी।

और शिशु, वह भी होगा। उस पहले हादसे को दो वर्ष बीत चुके। डाक्टर को बताया खतरे का समय पूरा हो चुका। वह जानती है, अकेले अपने में शिशु का जन्म, जीवन का लक्ष्य नहीं हो सकता। पर साथ ही यह भी जानती है कि वह एक मधुर दायित्व-भरा जीवन-पूरक अनुभव है, जो वह नाहक छोड़ देना नहीं चाहती।

मौका देखकर, मधुकर से इस विषय पर बात करेगी। इस पूर्ति को वह भी चाहता है, उतना ही जितना मनीषा या शायद उससे भी अधिक। पुरुष के अहम् के लिए यह उतना ही आवश्यक है जितना स्त्री के। हर इन्सान के भीतर, चाहे वह स्त्री हो या पुरुष, एक चाह बनी रहती है, निस्वार्थ भाव से स्नेह देकर किसीका प्रतिपालन करने की, अपने स्मृति-चिह्न स्वरूप कुछ अपना ही अंश पीछे छोड़ जाने की। लिखूंगी, उसने फिर सोचा, शिशु को गर्भ में लेकर ही लिखूंगी, एक उपन्यास।

घरघराकर स्कूटर उसके घर के आगे रुक गया। चौंककर उसने देखा,

मधुकर का स्कूटर पहले से वहां खड़ा हुआ है तो वह घर पहुंच चुका। पूछेगा, कहां गई थी तो क्या कहेगी—लाइब्रेरी? कुछ ठोस कहना होगा जिससे उसे कोई संशय न हो। वह नहीं चाहती, कल रातवाला दृश्य फिर दुहराया जाए। इस वक्त ईर्ष्यालु पति की भर्त्सना सुनने, कैफियत देने और उसे मनाने की मनःस्थिति में वह नहीं है। सच तो यह है कि जितेन के साथ बिताए क्षणों का लेशमात्र भी रंज उसे नहीं है। उनका सुख अपनी जगह है, और मधुकर के साथ जीवन अपनी जगह। जितेन को विषय बनाकर मधुकर से बहस, इस अप्रिय स्थिति को हर हालत में टालना होगा।

"सात रुपये सत्तर पैसे," स्कूटर वाला चिल्लाया तो उसने जल्दी से पर्स खोलकर दस रुपये का नोट निकालकर उसके हवाले कर दिया। तभी घड़ी पर निगाह गई—सिर्फ दो! तो मधुकर अभी से घर कैसे पहुंच गया? लाइब्रेरी जाने की बात कहनी शायद ठीक नहीं रहेगी। हो सकता है, वह लाइब्रेरी होकर ही आया हो। कह देगी ऐसे ही बाज़ार गई थी, पर खरीदकर तो कुछ लाई नहीं। फिर?

"रेज़गारी नहीं है," स्कूटर वाला फिर चिल्लाया तो वह मधुकर को छोड़ पर्स में रेजगारी खोजने लगी।

तभी, तेज़-तेज़ कदम रखता मधुकर फाटक के पास रखे अपने स्कूटर के पास पहुंच गया।

"छोड़ो, रुपया ही ले जाओ।" कहकर उसने स्कूटर वाले को विदा किया और मधुकर की ओर बढ़ गई।

"बहुत जल्दी आ गए आज।" मधुकर के कुछ कहने से पहले ही वह बोल पड़ी।

"हां।" मधुकर ने कहा, "कॉलेज में स्ट्राइक हो गई।"

"क्यों, क्या हुआ?"

"नया कुछ नहीं हुआ।" उसने कहा, "वर्षों से जो भ्रष्टाचार और शोषण चल रहा है, वही है, बस कीमतें और तेज़ी से बढ़ चली हैं।"

"वह तो है," मनीषा ने कहा, "पर कॉलेज में स्ट्राइक क्यों हुई?"

"इसीलिए। इन सबसे लड़ने के लिए। पूरे दो महीनों से हम इसकी

तैयारी में लगे थे। सोचा था अभी कुछ दिन और लगेंगे पर कल तय हुआ और रुके रहना संभव नहीं है।"

"कल? कल क्या इसीलिए मीटिंग थी?"

"हां।"

"मुझसे नहीं कहा?" मनीषा को अचरज हुआ कि इतनी बड़ी बात मधुकर उससे कहे बगैर कैसे रहा।

"क्यों, इतनी बार संकेत तो दिया था। कहना भी चाहता था पर सबकी राय थी कि जब तक पूरी तैयारी न हो जाए किसी से कुछ न कहा जाए, पत्नी से भी नहीं। क्या करता, लाचारी थी। बात को गुप्त रखने के लिए एक तरह से हम ज़बान दे चुके थे।" मधुकर ने बच्चों की तरह कहा।

मनीषा समझ गई कि अगर वह ज़रा भी प्रोत्साहन देती, दिलचस्पी लेती, प्रश्न करती तो बावजूद ज़बान देने के मधुकर उससे सब नहीं, तो बहुत कुछ कह जाता। पर पिछले दिनों वह स्वयं ही अन्यमनस्क रही थी, खासकर कल और आज सुबह, जब अंतिम निर्णय लिया गया था।

"हड़ताल क्या तुम टीचरों ने की है?" उसने पूछा।

"नहीं, सबने। छात्रों ने भी और टीचरों ने भी।"

"तुम लोग क्या सचमुच समझते हो कि तुम्हारे हड़ताल करने से यह समस्याएं हल हो जाएगी?" उसने संशय ज़ाहिर करते हुए कहा। मधुकर का स्वरूप उसे उस समय उस बच्चे का-सा लग रहा था जो वर्जित का आस्वाद लेने के लिए उत्सुक हो। उससे किसी बृहत् कार्य की अपेक्षा उसे नहीं थी। पर शायद किसी भी आदमी से, उसके साथ वर्षों तक रहने के बाद, उसे सबसे निस्सहाय क्षणों में देखने के बाद, बृहत् कार्यों की अपेक्षा कठिन होती है।

"खाली हड़ताल करने से नहीं, उनके विरुद्ध मोर्चा लेने से।" मधुकर ने विश्वास के साथ कहा।

"तुम लोग पूरी व्यवस्था से मोर्चा लोगे?"

"हां," मधुकर का स्वर दृढ़ था, "देश के युवा-वर्ग की ताकत कोई छोटी-मोटी ताकत नहीं है। संगठन के साथ मोर्चा लेंगे तो व्यवस्था को उनकी बात सुननी ही होगी।"

"ऐसी छात्र-क्रांतियां पहले भी हो चुकी हैं, पर उनसे बना बिगड़ा क्या? अव्यवस्था और अराजकता ही फैली है।"

"अवश्य फैली है। फैलनी ही चाहिए। एक व्यवस्था को तोड़कर दूसरी व्यवस्था लाने में, कुछ समय के लिए अराजकता फैलेगी ही। पर उसके डर से क्या प्रतिवाद करना छोड़ देना होगा?"

"प्रतिवाद क्या हड़ताल द्वारा ही हो सकता है?"

"नहीं, पर मौजूदा हालत में, युवा-छात्र यूनिवर्सिटी के 'आइवरी टावर' में बन्द रहकर प्रतिवाद नहीं कर सकते। किताबें रटने और लैक्चर घोटने से वह जीवन का मुकाबला नहीं कर सकते। और फिर हमारी मांगों में से एक यह भी है कि यूनिवर्सिटी के भीतर भी परिवर्तन होने चाहिए। अभी क्या है? साला ज़रा-सा एक कोर्स बदलने में एक साल लग जाता है।"

"यह ठीक है कि परिवर्तन होने चाहिए पर दंगे-फसाद के बिना भी तो उनके लिए काम किया जा सकता है।"

"कैसे?" मधुकर व्यंग्य से मुस्कराया, "किताबें लिखकर?"

इस अप्रत्याशित आघात से मनीषा तिलमिला उठी।

"किताबें लिखकर नहीं हो सकता तो स्ट्राइक करने से भी नहीं होगा। तुम कोई पहले-पहल स्ट्राइक नहीं कर रहे। आजकल यह हमारे देश के लिए बिल्कुल आम बात हो गई है। सुबह का अखबार खोलकर देखो, कहीं-न-कहीं हड़ताल का समाचार अवश्य होगा।"

"होगा, तो?" मधुकर ने उग्र स्वर में कहा, "होना ही चाहिए। आखिर कब तक मज़दूर अपना शोषण करवाते रहेंगे?"

"तो क्या हर स्ट्राइक के बाद शोषण समाप्त हो जाता है?"

"नहीं, पर वह इसलिए है कि स्ट्राइक मुकम्मल तरीके से नहीं होती। संकीर्ण दृष्टिकोण को लेकर छिटपुट तरीके से, छोटे-छोटे क्षेत्रों में होती है। पर हमारी लड़ाई सम्पूर्ण व्यवस्था से है। इसका असर होकर रहेगा।"

"हां, सम्पूर्ण अव्यवस्था, यही न?"

"तो?" मधुकर उत्तेज़ित स्वर में बोला, "पता नहीं तुम लोग इतने

डरपोक क्यों हो? मेरे खयाल से तुम लेखकों से अधिक डरपोक चीज़, पूरे हिन्दुस्तान में ढूढे नहीं मिल सकती।"

"क्या मतलब?"

"मतलब यह कि तुम लोग, जो अपने को लेखक बतलाते हो, गंदले पानी के अपने-अपने गड्ढों में बैठे मेंढक समान, अपने-अपने अनुभव ही देख सकते हो, और कुछ नहीं। उन्हीं को उलट-पलटकर कागज़ काले करने में खुश रहते हो। अव्यवस्था के नाममात्र से डरकर भाग खड़े होते हो और शान्ति का पाठ पढ़ाने लगते हो। क्यों? इसलिए कि तुम साले सब-के-सब पलते ही व्यवस्था के भरोसे पर हो।"

"यह गलत है। कितने ही लोग देश व समाज की समस्याओं के बारे में लिखते हैं, पर उससे होता क्या है?"

"पहले ही मानकर चलोगो कि कुछ नहीं होगा तो होगा भी क्या? अपने को बुद्धिजीवी कहनेवाले लोग दिशा नहीं दिखा सकते? पर दिखलाए कैसे? रूमानी छिटपुट से फुर्सत मिले तब तो।"

"यह सब तुम क्या मुझे कह रहे हो?"

तुम्हें क्या कहूंगा?" मधुकर अवहेलना से हंसा, "तुम्हें तो मैं लेखक ही नहीं समझता।"

"मुझे क्या समझते हो क्या नहीं, उसे छोड़ो।" मनीषा ने तड़पकर कहा, "पहले यह समझो तुम खुद क्या हो। यह जो तुम करने जा रहे हो, चौदह-पन्द्रह वर्ष के छोकरों का काम नहीं तो और क्या है?"

"बुरा मान गईं?" मधुकर मुस्करा दिया, "अच्छा चलो, तुम बहुत बड़ी लेखिका हो। अब बहस छोड़ो, मुझे जाने दो, देर हो रही है।"

"कहां जा रहे हो?" मनीषा जैसे हवाई उड़ान से टूटकर धरती पर आ गिरी।

"आज हमारे छात्र पूरी दिल्ली की दुकानों पर तैनात हैं, यह देखने के लिए कि रोजमर्रा की चीज़ें ठीक दामों पर बिक रही हैं या नहीं। फिर हम सब जलूस लेकर लोकसभा जा रहें हैं। यह लोकसभा भंग करनी होगी। अब न मौजूदा भ्रष्ट-व्यवस्था को बर्दाश्त किया जाएगा और न इस भ्रष्ट चुनाव

प्रणाली को।"

कहते-कहते मधुकर का चेहरा अटल विश्वास और निश्चय की कान्ति से यूं चमक उठा कि चाहकर भी मनीषा नहीं कह सकी कि यह सब पहले भी हो चुका है और नतीजा कुछ नहीं निकला है। वह समझ गई कि यह समय बहस करने का नहीं है। पर जो उसने नहीं कहा, मधुकर ने उसके कहे बगैर ही सुन लिया। सहसा उसका चेहरा अति-गम्भीर हो उठा।

"इससे और कुछ नतीजा न भी निकले, मनीषा," उसने कहा, "कम-से-कम मुझे तसल्ली होगी कि जो कुछ मैं कर सकता था मैंने किया।"

"वही तो, मधुकर, वही तो। वही तो असली करना है, आदमी की सबसे बड़ी उपलब्धि!" मनीषा उत्साहित स्वर में चिल्ला उठी। उसे लगा इधर-उधर की बहस के बीच, सहसा, मधुकर ठीक उसके मन की बात कह गया है। पता, नहीं उसके शब्द मधुकर के कानों तक पहुंचे भी या नहीं। अपनी बात कहकर शायद उसे लगा था कि वह ज़रूरत से ज़्यादा साफ बात कह गया है, और उसने स्कूटर चलाने के लिए एक ज़ोरदार किक लगाई थी। उसकी खड़खड़ में मनीषा के शब्द शायद ही सुनाई दे पाए हों। जो भी हो, स्कूटर पर सवार हो चलते-चैलते, अन्यमनस्क भाव से उसने हाथ आगे बढ़ाकर उसके बाल सहला दिए। वस। उसके इस कार्यव्यस्त, सहज दुलार को मनीषा ने मित्र भाव से स्वीकार कर लिया और सद्भावना के साथ उसे जाते हुए देखती रही।

उसके स्कूटर की खड़खड़ाहट जितेन के तेज़, आगे बढ़ते, व्यस्त कदमों की पदचाप से जा मिली और उनके बीच मधुकर के शब्द गूंजते रहे—कम-से-कम मुझे तसल्ली होगी कि जो मैं कर सकता था मैंने किया। कुछ देर वहीं खड़ी मनीषा उन्हें सुनती रही, फिर सिर ऊंचा करके ठण्डी हवा का एक लम्बा कश खींच भीतर जाने के लिए मुड़ गई। एक सुखद अनुभूति के साथ उसने पाया कि अकेलेपन की चिलकती धूप अब भय से उसे डरा नहीं रही, प्यार से सहला रही है। वह सीधी अपने कमरे में रखी अपनी लिखाई की मेज़ पर जा पहुंची और वहां पड़ा कलम हाथ में थाम लिया। तुम मुझे लेखिका मानो-न-मानो, मधुकर, कुछ फर्क नहीं पड़ता,

उसने मन-ही-मन कहा। मैं लिखूंगी, अवश्य लिखूंगी और वह, जो मुझे परितोष दे सके। उससे और कोई नतीजा न भी निकले, कम-से-कम मुझे तसल्ली होगी कि जो कुछ मैं कर सकती थी मैंने किया।

OOO